전장의
저격수

전장의 저격수 9
요람 장편소설

초판 1쇄 찍은 날 § 2018년 7월 6일
초판 1쇄 펴낸 날 § 2018년 7월 13일

지은이 § 요람
펴낸이 § 서경석

총괄팀장 § 최하나
편집책임 § 신보라
디자인 § 신현아

펴낸곳 § 도서출판 청어람
등록번호 § 제387-1999-000006호
등록일자 § 1999. 5. 31
어람번호 § 제1-2931호

주소 § 경기도 부천시 원미구 부일로 483번길 40 서경B/D 3F (우) 14640
전화 § 032-656-4452 팩스 § 032-656-4453
http://www.chungeoram.com
E-mail § chungeorambook@daum.net

ISBN 979-11-04-91780-6 04810
ISBN 979-11-04-91580-2 (세트)

FUSION FANTASTIC STORY

요람 장편소설

전장의 저격수

9

도서출판 청람

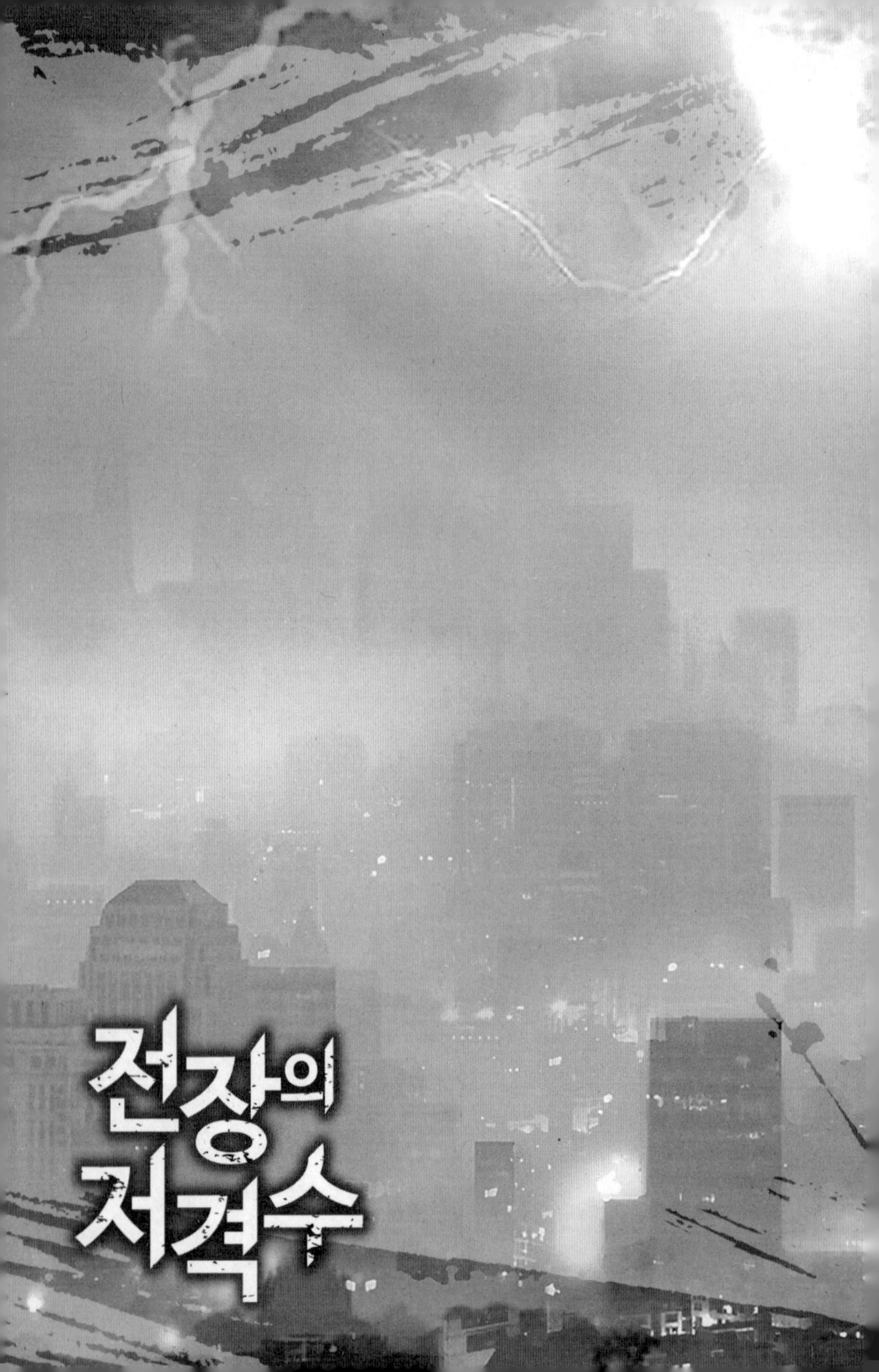
전장의
저격수

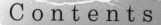

Contents

episode 66
전면전 l

김선아의 합류로 인해 다시금 때 아닌 공사 열풍이 불었다. 그녀가 가진 버그는 석영의 버그와는 궤가 완전히 다른 만큼, 공사가 진척되는 동안 요새는 몰라볼 정도로 변하기 시작했다.

일단 가장 먼저 전신주가 생겨났다.

리안에서부터 24개의 요새 곳곳에 생겨난 전신주에 다시 새까만 선이 연결되기 시작했다.

새까만 선은 전기선은 아니고 통신선이었다. 초기의 통신망처럼 직접 선을 연결해 24개의 요새, 그리고 지휘부가 있는 리안에 전화기를 설치했다. 전화기의 설치는 각 요새간의 정보 전달을 무시무시하게 단축시키는 효과를 낳았다.

이전에는 발 빠른 병사나 말을 통해 서신이으로, 그보다 더

급하면 구두(口頭)의 형태로 전달했다. 하지만 지금은 요점만 간단하게 바로바로 각 요새 간 정보가 전해지다 보니 대응이 무척 달라졌다.

물론, 그걸로 끝이 아니었다.

김선아는 각 요새의 성벽에 강화 합금 철판을 덧댔다.

그런데 그 강화 합금 철판은 현재의 지구에 존재하는 철판이 아니었다. 그녀가 라니아만큼이나 즐겨 했던 오픈 월드 게임에는 말했듯이 원시시대도 플레이가 가능하고, 미래 세기도 플레이가 가능했다.

미래에서나 존재할 법한 기술력, 그 기술력으로 만들 수 있을 법한 철판이 게임상에는 구현이 되어 있었는데, 김선아는 미래 세기를 즐겨 했었고, 행성도 두 개나 개척 중이었던 만큼 자재가 정말 엄청나게 풍족했다.

어쨌든 그렇게 설치된 강화 철판은 공성 병기의 위협으로부터 벗어나는 엄청난 효과를 가져왔다.

그리고 당연히 그게 끝이 아니었다.

각 요새 간 빈틈이라 예상되는 모든 곳에 CCTV가 설치됐다. 이 CCTV는 전부 이동용 통신기, 소형 무한 동력 발전기에 연결되어 한지원의 팀이 밤마다 교대로 돌아가며 확인을 했다.

마지막으로 하나가 더 있었다.

그녀는 한지원의 팀 숙소 근처에 대형 컨테이너 두 개를 뚝딱 설치해 줬다. 그리고 컨테이너 안에는 어마어마한 수량의 실탄과 수류탄 등이 조용히 들어 있었다. 심지어 한지원 팀이 운용하는 총기의 규격과도 딱 맞아 따로 총기를 바꿀 필요도 없었다. 한지원이 감격한 나머지 처음 보는 김선아를 와락 끌어안는 광경까지 펼쳐졌을 정도였다.

이로써 전투의 양상이 확실하게 바뀌었다. 아니, 바뀌게 될 상황이 모두 마련이 됐다.

김선아와 문호정이 합류하던 날, 회의할 때 예상했던 대로 귀산자의 계략도 시작됐다. 총 20명이 요새와 리안으로 침투를 시도했지만 미리 예측하고 있던 한지원의 팀에 모조리 사로잡혀 고문당하는 처지가 됐다. 따로 정보가 들어오지 않아 계략을 짤 수가 없게 되자 귀산자는 아무 일도 없던 것처럼 병력을 다시 운용했다.

첫날처럼 천 단위가 아닌 수천 단위의 병사가 움직이기 시작했다. 단기전으로 치고 빠지고, 또 치고 빠지기를 반복하면서 양측의 피해가 조금씩 쌓이기 시작했다. 사망자는 악시온 제국군이 압도적으로 많았지만 리안 방어군에도 사망자가 나오기 시작했다.

개전 20일이 지났을 때, 리안 성 주변에는 짙은 죽음의 기운이 서리기 시작했다. 하지만 다행인 건 계절이 겨울로 들어선 상태라 시체 썩는 악취가 풍기지는 않는다는 점이었다. 그 대신, 을씨년스러움은 당연히 배가 됐다.

처음에는 긴장하게 된다.

다음으로는 익숙해지게 됐다.

마지막으로는 무감각해지게 됐다.

당연히 죽음으로부터였다.

처음에는 그래도 하하 호호 하고 나오던 웃음이 조금씩 사라지더니 이제는 아예 뚝 끊겨 버렸다.

하지만 또 그렇다고 사기가 꺾인 건 아니었다. 오히려 20일간의 전투로 인해 살아남은 병사들은 정예병의 눈빛으로 점차 변해가더니, 지금은 평소엔 괜찮다가도 적군이 움직이기만 하면 알아서 스산한 눈빛으로 전투 준비를 시작하게 되었다.

이는 악시온 제국군에게는 최악의 상황이었다. 그들이 자랑하는 정예 병단에 버금가는 병력이 이쪽에도 양성된다는 것은 전투에 아주 큰 차질을 주기 때문이었다. 애초에 장기전으로 끌고 갈 목적으로 모든 작전을 설계했기 때문에 프란 왕국군은 결코 서두를 게 없었다.

하지만 악시온 제국은 아니었다. 프란을 단숨에 넘어 중부를 장악하고, 북부까지 올라가려고 했던 야망이 생각지도 못한 곳에서 확 막혀 버렸다. 그 벽이 어찌나 단단한지 아무리 계략을 짜고 실행을 해도 꼼짝도 하지 않았다.

이게 귀산자를 조금씩 조급하게 만들었다.

개전 20일이 지난 이후 3일간 내린 눈발이 그친 그다음 날, 아침부터 악시온 제국군 진형은 분주히 돌아가기 시작했다. 그리고 그 이유는 명백했다.

$$* \qquad * \qquad *$$

"전면전이지… 후우."

남은 담배 연기를 내보내며 중얼거린 석영은 아침을 준비하는지 새하얀 연기가 마치 불이 난 것처럼 올라오는 악시온 제국군 진형을 바라봤다. 식량이란 건 아무리 비축하고 비축해도 결국은 부족하게 느껴지는 법이다. 병사들이 잘 먹어야 잘 싸울 수 있는 건 아주 당연한 법이지만, 실제로 그렇게 안 되는 경우가 대부분이었다. 저들이 딱 그랬다. 요 며칠간 수송에 차질이 생겼는지 아침저녁으로 올라오는 연기들을 보면 정말 단출했다. 심지어 점심은 아예 건너뛰기도 했다.

그런데 오늘 아침, 저렇게 수많은 연기가 올라온다.

그건 곧 불을 이용한 음식을 엄청나게 준비한다는 뜻이고, 그렇게 잘 먹인 다음, 오후쯤 분명 움직임이 있을 거라고 석영은 생각했다.

치익.

—석영 씨, 아침.

김선아가 나눠준 무전기에서 한지원의 목소리가 들렸다. 석영은 버튼만 두 번 틱틱 눌러 알았다는 신호를 보내고는 성벽을 내려갔다.

내려가자마자 고소한 냄새와 매콤한 냄새가 동시에 났다.

요즘 이들은 지구의 제육볶음에 흠뻑 빠져 있었다. 재료야 당연히 김선아의 끝없이 많은 창고에서 나왔다.

세계관 자체가 중세에 가까워 스테이크, 스프, 샐러드와 빵이 주식인지라 사실 한국 입맛인 석영은 적잖이 곤혹스럽기도 했다. 근데 그것도 김선아 덕분에 모두 해결이 됐다.

그녀의 식자재 창고에는 없는 게 없었다. 세계 각국의 조미료는 물론 그녀가 했던 게임이 말했듯이 미래 세기였던지라 지금부터 이삼백 년 뒤에 나올 법한 가상의 조미료까지 있었다. 그래서 요즘 아영이가 꽂힌 제육볶음도 매일 나왔고, 덕분에 식사의 만족도 하나만큼은 정말 끝내줬다.

김선아가 예전에도 한번 보여준 적이 있는 숙소, 용의 구슬이란 만화에 나오는 캡슐형 집으로 들어가자 다들 이미 모여 있었다. 구수하고 매콤한 냄새가 가득 풍겼지만 오히려 그래서 입맛이 더 돋았다.

"오빠, 여기!"

아직은 변함없는 몸매의 아영이 손을 흔들어 그 옆에 가서 앉자, 문호정과 김선아가 국을 사람 수만큼 담아 가져와 앞에다가 놔줬다.

"오늘 분위기 장난 아니라며?"

"응, 어째 점심 지나면 한바탕 몰아쳐 오겠더라."

"호……."

아영은 딱 거기까지만 묻고 더 이상 묻지 않았다.

식사는 화기애애했다. 전쟁 중인데도 웃음이 넘쳤다. 물론 이런 분위기가 아직은 익숙하지 않은 석영이었다. 식사가 끝나고 밖으로 나오자 한지원이 조용히 따라 나왔다.

"컨디션 어때?"

"나쁘지 않지. 지원 씨는?"

"나도. 마침 마법도 지나갔고."

"……."

마법이 지나갔단 말에 석영은 그냥 실소로 답을 했다. 둘은 다시 걸어서 성벽으로 올라갔다. 요새 성벽에 오르자 아직도 불이 난 것처럼 피어오르고 있는 밥 짓는 연기가 보였다. 석영이 본 것만 해도 벌써 두 시간째 저러고 있었다.

"많이도 먹이네. 오늘 진짜 날 잡았나 본데?"

"후후, 약이 바짝 올랐을 테니까."

"하긴……."

병사들이나 주민들은 잘 모르지만 귀산자가 보낸 첩자를 한지원과 나창미 팀이 잡아낸 횟수만 여섯 번에 달했다. 그렇게 잡아낸 첩자의 머릿수는 총 100명에 육박했다. 그들 모두 지금 리안 성 지하 감옥에 갇혀 있었고, 신문과 함께 고문이 동시에 진행되고 있었다.

요새 성벽에서도 가장 높은 곳에 오른 한지원이 성벽에 걸터 앉아 담배를 입에 물었다.

치익.

"후우……."

그녀가 담배 연기를 내뿜을 때, 석영도 불을 붙였다.

"아마 명성을 얻고 이렇게 지 맘대로 풀리지 않는 전쟁은 처음일걸?"

"귀산자… 내가 너무 높게 샀나 싶기도 하던데?"

"어쩌면 만들어진 초인일지도 모르지."

"만들어진 초인?"

"응. 알스테르담, 발바롯사, 이 두 곳의 초인 총사령관들은 제대로라고 했거든. 그리고 알스테르담의 진군 저지자? 그는 만나본 적이 있어."

"그래?"

"응. 예전에 내가 알스테르담 내전을 해결한 적이 있다고 했지? 그때 황도 수비군 대장, 황궁 수비군 대장 두 자리를 겸임하고 있던 자가 진군 저지자 그자였거든."

"어땠는데?"

"음… 대단했지. 죽이라고 하면 못 죽일 것도 없어. 근데 아마 나도 죽을 각오는 해야 할 것 같더라고. 지금처럼 대치 상황이라면."

"……."

한지원이 이렇게 말할 정도면 정말 대단하다고 봐야 했다.

"수성의 전문가야. 당시 내전이 벌어졌을 때 병력 차이가 거의 다섯 배 이상 났는데도 반란군이 황궁을 넘지 못했지. 오만의 병력으로 이십오만의 병력을 막아낸 거야. 그것도 무려 세 달간."

"와우……."

그 정도면 정말 대단한 거다.

알스테르담은 워낙에 유명한 곳이라 그곳 황궁에 대한 정보는 석영도 대략 알고 있었다. 황궁의 벽은 너무 높게 쌓아서 일조권이 침범당하기 딱 적당한 정도다. 대략 15미터에서 20미터 사이. 해자가 있긴 하지만 그렇게 깊지도 않았다. 크기는 엄청 나긴 하다만 몇만 명이 버티고 있을 장소로는 부족하다.

'그런데도 그런 장소에서 이십오만의 병력을 막아냈다 니……'

사다리만 올려도 간당간당한 그런 장소에서 그 정도 역량을 발휘했다는 것 자체가 이미 그의 진가를 증명하고도 남았다.

"어쨌든 그런 진군 저지자와 지금도 팽팽하게 맞서고 있다는 점령자도 확실히 보통은 아닐 거야. 그런데 이 귀산자라는 놈 은 뭔가 어설퍼. 갖은 귀계를 다 쓴다는 놈이 첩자를 못 심으 면 아무것도 못 하는 것부터 시작해서, 저렇게 전투 준비 전에 온갖 티를 다 내는 것도 그렇고, 그냥 지금까지의 전투만 봐도 초인이라고 불리기엔 확실히 뭔가 무리가 있어 보이지 않아?"

"흠……"

생각해 보면 그것도 그랬다.

다른 건 제쳐두고 지금만 봐도 저렇게 대대적으로 밥을 지 어 먹으니 그다음 어떤 일이 있을지 뻔히 예상이 갔다. 그 정도 로 예상이 가능한 행보를 지휘하는 귀산자가 과연 정말 초인일 까?

석영은 한지원이 말한 '만들어졌다'는 문장에 주목했다. 근데 그 문장에 주목하고 잠시 생각해 보자, 답이 딱 나왔다.

'아아… 두 제국에 꿀리기 싫어서 언론 플레이로 만들어냈구 나?'

그리고 이거, 어느 나라가 참 잘하는 플레이였다.

한국에서 대형 스포츠 스타가 나오면 꼭 그랬다.

축구에서 그랬고, 피겨에서 그랬다. 아주 그냥 주특기라고 해도 될 정도로 지긋지긋하게 라이벌 구도를 만들었고, 언제나 탈탈 털렸다.

석영은 어쩌면 저 귀산자라는 인간도 그렇게 탄생한 걸로 보였다.

"그럼 이제 안 졸아도 되는 건가?"

"아마도? 그리고 우리가 졸기에는… 장비가 너무 짱짱하잖아?"

한지원 그러면서 성벽 최상단에 설치된 특수한 발사 거치대를 툭툭 쳤다.

그 물체를 보자 실소가 피식 흘러나왔다.

다연장포라고 들어봤나?

보통 육군에서 운용하는 전략 무기가 바로 다연장포다. 미사일을 하나가 아닌, 수십 발을 동시에 날릴 수 있는 아주 강력한 무기다. 현대에 이르러서는 지대공, 지대지가 전부 가능한, 이쪽에서는 사기성 무기다.

원래는 밸런스를 깨는 무기는 아예 사용할 수 없다고 했다. 하지만 잠시 생각해 보니 이 무기가 왜 사용이 가능한지 알 것 같았다.

포탄.

이게 이쪽 대륙에 없는 게 아니었다. 당장 석영만 해도 나레스 협곡 전투 당시에 짝퉁 마력포지만 마법으로 만든 포에 한

번 호되게 당했다.

마력포의 원조라 할 수 있는 알스테르담 제국의 마력포는 그 야말로 전략 병기라고 들었다.

자세히 알아보니 진짜 마력포는 두 가지로 운용이 가능했 다. 만화에나 나오는 광선의 형태로 직선으로 쏘아 경로상에 있는 적을 섬멸하는 방식이 있고, 두 번째는 곡선으로 쏘아 떨 어지는 지점에 폭발력을 일으켜 적을 휩쓰는 방식이 있었다. 이러한 전략 운용이 가능한 마력포는 마도 제국이라는 칭호답 게 상당수 보유한 마법사들의 엄청난 마력 보충으로 인해 거의 무한대로 운용할 수 있었다.

그런 무기가 이쪽 대륙에 존재하니 김선아의 창고에 박혀 있 던 다연장 미사일포도 사용이 가능했다.

처음에는 좀 반신반의했지만 실제로 장착이 되고, 실험 삼아 쏜 미사일 한 발이 날아가자 석영과 한지원은 그냥 헛웃음을 흘려 버렸다.

"서로 칼 방패 들고 싸우는 전장에 갑자기 총을 들고 등장한 거나 마찬가지겠지."

한지원의 말이 딱 정답이었다.

하지만 알아볼 가능성은 있었다. 악시온 제국에 붙은 일본 요원들이 근처에 있다면 요새 가장 상층부에 설치된 다연장포 를 보자마자 바로 알아볼 것이다. 하지만 그렇다고 물러설 수 는 없으니 최초의 돌격 부대는 거의 자살 부대라고 봐도 좋았 다.

'옛날에도 그랬겠지.'

기세 좋게 달려들지만 아무것도 못 하고 허무하게 죽어 나자 빠지는 병사들은 어느 전쟁에서나 존재했다. 그렇게 개돌하는 병사들은 군 체제 중에서도 최하위 계급이고, 죽어도 별로 신경 쓰지 않는 그러한 소모품에 불과했을 것이다.

지나친 비약이라고?

'그런 생각을 가진 놈들이었다면 점령하는 왕국의 병사들을 모조리 전멸시키며 진군하지는 않았겠지.'

그러니 시작은 무조건 가장 약한 병사 계층이다. 그걸 생각하니 저도 모르게 쓴웃음이 나왔다. 하지만 바로 그런 웃음을 지웠다. 어차피 죽이고 죽이는 게 전쟁. 전쟁의 승자는 끝까지 타인을 죽인 자다.

석영은 그 부분을 확실하게 인지하고 있었다.

담배를 발로 비벼 끈 한지원이 다시 하나를 꺼내 입에 물었다.

"후우… 혹시 불쌍하다거나 뭐, 그런 생각하고 있는 건 아니지?"

피식.

연기를 내뿜으며 한 말에 석영은 그냥 실소를 흘렸다.

"설마. 그러기엔 이미 너무 먼 길을 왔잖아, 내가?"

"하긴. 저격수의 손에 떨어진 목숨이 이젠 세 자리 숫자를 훌쩍 넘겼을 테니."

한지원이 굳이 얘기한 건 그녀가 가진 리더의 재능 때문이었다. 아주 잠깐 지은 쓴웃음을 한지원은 그 찰나에 캐치했고, 석영에게 농담 반, 경고 반으로 말을 던져 상태를 다시 원상태로 되돌렸다.

'하여간……'

대단한 여자다.

치익.

"후우……."

석영도 성벽에 걸터앉았다.

이제 슬슬 연기가 잦아들고 있는 게 보였다. 그건 곧 음식 조리를 멈췄다는 뜻이고, 그 소리는 다시 악시온 제국군이 풍족하게 아침 식사를 했다는 뜻이기도 했다.

'그럼 이제 길어야 서너 시간.'

그 안에 병력은 반드시 움직일 것이다.

휙.

한지원이 담배를 던지곤 성벽에서 엉덩이를 뗐다.

"그럼 난 최종 점검 할 테니까, 혹시 무슨 일 있으면 무전 때려."

"그래."

한지원이 성벽을 내려가고 잠시 뒤에 석영도 탑으로 올라갔다. 높은 곳으로 올라오자 겨울의 칼바람이 몰아쳤지만 보온성이 뛰어난 내의 덕분에 얼굴을 빼고는 그다지 춥지 않았다. 석영은 갖가지 물건 중 적당히 평평한 걸 골라 몸을 뉘었다.

"하암."

이번에 제대로 병력을 쏟아부으면 몇 시간이나 전투가 벌어질지 모른다. 그러니 가능하면 체력을 최대한 비축할 예정이었다.

눈을 감기 무섭게 식곤증이 졸음을 무더기로 던졌다. 하지만 의식은 미세하게 깨어 있었다.

요즘 석영이 터득한 또 하나의 스킬이었다.

얼마나 잤을까. 웅성거림이 들려와 석영은 눈을 번쩍 떴다. 고개를 털어 잠을 쫓아 보내고는 생수통으로 가볍게 목을 축이고 얼굴에 부어 남은 잠마저 모두 털어냈다. 그러곤 활을 꺼내 들고 몸을 세웠다.

가장 먼저 악시온 제국군 쪽을 살폈다.

"흠……."

확실히 이전과는 달랐다.

진군의 북소리고 나발이고 없이, 새까만 물결이 천천히 다가오고 있었다. 그 규모가 이전과 완전히 달랐다. 이번엔 아주 제대로 작정했는지 거의 모든 병력을 퍼부은 것 같았다.

"끝장을 보시겠다……?"

그것도 나쁘지 않다.

적 병력에 밀리면 이쪽도 피해를 입지만 반대로 이 요새를 뚫어내지 못하면 적군의 궤멸만 있을 뿐이었다. 석영은 차라리 질질 끄는 것보다 이렇게 한 번에 끝장을 보는 게 훨씬 나았다.

"사다리도 꽤나 많군."

엄청 만들었다.

안력을 집중해서 살펴보니 대략 스무 개가 넘었다. 그건 이곳 성벽 전체에 걸치고 올라오겠다는 의지를 대놓고 보여주는 것이나 다름없었다.

치직.

—석영 씨, 준비. 저게 끝은 아닐 거야.

한지원의 무전에 석영은 버튼만 두 번 눌러 답을 보내고 할시위에 손가락을 걸었다. 한지원의 경고처럼 잠시 뒤, 저 멀리 지평선에서 새까만 선이 수백 개 넘게 날아올랐다. 아니, 숫자는 더 많았다.

"저거……."

석영은 인상을 찌푸리곤 일정한 높이에서 멈춘 미확인 물체에 안력을 집중했다. 잠시 뒤, 정체를 파악한 석영은 헛웃음을 흘렸다.

"허……."

치직.

—연이라……. 대가리 좀 굴렸네. 석영 씨, 부탁할게.

악시온 제국의 신병기, 비조대(飛鳥對)였다.

치직.

"접수."

사다리를 걸어봐야 석영이 부술 수 있다는 걸 그동안의 전투에서 처절하게 깨달아서 그런지 이번엔 양동작전으로 나왔다. 연이 사람을 매달고 어떻게 날아오는지 궁금했지만 곧 그럴 방법이야 많다는 걸 깨달았다.

어차피 이곳은 마법이 존재하는 세상.

마법으로 부력을 만드는 건 아마 크게 문제도 아니었을 것이다.

공중에 떠오른 비조대가 일정한 속도로 다가오는 동안 보병들의 진군 속도는 점차 빨라지고 있었다.

쿵! 쿵! 쿠궁!

보폭을 맞추는지 평야를 가득 울리는 둔중한 소리도 같이 들려왔다.

석영은 혀로 입술을 핥았다. 긴장이 적당히 올라왔는지 입술이 잔뜩 메말라 있었다. 석영은 다시 물로 목을 축이고는 시위를 다시 당겼다.

두드드득!

시위가 당겨지며 내는 안정감 있는 소리가 들리자 드디어 석영의 입가에 미소가 올라왔다.

기잉…….

동시에 눈빛에 머물고 있던 검붉은 기운이 눈동자 주변을 맹렬히 회전하기 시작했다.

화악……!

회전과 동시에 석영의 전신에서 파괴적인 기세가 피어났다. 지금은 전면전. 기습전도 아니고 암습도 아니니, 그 존재감을 가두지 않고 온 세상에 알리듯이 개방했다. 기운을 개방하자 예민한 감각이 짜릿짜릿한 군기를 감지했다.

그러자 입가에 더욱 진득한 미소가 걸렸다.

"시작은… 비산."

시위에 걸린 세 발의 화살.

시선은 비공정처럼 날아드는 비조대에 머물러 있었다.

"레디, 액션."

스스로 시작의 축포를 알리는 타이밍을 셌고, 말이 끝나는 순간 시위에 걸었던 손을 놨다.

투웅……!

쇄애애액!

콰웅……!

쾅! 콰앙!

직선으로 날아간 화살이 비조대의 정면에서 폭발을 일으켰고, 그대로 클레어모어처럼 정면으로 아주 작은 쇳조각 같은 타천사의 기운을 뿌려댔다.

우르릉…….

우릉!

콰앙……!

그리고 시작 타이밍에 타락 천사의 심판이 터져 지상에 작렬했다. 이 모든 일이 일어나기까지 걸린 시간은 채 10초도 안 되는 짧은 시간이었다. 하지만 이 짧은 시간에 백에 가까운 비조대가 무형 화살의 파편에 휘말려 추락을 시작했다. 지상에 내리꽂혔던 심판도 만만치 않았다. 이제는 불특정하게 떨어지는 심판마저 순간적으로 의식을 집중해 폭발 콘셉트를 정할 수 있는 경지에 이른 석영은 벼락이 지면에 내리꽂히는 순간, 클레어

모어처럼 폭발과 비산의 의지를 심었다.

그 결과, 폭발에 휩쓸린 악시온 제국군들은 새까맣게 타면서 사지가 찢겨 나갔고, 그 이후 비산 때문에 주변에 있던 제국군 도 온몸에 구멍이 송송 뚫린 채 쓰러졌다.

단 한 방이 가져온 피해치고는 그 결과가 엄청났지만 이번 은 역시 달랐다. 아침까지만 해도 같이 웃고 떠들던 동료가, 전 우가 목숨을 잃은 채 쓰러졌지만 악시온 제국군은 그쪽으로는 시선도 주지 않고 달려들고 있었다.

흡사 광기마저 느껴지는 것 같은 진군이었다.

아니, 실제로 저릿저릿했다.

치익.

―전 병사들은 듣는다. 저격 팀은 공중 병력만 노리고, 그 외 나머지 병사들은 사다리를 타고 올라오는 놈들은 노린다.

"예!"

한지원의 지시가 떨어지자 성벽 위에 우렁찬 대답이 들려왔 다. 쩌렁쩌렁한 그 대답은 악시온 제국군의 기세에 조금도 밀리 지 않았다.

치익.

―여기서 밀려도 두 번째 요새로 이동하면 그뿐이지만, 알다 시피 이런 대규모 전쟁은 기세전이다. 여기서 밀리면 아마 파죽 지세로 밀고 들어와 두 번째 요새도, 세 번째 요새도 함락당하 게 될 것이다. 그러니…….

잠시 숨을 고른 한지원의 목소리가 재차 들려왔다.

치익.

―미안하지만 가족을 위해, 우리가 지켜야 할 백성을 위해, 한목숨 바쳐다오. 나 또한 내놓겠다.

아주 잠시 숙연한 분위기가 피었지만, 금방 사라졌다.

치익.

―물론 이 전쟁은 우리가 승리한다. 그동안 단련했던 너희를 믿고, 너희를 이끄는 나를 믿어라. 보여주자. 우리가 그동안 준비했던 것들을… 후후.

끝은 스산한 웃음이었다.

석영은 그 웃음에 피식 웃으며 시위를 잡아당겼다. 새까만 죽음의 화살이 시위 끝에 머물렀다. 석영은 잠시 맺힌 화살을 보다가 눈을 동그랗게 떴다.

"호오……."

어둠만 몰려들어 그냥 새까맣기만 했던 화살에 변화가 생겼다. 눈빛에 머무는 빛의 변화처럼, 마치 살아 있는 것처럼 맥동하는 붉은 선이 뱀처럼 화살의 전신을 휘감고 있었다.

피식.

'이 순간에 진화(進化)라…….'

나쁘지 않지.

씩 웃음이 나왔다.

"흡!"

상체를 벌떡 세운 석영은 이미 자신의 공격으로 인해 넓게 산개해 날아오는 비조대를 겨눴다. 그리고 그 순간 '기이잉……'

기계 돌아가는 소리가 들렸다. 다연장포의 포신이 움직이는 소리였다.

치익.

―자, 불꽃 파티 시작이다.

발사!

한지원의 목소리가 성벽 위를 쩌렁 울리는 순간, 다연장포가 장전하고 있던 포탄을 일제히 쏘아 올렸다.

그 모습은 일대 장관이었다.

정말 딱 그렇게밖에 설명할 수밖에 없는 게, 마치 잔잔한 바다 위에 포말을 일으키는 것처럼 하얗고 청명한 겨울 하늘에 갑자기 새하얀 연기가 뱀처럼 꼬물거리며 수놓아지기 시작했다.

총 30발.

악시온 제국군은 그게 뭔지 알 길이 없을 것이다. 하지만 자신들에게 해가 되는 무기인지는 알았는지 저마다 방패를 치켜 올렸다. 그리고 그 순간, 석영도 시위를 놨다.

'관통, 추적.'

투웅……!

쇄애애액!

날카로운 소리를 내며 하늘을 찢어발긴 화살은 첫 번째 목표물에 순식간에 도착했다. 연이지만 방향 조작이 가능한지 미세한 움직임을 보였지만 그 정도로 석영의 저격을 막기에는 무리가 있었다.

퍼걱!

머리통을 그대로 날려 버린 화살이 그대로 직각으로 꺾였다. 그러곤 마치 눈이라도 달린 것처럼 공중에 떠서 날아오던 비조대의 머리 열 개를 터뜨리고 사라졌다.

쾅과광……!

쾅웅!

석영의 저격이 끝나는 순간 미사일이 바닥에 살포시 도착, 그 안에 품고 있던 불길을 사방으로 터뜨리기 시작했다. 온갖 비명이 난무했다. 사방으로 팔다리가 휘날렸다. 폭발이 주는 피해는 엄청났다.

쾅웅…….

쾅과광…….

저 멀리, 다른 곳에서도 포를 사용했는지 은은한 폭음이 들려왔다. 이제 제대로 전투가 시작됐다는 전조였다.

부슝!

"아싸! 손맛 좋고!"

어떤 손맛을 말하는 걸까?

나창미의 살기와 흥분이 적당히 믹스된 외침에 석영이 그런 생각을 할 때, 부슝! 부슝! 하고 적진이 혼란에 빠진 틈을 타 한 지원의 팀이 저격을 시작했다. 상공을 날아오던 비조대가 하나 둘씩 축 늘어지기 시작했다. 하지만 당연히 티도 안 나는 수준이었다. 다만 그래도 저격당할지 모른다는 생각에 이리저리 발악하며 진형이 뭉개지는 효과는 있었다.

석영은 이쯤 되면 악시온 제국군에 변화가 생길 거라고 봤다. 시작부터 화끈하게 털렸으니 조심스럽게 움직이지 않을까 생각한 것이다.

하지만 그 생각은 아주 확실하게 빗나갔다.

"돌겨… 억!"

오히려 더욱 악에 받친 모습으로 달려들었다. 제국군의 눈빛에는 아예 광기마저 감돌았다. 석영은 그 모습에 눈살을 찌푸리면서도 의문을 가졌다.

'저렇게 달려든다고?'

저렇게 이성을 잃은 것 같은 모습으로?

군중심리? 그것도 누가 앞에서 유도하는 사람이 있어야 일어나는 법이었다. 그런데 석영의 저격을 두려워한 나머지 옷마저 일반 병사들의 옷을 입은 중간 지휘관들이 저런 모습을 이끌어낼 수 있을까?

석영은 그건 절대 불가능하다고 봤다.

힐끔.

성벽 병사들과 자신의 팀원들과는 완전히 다른 붉은색 계통의 장비를 차려 입은 한지원이 보였다.

한눈에 확 튀니 누가 봐도 지휘관인 걸 알고 그녀를 노릴 거다. 그리고 그걸 그녀도 알고 있었다. 그런데도 그녀는 당당했다.

'저 정도는 되어야 신뢰를 줄 수 있고, 무리를 이끌 수 있는 거지.'

그런데 지금 악시온 제국군은 그런 구심점이 없었다. 그런데도 저렇게 맹목적으로 달려들 수 있는 이유가 뭘까?

석영은 화살을 다시 시위에 먹이면서 그 이유를 생각해 봤다. 시작부터 저런 이상함이 눈에 딱 보이는데 그냥 무시하고 싸우기엔 너무나 찝찝했다.

치익.

"뭔가 이상하지 않아?"

지휘관 채널로 바꿔 무전을 때린 석영은 곧바로 다시 화살을 먹였다.

투웅⋯⋯!

시위를 떠난 화살이 다시 비조대 다섯의 머리를 날리고 지면에 박혔다. 한지원의 답변은 그 뒤에야 들려왔다.

치지직.

—애들이 맛탱이가 간 것 같은데? 아침밥에 뭘 처넣었거나, 아니면 약이랍시고 환각제 같은 걸 먹였을 수도 있어.

아아⋯⋯.

이해가 갔다.

석영도 옛날에 들은 것 같았다.

전투 직전에 두려움을 극복하게 만들기 위해 마약 성분이 든 약이나 음식을 먹여 전장에 내보낸다고. 그러면 죽음에 대한 두려움과 공포는 어느 순간 사라진다. 그리고 그 대신 강력한 적의만 남는 광전사만 남는다.

이는 실제로 옛날부터 익히 써왔던 방법이었다.

'아니, 현대전이라고 그리 다를 것도 없겠지⋯⋯.'

강력한 진통제 모르핀만 봐도 그렇다.

대개는 부상이 심한 상황에서 쓰지만, 일단 사용된다는 것 자체가 문제가 될 소지가 많은데도 전쟁은 그걸 용납하게 만들었다.

지금도 마찬가지다.

"욕할 것도 없나."

전장 자체가 이미 광기에 서서히 물들어가고 있는데, 약을 했든 마법을 걸었든 무슨 상관일까.

중요한 건 그저 살아남아야 한다는 것, 그것 하나뿐이었다.

부우……!

석영이 다시 시위를 먹이고 있는데 악시온 제국군 진지에서 거대한 고동 소리가 울렸다. 그 소리에 제군군이 일시에 멈칫했다.

'퇴각? 아니, 그럴 리는 없겠지.'

그럼 뭐냐?

둥! 두웅!

두 번의 북소리가 뒤이어 울리자 갑자기 악시온 제국군의 진형이 쫙 갈라졌다. 중앙에 길을 연 것이다. 석영은 열린 길 끝을 바라봤다.

"어……?"

첫 번째로 보이는 건 마치 지옥으로 향하는 입구처럼 보이는 새까맣고 거대한 포신이었다. 그걸 본 순간 소름이 확 올라왔다. 그리고 그건 석영만 그런 게 아니었다.

치직.

—이런! 모두 충격 대비!

우웅…….

포신이 웅웅거리면서 울었다.

동시에 포신의 주변으로 열기가 솟구치는지 아지랑이가 피어올랐다. 새까맣던 포신이 새빨갛게 달궈지기 시작했는지 주변 공간이 일렁거렸다.

석영은 급히 철시를 빼고 다시 시위를 당겼다. 검붉은 어둠이 몰려들어 타천 활에 맺히면서 그 강렬한 존재감을 뿜어내기 시작했다.

고오오…….

보통의 저격으로는 안 될 것 같아 화살을 좀 더 크게 만드는 동안 이제는 아예 붉은 입자가 몰리는 걸 본 석영은 헛웃음을 터뜨렸다.

"미친……. 뭔 건담도 아니고!"

입자빔이라도 갈길 작정인 거냐?

그러면서도 석영은 저게 뭔지 직각적으로 깨달았다.

'성문 파괴용 공성 병기……!'

알스테르담에 마력포도 있는 마당인데, 저런 게 악시온에는 없으리란 법도 없었다. 제국의 칭호에 걸맞게 전쟁에 대한 준비도 착실히 했다면 말이다. 새빨갛게 달궈졌던 포신이 이제는 하얗게 물들고 있었다.

"아주 지랄 맞네……."

그걸 보면서 이제 곧 발사의 순간이 다가왔다는 걸 석영은 느낄 수 있었다. 현대의 지구에도 없는 강화 합금 철판을 성문에 덧댔지만 저걸 보니 어째 그걸로는 부족할 것 같았다. 석영은 욕지거리를 내뱉으면서도 정신을 집중했다.

타이밍 못 맞추면 성문은 단숨에 박살 날 것이다.

고오…….

그런 마음 때문에 타천 활에 맺힌 화살도 거의 어른 팔뚝 두 개를 합쳐놓은 것처럼 두껍게 몸을 부풀리고 있었다.

지끈…….

과도한 힘의 사용 때문이지 뒷골이 짜르르 울리고 바늘로 후비는 것 같은 통증이 몰려들기 시작했다. 생각은 하고 있었지만 처음 사용해 보는 무식한 화살을 걸었기 때문이었다. 그러나 석영은 오직 포신만 노려봤다. 정확하게 위치를 잡을 수 없으니 지금 저격은 불가능했다. 그래서 발사의 때를 노릴 작정이었다.

하얗게 작열하던 포신이 순간 우뚝 멎은 것처럼 느껴졌다.

석영은 직감적으로 발사의 순간이라는 걸 느꼈고, 그대로 시위를 놨다.

투웅……!

직각에서 쏘아진 거대한 화살이 그대로 성문 아래로 내리꽂혔다가, 쭉 열린 길을 따라 그대로 궤적을 바꿔 쏘아졌다. 그 속도는 말 그대로 쏘아진 화살처럼 빨랐다.

투쾅……!

동시에 정체불명 공성 병기의 포신이 불을 뿜었다.

순간적으로 쫙 쏘아져 나오는 물체를 석영은 제대로 포착했다.

'원형 포탄……? 성문을 아예 박살 낼 작정이었냐…….'

생각이 끝날 때쯤, 원형 포탄과 석영의 화살이 부딪쳤다.

콰왕……!

충돌 즉시 폭음이 터졌고, 충격파가 사방을 휩쓸었다. 근처에 있던 악시온 제국군의 팔다리가 찢겨 나가면서 비산했다가, 기운에 휘말려 들어가 마치 분쇄기에 넣은 것처럼 갈려 버렸다.

파츠츠츠츠!

뒤이어 검붉고 새빨간 번개 같은 기운이 마치 스파크처럼 튀어올랐다.

'맙소사…….'

석영은 입을 쩍 벌렸다.

처음이었다.

타천 활의 저격이 막힌 건.

아니, 정확하게는 밀어내고 있었다. 재미있게도 거대한 두 기운은 의지가 있는 것처럼 부딪치는 순간 서로 착 달라붙어 힘겨루기를 시작했다. 그 모습은 마치 줄다리기 같았고, 자존심 대결처럼도 보였다.

까득!

석영은 이를 악물고 의식을 집중했다.

모두가 멍하니 그 기운의 대결을 바라봤다.

10초, 20초, 30초, 1분, 2분, 3분이 넘게 엎치락뒤치락 하더니, 승패가 갈렸다.

승자는 석영이었다.

검붉은 대형 화살은 원형 포탄을 그대로 쪼갰고, 조금 더 전진하더니 그 힘을 다 했는지 안개처럼 흩어지며 소멸됐다. 동시에 석영도 바닥에 털썩 주저앉았다.

"아으… 썅."

욕지거리가 훅 올라왔다.

후두둑.

뒤이어 코에서 피가 마치 수도꼭지를 튼 것처럼 쏟아졌다.

이미 떠난 화살이지만 석영은 거기에 계속 의식을 집중하고 있었다. 본능적으로 알았다. 밀리는 순간 성벽은 무조건 박살난다는 것을. 그럼 적어도 삼만 이상의 악시온 제국군이 요새로 밀고 들어올 거고, 그건 곧 제대로 된 전투도 못 해보고 요새 하나를 넘겨주는 꼴이 됨을 뜻했다.

'그 꼴은 절대 못 보지…….'

그런 마음에 작정하고 적의 공성 병기를 막았지만, 석영의 출혈도 만만치 않았다. 비조대가 다시금 스멀스멀 움직이며 다가오고 있지만 석영은 다리가 후들거려 일어날 수가 없었다.

치지직.

—궁병과 저격 팀은 비조대를 막는다! 절대 저격수에게 다가가지 못하게 해!

한지원이 단번에 석영이 상태를 알아봤는지 석영을 보호하라는 지시를 내렸다. 그에 잠시 멈췄던 전투가 다시금 재개됐다.

부슝! 부슝!

나창미의 저격을 시작으로 이제는 죽기 살기로 날아오는 비조대에 계속 저격이 이어졌다.

치익.

─석영 씨, 괜찮아? 이건 지휘부 채널이니까 나만 들어.

석영은 일단 손가락을 까닥거려 봤다.

크게 문제는 없었다.

다만 머리가 뻐근하고 몽롱한 기운이 찾아와 놀아달라고 하는 중일 뿐이었다. 하지만 이럴 때 절대 센 척하면 안 된다는 걸 이미 한지원에게 세뇌당하듯이 당부받은지라, 솔직하게 현상태를 얘기하기로 했다.

치익.

"골이 지끈거리고 앞이 흐려. 잠시 동안은 쉬어야 할 것 같은데?"

치익.

─얼마쯤?

치익.

"십 분 이상."

치익.

─오케이. 내가 신호줄 때까지 최대한 휴식 취해. 절대 활 쏘

지 말고.

석영은 버튼만 두 번 눌러 알겠다는 대답을 보내고, 벽에 등을 기댔다. 벽에 서려 있던 차가운 기운이 뒷목을 타고 흐르기 시작하자 마음이 좀 안정되는 것 같았다.

석영은 인벤에서 바로 포션과 알약 네댓 개를 꺼내 입에 털어 넣었다.

포션은 외상, 알약은 내상 치료에 효과가 있었다. 특히 알약은 김선아가 준 특제약으로, 지친 정신을 일깨우는 데 탁월하다고 했다.

"후우……"

전투가 한창이지만 석영은 한숨과 함께 담배를 꺼내 입에 물었다. 정신력 회복을 위해서는 웃기지만 이 백해무익한 담배도 조금 도움이 됐다.

비릿한 피 냄새, 화약, 불에 타는 냄새를 잠시 가려준다는 이점도 있었다.

담배 연기를 뿜어내기 무섭게 전투가 재개됐는지 악에 받친 함성이 들려왔다. 석영은 그 소리를 들었으면서도 그대로 눈을 감았다.

휴식.

지금은 무조건 휴식이다.

혹시 적의 공성 병기가 다시 한번 원형 포탄을 쏘아낼 수도 있으니 성벽에 적병이 올라와 피해가 발생하든 말든 지금은 무조건 쉴 때였다. 그런 마음으로 담배 하나를 다 피우고 두 개

째를 입에 물었을 때였다.

쿠궁!

쿵! 쿵! 쿠웅!

그그극!

요새 성벽이 뒤흔들리는 느낌과 돌 벽을 갈고리가 긁으며 고정되는 소리가 들렸다.

첫날, 석영이 허락하지 않았던 백병전의 시작이었다.

episode 67
전면전II

그때는 허락하지 않았던 백병전이 이제는 정말 제대로 벌어질 모양이었다. 그 증거로 석영은 눈을 감고 있지만 악시온 제국의 언어로 '돌격! 돌격! 다 죽여!' 거칠게 소리치는 온갖 고함 소리가 성벽과 가까워지고 있음을 느꼈다. 석영은 그 소란 속에서도 눈을 꼭 감고 편한 자세로 몸을 뉘였다.

　치직.

　그사이, 한지원은 막 성벽을 타고 올라오는 악시온 제국군을 바라보며 비릿한 미소를 지었다. 사방에서 휘몰아치듯 피어오르고 있는 화연과 피 냄새가 잠들어 있던 야성을 제대로 자극하고 있었다.

　슈슈슈슉!

웃고 있는 그녀의 옆으로 궁병의 사격이 스쳐 지나갔다. 동시에 반대로 악시온 제국군 궁병들도 성벽 위를 향해 사격을 시작했다.

"이건 뭐, 사극 찍고 있는 것도 아니고……."

비현실적인 느낌이 너무나 강했지만 엄연한 현실이라는 것 또한 확실히 인지하고 있었다.

"으아……!"

화살 공격을 피한 적병이 드디어 한지원의 앞까지 도달했다.

쉭!

눈빛이 이상하게 풀려 있는 걸 보며 그녀는 깨달았다. 확실히 아침에 먹은 음식에 무슨 헛짓거리를 해놨음을.

날아드는 칼날을 고개만 까닥여 피한 한지원의 어깨가 한 번 움찔했다.

빡!

우득!

상큼한 소리와 함께 적병의 고개가 뒤로 휙 꺾였다가 다시 제자리로 돌아왔다. 그리고 덜렁덜렁 앞뒤로 흔들렸다. 단타에 목뼈가 부러져 버린 것이다. 그런데도 적병은 무슨 일이 일어났는지 인지도 못 했다.

퍽!

발로 걷어차기 무섭게 다시 고개가 휙 꺾이며 붕 떠서 뒤따라 올라오던 아군을 덮쳤다.

스르릉!

칼날이 집에서 빠져나오며 나는 섬뜩한 소리에 힐끔 고개를 돌려보니 나창미가 허리춤에 꽂아놨던 대검을 뽑아 드는 게 보였다.

"흐흐⋯⋯."

그러곤 전에 없이 광기에 젖은 모습으로 웃음을 흘렸다. 그 웃음에 담긴 의미가 너무나 살벌해서 그녀는 '하아⋯⋯' 한숨을 내쉬었다.

"죽어!"

신기하게도 이해가 되는 욕설에 고개를 돌려보니 적병 하나가 달려들고 있었다.

쉭!

또 그녀의 목 언저리를 노리고 들어오는 칼날을 이번에도 똑같이 고개만 까닥여 피한 그녀는 상큼한 미소와 함께 입을 열었다.

"싫어."

쉬익.

우두둑!

손을 뻗어 턱을 슬쩍 민 것 같은데 그 간단한 동작에 목이 돌아가 버렸다. 순간적인 힘의 집중이 정말 엄청났다.

쉭!

푹!

푸북!

걸쳐진 사다리를 타고 적병들이 계속해서 물밀듯이 올라왔고, 제대로 된 백병전이 시작됐다. 비릿한 피 내음이 사방에서 마치 분수처럼 솟구치기 시작하자, 전장은 점차 광기로 채워지기 시작했다. 그렇게 채워지는 광기는 자신의 영역에 존재하는 모든 인간에게 하나의 의지를 부여했다.

죽여라.

죽이고, 또 죽여라.

눈앞에 존재하는 너의 적의 심장에 칼을 꽂아라.

광기가 선사한 맹목적인 살의는 대체 뭘 처먹었는지 이제는 침까지 질질 흘리기 시작하는 악시온 제국군 병사들을 아예 미쳐 날뛰게 만들었다.

"쯔……."

빡!

꽈직!

하지만 사다리 앞에 선 그녀에게 덤벼들던 병사들은 죄다 목이 돌아가거나 부러진 채 그대로 성벽 아래로 떨어졌다. 처음에는 미소를 짓던 그녀의 얼굴에는 미소가 벌써 사라져 있었다. 작금의 현실, 약으로 병사를 광인으로 만들어 달려들게 하는 악시온 제국군의 대가리가 마음에 들지 않았기 때문이다.

하지만 그렇다고 지금 당장 그녀가 할 수 있는 건 없었다.

쉭!

"으아! 으아아!"

평소에 받은 훈련이 있을 텐데도 막무가내로 검을 휘두르는 병사의 눈빛은 이미 제정신이 아니었다.

푹! 푹!

서걱!

그런 병사의 눈을 보면서 그녀는 처음으로 검을 제대로 썼다.

겨드랑이와 쇄골에 한 방, 그리고 목이 반으로 갈라질 만큼 그어버린 뒤에 그녀는 곧바로 피가 튀기 전에 발로 툭 쳐서 날려 버렸다. 쉭! 화살 한 발이 그녀의 뺨 옆을 스쳐 지나가며 머리카락 몇 가닥을 잘랐다. 날카로운 파공성이 귓가로 생생하게 울렸는데도 그녀는 미동도 없었다.

시선은 사다리를 기어 올라오는 적병에 고정되어 있었다.

"음……?"

그런 그녀는 곧 이상한 점 하나를 포착할 수 있었다. 광기에 물든 병사들 틈에 눈빛이 생생한 놈들이 있었다.

혹시나 해서 좌우의 사다리를 살펴보니 확실히 병사들 틈에 눈빛이 날카롭게 빛나는 놈들이 섞여 있었다.

"호……."

재미있는 수작을…….

그녀는 허리에서 권총을 꺼내 놈의 미간에 겨눴다. 그러자 고개를 들어 그녀를 올려다본 놈의 눈빛에 스산한 살기가 머물렀다.

"꼬나보기는……."

타앙!

픽!

권총의 존재를 모르진 않을 거다. 일본의 요원들이 악시온 제국에 스며들었으니 말이다. 하지만 워낙에 창졸지간에 일어난 일이고, 사다리라 회피 공간이 거의 없어 놈은 피하지도 못하고 미간을 뚫려 절명했다.

치직.

한지원은 이후 권총을 회수하며 무전기 버튼을 눌렀다.

"아무래도 병사들 틈에 요원 같은 놈들이 있는 것 같다. 복장은 똑같지만 눈빛이 다르니까 상대할 때 주의하도록."

쉭!

말이 끝나기 무섭게 다시금 칼날이 사타구니로 날아들었다.

"매너하고는……."

깡!

푹! 서걱!

검을 손에서 휘릭 돌려 튕겨내고, 그대로 찌르고 갈랐다. 워낙에 빠르게 벌어진 일이라 적병은 눈만 멀뚱히 뜬 채로 침을 질질 흘리다가 고꾸라졌다.

픽! 그걸 또 걷어차 버린 한지원은 여전히 나직이 한숨을 내쉬었다.

"이건 끝이 없는데……."

이렇게 서서 딱 이 정도 수준이라면 언제까지고 버틸 자신이 있었다. 하지만 이래서야 끝이 없었다.

적병의 수는 아주 새까맸다. 대체 몇인지 그녀도 가늠이 어려웠다. 다행히 요새 옆으로는 깎아지른 절벽이 버티고 있어 올라오기 힘들지만 문제는 체력이었다. 이런 근접 전투는 체력을 지나치게 소모한다. 최소한의 에너지를 보충할 시간이 필요한데 지금 상황에는 자리 교체를 해주기도 어려웠다.

물론 자신의 팀원은 걱정하지 않았다.

지금도 충분히 극한 상황이지만, 그녀들은 더더욱 처절한 극한 상황을 상정하고 훈련에 임했고, 실전을 거치며 경험을 쌓았기 때문이다. 아마 중간중간 에너지가 떨어진다 싶으면 어떻게든 알아서 틈을 만들어 에너지바를 입에 쑤셔 넣을 게 분명했다. 문제는 이곳, 이 나라 프란 왕국의 병사였다.

"으아아!"

쉬익!

"어, 왜?"

푹!

탕!

타앙! 타앙!

탕……!

날아든 검을 가볍게 피하고 다시 심장에 깔끔하게 한 방을 먹여준 그녀는 권총을 꺼내 바로 뒤에 있던 놈들 네 놈의 미간을 순식간에 갈겨 버렸다. 그러자 잠시의 틈이 났다. 빠르게 주머니에 있던 에너지바를 입에 넣고 우적우적 씹어 꿀꺽 삼켰다. 이 행동은 충분히 팀원들에게 전달이 됐을 것이다.

굳이 권총을 꺼내 요란스럽게 적을 사살한 이유도 이목을 집중시키기 위해서였다.

싸워라.

하지만 먹으면서 싸워라.

메시지는 이미 충분히 전달됐을 테니 다시금 전투에 집중하기로 했다.

"어차피 피할 수도 없는 거, 누가 이기나 한번 해보자."

씩.

악시온 제국군은 싱긋 웃는 그녀의 웃음에 자극을 받았는지 이성을 잃고 달려들기 시작했다. 하지만 실력 차이가 너무나 극명했다. 이놈들은 아마 모를 것이다. 그들이 자랑하는, 믿어 의심치 않았던 초인 '재앙의 유다'의 목을 갈라 버린 게 바로 눈앞에 한지원이라는 것을. 모르면 용감하다는 말이 괜히 나온 게 아니었다.

올라오는 족족 손대기 무섭게 픽픽 쓰러져 떨어졌다. 눈빛이 다르던 요원? 그놈들은 몇 번 버티긴 했다.

쉭! 쉬익!

일단 검 쓰는 요령부터가 달랐다. 자세를 낮추고 하체 위주로 해오는 공격과 공격의 거리가 길지 않았다. 게다가 짧은 단타 위주였다. 공격이 실패하면 검을 회수해 방어하기 위한 공격법이었다.

딱 이것만 봐도 역시 일반 병사들과는 달랐다.

하지만 그렇다고 그녀의 상대가 되는 것도 아니었다.

숙!

다시 종아리를 베어오는 검을 그녀는 아주 정확하게 발바닥
으로 짓밟았다.

깡!

검이 지나가는 그 짧은 순간에 발로 밟는 게 가능은 한 걸
까? 엄청난 동체 시력을 가져야 하는 건 물론이고, 말도 안 되
는 일이지만 그 일을 해냈다. 그래서 눈을 동그랗게 뜬 적 요원
의 눈빛에 점차 황당함, 그리고 그다음에 벌어질 일 때문에 공
포가 깃들어갔다.

"재롱 잘 봤어."

빡!

칼을 밟았던 발을 그대로 쭉 펴며 턱을 갈겼다.

우득!

아래에서 위로 정확히 끊어 찼고, 놈의 목 근육과 뼈는 한지
원의 각력을 버티지 못했다. 우득 소리와 함께 고개가 뒤로 젖
혀졌고, 덜렁덜렁 흔들렸다. 목뼈가 완전히 박살 났는데도 숨
은 아직 붙어 있었다.

하지만 딱 숨만 붙어 있었다.

이미 신경부터 시작해 죄다 박살 나버린지라 회생은 불가능
했다. 그리고 혹여 회생이 가능한 방법이 있다고 해도, 그 방법
을 놈이 취할 틈을 그녀가 줄 리가 없었다.

"끄으으……."

침을 줄줄 흘리며 눈동자만 들어 살려달라고 애원을 보내왔
지만 그런다고 그걸 들어줄 그녀가 아니었다. 하지만 그렇다고

바로 죽이지도 않았다. 이미 저항할 능력을 모조리 잃은 상태였다. 그냥 저대로 두면 적병의 진로를 막아줄 아주 훌륭한 방해물이 될 것이다. 하지만 그런 그녀의 의도는 곧바로 무산됐다.

뒤에서 오던 병사가 걸리적거리자 그대로 머리채를 잡아 옆으로 밀어버린 것이다.

피식.

"전우애고 나발이고 아무것도 없구나."

오직 맹목적인 전투 본능만 살아남은, 이 정도면 그냥 괴물이다. 인성은커녕 최소한의 도덕심도 이미 모조리 말라 버린 괴물. 그런 괴물에게 베풀어줄 자비를 그녀는 가지고 있지 않았다.

휙!

우드득!

칼을 쥔 손목을 잡아챈 뒤, 남는 손을 뻗어 턱을 잡고 그대로 돌렸다. 최소한의 힘으로 적을 죽이는 데는 이렇게 목을 돌리거나 심장이나 목젖을 가르는 게 최고였다. 그녀는 쓰러지려는 놈을 그대로 잡아 뒤로 밀듯이 던져 버렸다.

날아간 놈이 사다리를 타고 올라오던 놈들을 다시 덮쳤고, 몇 놈이 중심을 잃고 쓰러졌다. 어수선함이 살짝 일어났을 때, 그 틈을 타고 눈빛이 다른 놈 하나가 또 사다리를 타고 달려와 그녀에게 몸을 날렸다.

"오……."

몸놀림이 지금까지 붙었던 놈들과는 전혀 달랐다. 일단 속도만 봐도 확실히 장난이 아니었다.

쉭!

쉬익!

"일본도?"

날렵한 선을 자랑하듯 뽐내고 있는 무기를 보니 저도 모르게 일본도가 떠올랐다. 익히 알고 있는 일본도가 대태도(野太刀)의 종류에 들어가고, 그걸 좀 축소시킨 걸 소태도(小太刀)라고 한다. 놈이 손에 든 건 전형적인 소태도였다. 이도류를 위해 발전한 칼이라는 걸 아는지 적은 양손에 한 자루씩 쥐고 있다.

깡!

목을 노리고 들어오는 소태도를 한지원은 역수에 날이 안쪽으로 들어오게 쥐고 있던 대검으로 막았다.

"……."

황갈색 눈동자를 본 순간 그녀는 깨달았다.

이러한 상황에서도 조금의 흔들림이 없다는 건 전문적인 훈련을 받았다는 뜻이고, 실전 경험도 만만치 않게 풍부하다는 뜻이었다. 그리고 하나 더. 짧게 자른 머리카락이지만, 얼굴의 선과 몸매의 선, 그리고 눈빛과 풍기는 향으로 대번에 알 수 있었다.

이놈, 아니, 이년 여자다.

그래도 여자라는 걸 숨기고 싶진 않았는지 숨을 쉴 때마다 상큼한 과일향이 섞여 나왔다. 피 비린내가 진동을 하는 전장에 상큼한 과일향이? 진짜 말도 안 되는 소리였다. 게다가 전장에서는 위생을 챙기기란 정말로 힘들다.

주변에 강이 있으면 모르겠지만 이곳 리안 주변에는 강줄기가 흐르지 않았다. 그러니 식수를 빼면 쓸 수 있는 물은 매우 한정되어 있다. 아, 눈이 오긴 했었다. 하지만 기후가 대체적으로 따뜻한 프란 왕국의 특성상 눈은 쌓일 정도로 내리는 건 매우 드문 일이다. 그리고 심지어 쌓인다고 하더라도 아주 얇게 쌓일 뿐이었다.

그런데 이 여자는 식수로 위생을 해결했다.

한지원은 그 의미를 아주 잘 알았다.

'식수를 마음껏 써도 되는 직위에 있거나, 아니면 적어도 그에 준하는 자와 연관되어 있겠지.'

그리고 또 하나 더.

위생 관념이 대중화된 휘드리아젤 대륙이지만 이렇게 과일향이 나는 입욕제는 매우 고가에 거래된다. 그런데도 썼다는 것은 자신을 신경 쓰는 데 금전을 아끼지 않는 사람일 가능성이 매우 높았다.

특이한 금색을 띄고 있는 눈을 보며 한지원이 씩 웃었을 때였다.

쉭!

쉬익!

힘을 뺀 복면녀는 한 걸음을 뒤로 물러났다가 다시 화살처럼 한지원에게 쇄도했다. 하지만 그녀는 여전히 여유로웠다. 오금을 노리고 휘어들어 오는 소태도를 한 발자국 물러나는 걸로 피해 버린 뒤, 뺐던 발을 그대로 채찍처럼 휘둘렀다.

빡!

군화 굽이 정확히 복면녀의 정강이를 때렸다. 경쾌한 소리가 터진 걸로 보아 아찔한 통증이 아마 휩쓸고 지나갔을 텐데도 눈빛이 잠시 떨리는 수준에서 끝났다. 그리고 오히려 빙글 돌려 쥔 소태도를 그대로 쭉 그어 올렸다. 앞으로 나오며 그었기 때문에 궤적의 위치는 한지원의 사타구니로 향하고 있었다.

불쾌한 공격이었다.

하지만 한지원은 웃었다.

이런 경우가 당연히 처음이 아니었기 때문이다.

"같은 여자끼리 너무하는 거 아니니?"

마치 동생을 나무라듯이 타이르는 음성이었다. 그리고 뒤이어진 행동은 동생의 반항기를 잠재우는 행동 같았다.

휙.

솟구쳐 올라오는 검을 피해 손목을 잡아 뚝 당겼다. 그러자 반대편 손에 들린 소태도가 이번엔 목으로 날아들었다. 그러나 그 정도는 충분히 예상하고 있던 한지원이었다.

뚝!

그 손도 감아 뚝 꺾고, 그대로 끌어안아 마치 레슬링 선수처럼 뒤로 상체를 뒤집으며 던져 버렸다.

"윽……."

너무나 순간적으로 잡아 던졌기 때문에 복면녀의 눈에 처음으로 제대로 된 감정이 깃들었다. 그건 딱 봐도 당황이었다. 전투가 한창인데도 부웅 떠서 포물선을 그리며 날아가는 복면녀에게 시선을 준 한지원이 씩 웃으며 속삭이듯 말했다.

"앙큼한 것, 이따 보자?"

그러곤 바로 다시 시선을 돌렸다.

두둑, 두둑.

목을 푼 한지원은 여전히 눈빛이 정상이 아닌 놈들을 향해 씩 웃으며 손가락을 까닥거렸다.

"컴……."

흠칫!

그녀는 말을 끝까지 뱉지도 못하고 몸을 떨고는 고개를 휙 소리가 날 정도로 돌렸다.

고오오…….

저 멀리 붉은 아지랑이가 일렁이는 게 보였다.

"아… 지랄."

붉은 아지랑이는 그녀에게 잘 보란 듯이 색깔을 하얗게 변태(變態)해 갔다.

치직.

―지원 간다.

귓가로 들리는 석영의 무전에 그녀는 다시 시선을 앞으로 돌리고는 무전기 버튼만 두 번을 꾹꾹 눌렀다. 아주 잠시지만 잊고 있었다. 지금은 전쟁 중이고, 적을 죽이기 위해 무슨 짓이든

하는 상황임을.

"내가 너무 물러터지게 상대했네."

그녀는 반성했다.

체력을 아끼기 위해서 최대한 간결한 동작 위주로 적의 진입을 저지하고 있었지만 생각해 보니 이러다 죽으면 체력을 아끼고 나발이고 모두 무용지물이다.

"아껴야 똥 된다는 말도 있는데… 그치?"

화르르…….

피잉……!

불이 확 들어왔다. 아니, 솟구쳤다.

석영의 눈빛에 기이한 빛 덩어리가 머무는 것처럼, 김아영의 눈빛도 변한 것처럼, 당연히 한지원의 눈빛에도 변화는 있었다. 제대로 마음을 먹으면 나타나는 살기 가득한, 새파란 청광(清光)이다.

그 빛은 시도록 차갑지만, 반대로 아름답기도 했다. 아주 은은하게 빛나고 있어 신비롭기까지 했다.

하지만 이 빛은 그녀가 정말 앞에 있는 모든 것을 멸할, 멸살(滅殺)의 의지를 품었을 때만 깨어났다.

그녀의 기세가 변하자 가장 먼저 알아차린 건 동료, 나창미였다.

"후후, 우후후……."

음산한 웃음이 신기하게도 마치 귀곡성처럼 요새 위를 둥실둥실 떠다니기 시작했다. 한지원의 변화에 안 그래도 살기 가득했던 나창미는 반대로 차분해져 갔다. 눈빛이 착 가라앉았고, 나사 하나 풀린 것 같던 표정은 더욱더 심하게 풀렸다. 이윽고 그 표정은 최면에라도 걸린 것처럼 몽롱하게 변해갔다.

한지원과는 정반대로 각성해 버린 나창미였다.

두 사람이 그렇게 변하자 그녀의 팀이 뿜어내던 기질도 일시에 변했다. 한지원은 변한 팀원들의 기세를 느끼며 무전기를 들었다. 여유가 가득 느껴지고, 심지어 우아함까지 느껴질 정도로 느릿한 동작이었다.

하지만 마치 지옥 불처럼 솟구치고 있는 한지원의 기세에 눌린 악시온 제국군은 오히려 움직임을 멈추고 그녀를 살피고 있었다.

"훗……."

나른한 웃음을 흘린 그녀는 통신 버튼을 가볍게 눌렀다.

치직.

"내가 잘못 생각했다. 아껴봐야 똥 된다는 말을 잠시 잊었다. 어차피 우리에게는 탄이 거의 무한대로 있는데 말이다."

"후후후……."

나창미의 웃음이 대답처럼 들려오고 나서, 한지원은 새로운 지시를 내렸다.

치직.

"지금부터 전투 스타일을 바꾼다. 모두 섬멸전으로 들어가도록. 목표는 눈앞에 보이는 모든 적의 사살이다. 이상."

"접수! 애들아! 가즈아……!"

한지원의 지시가 떨어지자마자 가장 먼저 변한 건 당연히 나창미였다. 그녀는 손에 쥐고 있던 대검을 허리에 차고 있던 벨트에 다시 집어넣고 요새 벽에 세워뒀던 라이플을 집어 들었다. 총열 덮개가 붉은색인 아주 유명한 소총이다. 본래 그녀의 팀이 쓰는 소총은 따로 있지만, 나창미는 이상하게 흥분하면 악명이 자자한 AK 소총을 꺼내 들었다.

철컥! 처걱!

나창미를 시작으로 전 팀원들이 모두 대검 대신 라이플을 들었다.

"일 팀 사격! 이 팀은 엄호! 모두 사격 개시!"

"꺄하하!"

나창미의 섬뜩한 웃음과 동시에 모든 라이플의 총구가 불을 뿜기 시작했다.

*　　　*　　　*

투다!

투다다다다!

소총이 불을 뿜는 소리를 들으면서도 석영은 걸음을 멈추지 않았다. 의식은 깨어 있는 선잠을 자던 석영은 상당히 먼 곳이지만 공기가 요동치는, 아니, 악시온 제국의 공성 병기가 공기 중 에너지를 빨아들이는 것을 느꼈다.

그걸 느끼는 즉시 잠에서 깼고, 눈을 비빌 틈도 없이 한지원에게 무전을 하고 몸을 날렸다. 에너지가 느껴지는 곳은 오렌 공작과 북방 사령관 마르스가 지키고 있는 요새였다. 그쪽은 병사들의 질이 정말 엄청나게 높지만 반대로 석영과 같은 초인급 무력은 없었다.

'즉, 그 공성 병기를 막을 수 없다는 거지……'

석영이 도착하기 전에 포가 쏟아지면?

그쪽 요새는 무조건 뚫린다.

석영이 한 번 붙어본 결과 제아무리 김선아의 강화 합금 철판을 덧댔다고 하더라도 맞는 즉시 성문은 쪼개질 것이다. 아니, 터져 나갈 것이다. 석영은 무조건 그렇게 될 거라고 장담할 수 있었다.

한쪽 정도만 뚫리는 건 어차피 상관없었다. 두 군데의 요새에서 지원을 나가면 중간에서 적의 병력을 싸먹을 수도 있기 때문이다.

하지만 파죽지세처럼 밀려서 3구역 제2요새, 제3요새까지 단숨에 뚫리면 얘기가 달라진다. 이 경우는 반대로 뚫고 들어온 병력이 틀어서 2구역과 1구역의 후미를 때릴 수도 있었다. 아니면 그쪽의 요새를 점령해 아군을 고립시킬 수도 있었다. 최악의 상황을 가정하라면 석영도, 한지원도, 오렌 공작도, 노엘도 딱 그 부분을 찍을 것이다. 그래서 석영은 사전에 얘기한 대로 움직였다.

최악의 경우가 오기 전 무조건 움직여, 적 병력의 기세를 꺾어 요새를 최소한 하나만 넘겨주는 방향으로 말이다.

파츠츠츠츠……!

요새간 거리를 아예 잘라먹듯이 내달리는 석영은 사실 굉장히 빨랐다. 말보다도 빠르게 정말 문자 그대로 주변이 획획 잔상만 남을 정도로 달려가고 있는데도 천지를 요동시키는 강력한 에너지 기운이 이제 구체로 응집되는 게 느껴졌다.

'빌어먹을……'

하필이면 제3구역이다.

석영이 있던 곳에서는 거리가 가장 멀다. 아직 반도 도착하지 못했는데 벌써 공성 병기가 발사될 조짐이 느껴졌다. 석영은 달리면서 무전기를 꺼내 주파수를 돌렸다. 전투 중 무전에 혼선을 주지 않기 위해 각 구역에서 사용하는 주파수가 달랐다.

치직.

"공작님! 일단 병력을 이 성벽으로 물리십시오!"

석영이 급하게 말을 전달하고 달리기를 수 분, 답이 건너왔다.

치직.

—알겠네.

그는 왜 병력을 물리냐고 묻지 않았다. 그도 뻔히 전방에서 일어나고 있는 기현상을 직접 보고 있었기 때문이다. 그렇게 무전을 전달하고 몇 분 지나지 않았을 때였다.

투쾅……!

마치 레일건이 발사되는 것 같은 공기 터지는 소리가 들렸다. 필시 적의 공성 병기가 터지는 소리가 분명했다.

쾅!

그리고 3초도 지나지 않아 뭔가가 박살 나는 소리가 들렸다. 확실했다. 성문은 결국 악시온 제국의 공성 병기를 한 방도 견디지 못했다.

"썅……!"

그래서 석영은 마음이 급해졌다.

최대한 빨리 달리고는 있지만 아직도 거리가 상당했다. 그렇게 다시 10분쯤 더 달렸을 때였다.

치직.

—각 부대 피해 보고!

단단한 오렌 공작의 목소리에 잠시 뒤에 각 부대별 피해 보고가 속속 들려오기 시작했다. 석영은 일단 오렌 공작이 무사함에 안도했다. 그는 총사령관이면서, 프란 왕국군의 정신적 지주 중 한 명이었다. 그런 그가 만약 전사했다면 아군의 사기는 뚝 꺾였을 게 분명했다. 한참을 달리고 나서야 3구역 2번째 요새 근처에 석영은 도착했다.

"우와……!"

"다 죽여!"

성문이 뚫리면서 잔뜩 흥분한 악시온 제국군의 외침이 아련하게 들려왔다. 석영은 언덕 위에 몸을 납작 엎드리고는 적을 살펴보기 시작했다.

'아따……'

새까맣게 몰려든다는 표현이 정말 잘 어울렸다. 썰물. 석영은 악시온 제국군을 보자 괜히 그런 단어가 떠올랐다.

'여기까지. 일단은 막고 보자.'

적의 예봉을 일단 주춤하게 만들어야 했다. 기세를 꺾어서 조심스럽게 움직이게 만들어도 아군이 다시 진형을 정비할 시간으로는 충분할 것이다. 게다가 3구역은 가장 정예병들이 모여 있는 곳, 아마 석영이 5분만 끌어줘도 준비는 끝날 것이다.

'거리는 됐고……'

이미 어딘지 머릿속에 각인해 놨다.

두드드드득!

뒤로 조금 물러난 석영은 시위에 걸고, 온 의식을 집중하기 시작했다. 화살에 부여한 의지는 딱 네 가지였다.

'거대화, 폭발, 비산, 관통……'

의지를 부여하던 석영은 뒤통수에 느껴지는 뜨끔한 통증에 인상이 순간 일그러졌지만, 점차 커져가는 화살을 노려보면서 이를 악물고 참았다.

'시발… 내 인생에 편한 전쟁이 있었어?'

뭐, 몇 번 있기는 했었다.

하지만 거의 대부분이 목숨을 걸었다.

특히 전쟁이라 부를 만한 것에 참여했을 때는 언제나 그랬다.

시위가 바르르 떨릴 정도로 화살이 거대해졌을 때야 석영은 만족하고는 멈췄다. 그는 그다음 화살을 거의 수직에 가깝게

추켜올렸다.

"후… 우……."

투웅……!

석영이 시위를 놓는 순간, 새까만 어둠이 빛을 잡아먹으며 솟구치기 시작했다.

깡!

까강!

이미 성벽 위로 올라선 악시온 제국군 병사의 칼 세 개를 막은 차샤는 몸을 확 낮췄다.

스가악!

그녀의 도가 발목 앞으로 쭉 가르자 악! 하는 고통에 찬 신음 소리가 머리 위에서 들려왔다.

휘릭!

"아프냐! 나도 아프다!"

이상한 세상에 날아가서 봤던 드라마에 나왔던 대사를 따라하며 차샤의 몸이 풍차처럼 돌았다.

서걱!

비스듬히 올라간 도가 쇄골부터 턱까지 쭉 긋고 지나갔다. 피가 온 사방으로 튀었지만 차샤는 꿈쩍도 하지 않고 그 피를 모조리 맞았다. 그러곤 꿈에 나올까 두려운 미소를 입가에 그렸다. 차샤의 온몸에서 피어나는 새빨간 수증기를 보면 지금 그녀가 어떤 전투를 치르고 있었는지 한눈에 알 수 있었다. 그리고 그런 그녀와는 아주 대조적으로 갑옷에 피를 거의 묻히

지 않은 아리스가 바로 근처에서 눈앞에 보이는 적병을 베어 넘기고 있었다.

그녀의 공격은 아주 깔끔했다. 소태도보다 긴 대태도, 그녀는 본인의 허리까지 오는 도(刀)를 아주 자유자재로 다뤘다. 아주 세밀한 부위까지 정확하게 찔러 넣고 그어버리는 섬세함은 이런 피 튀기는 전장이 아니었다면 정말 아주 돋보였을 것이다.

타앙! 타앙!

탕……!

그리고 아주 의외로 주 무기를 바꾼 노엘이 가장 후미에서 전장을 지원하고 있었다. 그녀의 주 무기는 본래는 에스터크나 레이피어에 가까운 독특한 찌르기형 병기였다. 하지만 이런 난전에는 어울리지 않음을 그녀 본인이 가장 잘 알았다. 그래서 그녀는 무기를 바꿨다.

무려 권총이었다.

한지원의 도움으로 장탄수와 안전함이 뛰어난 글록을 받은 그녀는 매일 새벽 악착같이 권총 사격을 연습했다. 워낙에 센스가 좋은 그녀인지라 제자리에 서 있는 표적은 거의 백발백중이고, 그 이후는 이동 사격을 끝없이 연습했다.

움직이는 표적은 확실히 맞추기 힘들었다. 그리고 이런 난전에는 까닥 잘못하면 아군의 뒤통수에 총탄을 꽂아 넣는 경우도 종종 벌어질 수 있었다. 하지만 노엘은 역시 노엘이었다. 어떤 상황에서도 웬만해서는 평정심을 유지하는 그녀답게, 호수처럼 가라앉힌 정신으로 아군이 미처 발견하지 못한 적병의 급소에 총탄을 박아 넣었다. 그래서 난전이 시작됐지만 2구역 요새는 조금도 밀리지 않고 있었다.

아니, 그 이상이었다.

바닥에 쓰러져 있는 시체는 거의 전부라고 할 수 있을 만큼, 제국군 복장을 입고 있었다.

"우아아!"

"시끄럽게 소리는!"

악을 쓰며 달려드는 제국군 병사를 잔뜩 찡그린 인상으로 노려보던 차샤가 마치 고양이처럼 내달렸다.

"우악!"

부웅!

양손으로 쥐고 그녀의 목을 향해 마치 몽둥이 휘두르듯 검을 쓰는 제국군 병사를 보며 차샤가 씩 웃었다.

"누나가 그런 어설픈 공격에 맞아주기엔… 너무 잘 싸워요!"

획!

푹!

그극! 그그극!

빙글 돌려 역수로 쥔 도를 가슴 부근에 꽂아 넣고는 그대로 아래로 쭉 그어버렸다. 심장을 보호하고 있던 뼈가 갈리는 소리가 이렇게 시끄러운 전장에도 유독 크게 울렸다.

"극… 그으……."

"아따… 어리네."

도를 뽑고 물러선 차샤는 이번엔 웃지 못했다.

얼굴에서 광기는 물론 생기마저 빠져나가고 있는 병사의 얼굴을 자세히 보자 너무나 어렸기 때문이었다. 이제 고작 열여섯? 다섯? 절대로 스물은 안 됐을 앳된 얼굴이었다.

"엄마……."

전혀 예상도 못 했던 엄마의 존재를 찾으며 쓰러진 어린 적군을 보던 차샤의 얼굴에 짜증이 확 서렸다.

"…시발."

그리고 당연히 거친 욕설이 튀어나왔다. 이렇게 어린 적을 죽이고 나면 당연히 입맛이 썼다. 이 정도면 정규군은 아니다. 거의 소년병 수준이다. 병사 양성을 위해서 어린 나이에 입대를 받았다고 해도 숙소에 처박혀 창질을 하고 있을 나이지, 절대로 이런 전장에 투입되어서는 안 되었다.

"개새끼들……."

하지만 악시온 제국은 그런 암묵적인 룰마저 어겼다.

"니들 나라 애들도 아니겠지……?"

필히 프란 왕국까지 밀고 올라오며 포로로 잡은 아이들에게 약을 먹이고, 강제로 칼을 쥐어준 다음에 병사들 틈에 섞어 내보냈을 것이다. 이게 너무 싫었다. 아주 구역질이 올라왔다. 하지만 또 그렇다고 차샤가 죄책감을 느끼는 건 아니었다. 그런 걸 느끼기엔 그녀가 걸어온 길이 너무나 처절했다.

까득!

이 갈리는 소리가 섬뜩했는지, 아니면 아침에 처먹은 약발이다 떨어져 광기가 서서히 사라지고 제정신을 찾고 있는 건지 피를 뒤집어쓴 채로 인상을 빡빡 쓰고 있는 차샤를 보며 악시온 제국군은 멈칫멈칫했다.

흠칫······.

그런 악시온 제국군을 노려보던 차샤는 순간 등골에 소름이 돋았다. 칙칙하다는 말로는 설명이 안 될, 그러나 익숙하기도 한 무형의 기세가 갑자기 3구역이 있는 곳에서 피어오르기 시작함을 느꼈다. 그래서 저도 모르게 입꼬리가 씩 말려 올라갔다.

'움직이기 시작했구나······.'

사실 석영의 기세가 느껴지기 이전 3구역 성문이 박살 나는 소리는 당연히 차샤도 들었다. 아니, 애초에 무슨 짓을 했는지 공기 중 에너지를 빨아들이며 빨갛게, 하얗게 작렬하는 빛 무리까지 본 마당이었다. 그래서 안 그래도 불안하긴 했다. 그 불안한 마음을 겉으로 표현할 만큼 어수룩하지 않을 뿐이었다.

어쨌든 그런 불안한 마음이 전투 중에도 찜찜하게 남았었는데 익숙한 기세가 느껴지자 싹 날아가 버렸다.

무려, 석영이다.

저격수.

전장의··· 저격수.

쇄애애액!

파공성이 들리기 시작해 본능적으로 고개를 돌려보니 새까만 어둠이 마치 전설의 블랙 드래곤처럼 꾸물거리며 올라가더니, 이내 수직으로 꺾여 대지로 내리꽂히기 시작했다.

콰웅……!

단지 화살이 꽂혔을 뿐인데도 무슨 폭탄이 터진 것처럼 굉장한 굉음이 울렸다.

뒤이어 무슨 일이 일어났을지는 뻔했다. 저격수가 좋아하는 공격은 저 어둠을 지면에 터뜨려 폭발시킨 뒤, 갈기갈기 찢어진 어둠마저 흩어지지 않고 그의 의지대로 주변의 적을 마구 사살하게 만든다. 성문이 박살 났으니 적은 썰물처럼 안으로 들어왔을 거고, 좋다고 달려 들어온 만큼 한데 뭉쳐 있었을 것이다.

그럼 저 한 방으로 뒤질 적의 숫자는 감히 예상조차 힘들다. 하지만 저격수는 그런 공격보다는, 존재 자체가 훨씬 더 아군에게 거대한 도움을 주었다. 지금처럼 거대한 공격은 일반인도 피부로 느낄 수 있을 정도로 거친 기세를 풍긴다. 그러니 악시온 제국군은 물론 아군 또한 모두 저격수가 근처로 왔다는 것을 느꼈을 것이다. 또한 그의 등장 자체만으로도 아군의 전투력과 사기는 저절로 올라가게 되어 있었다.

그러면 적군은? 말해 뭐 하나. 사기가 땅바닥에 처박힐 것이다. 그리고 그런 그녀의 생각처럼 아군의 사기가 확 올라간 게 피부로 느껴졌다. 성벽 위로 올라왔던 놈들도 순식간에 제거되었고, 사다리로 올라오는 놈들을 삼 인 1조로 움직여 착실하게 막아냈다.

핑!

푹!

잠시 정신을 팔았는지 화살 한 대가 날아와 막을 검을 휘두르를 준비를 하던 병사의 목에 꽂혔다.

송의 지원이었다.

"송, 나이스!"

"한눈팔지 마요, 단장!"

"알았어!"

차샤는 검을 털고는 다시 정면을 노려봤다. 저격수가 근처에 있다. 그는 아마 전장이 한눈에 보이는 높은 곳으로 다시 자리를 잡았을 것이다. 애초에 이런 상황이 닥쳐오면 그를 위한 장소를 곳곳에 마련해 뒀다.

그곳에서 이제 2, 3구역 전부를 지원하기 시작할 것이다.

'일 구역은 안 밀렸나 보네……'

그런 생각이 들었는데, 이상하게 차샤는 자존심이 살짝 상하는 걸 느꼈다. 한지원은 분명 대단하다. 하지만 크게 차이가 나지 않으리라 생각했었다. 그러나 아니었다. 저격수가 이곳에 온 걸 보면 그쪽은 성문도 이상이 없고, 적을 막는 데 조금도 부족함이 없다는 뜻이었다. 그게 아니라면 저격수가 이쪽으로 왔을 이유가 없었다.

"칫……"

하지만 차샤는 고개를 흔들어 그런 생각을 털어냈다.

지금은 전장의 한복판이었다.

헛생각하다가는 모가지가 썰려 죽을 수도 있는 전장의 한

복판.

"후우……."

크게 한숨을 내쉰 그녀의 눈빛은 좀 전보다는 훨씬 침착해
졌다.

씨익.

"안 올 거야?"

"……."

"그럼… 누나가 갈까?"

차샤의 눈치를 살피던 적병이 그 도발 한 번에 '으아아!' 하고
괴성을 내지르며 우르르 달려들기 시작했다. 이윽고, 잠시간 멈
춰 있던 그녀의 도가 다시 한번 춤을 추기 시작했다.

*   *   *

차샤의 생각처럼 석영은 적의 예봉에 제대로 한 방을 먹인
뒤, 1구역은 좀 멀지만 2, 3 구역의 요새는 확인이 가능하도록
세워놓은 철탑에 올라 있었다. 거리가 엄청 멀긴 하지만 상관
없었다.

석영의 강화된 안력과 김선아에게 받은 특별한 렌즈를 착용
하면, 농담이 아니라 전투 최전선에 선 이들의 표정마저 식별이
가능하다.

석영은 무전기를 조종해 지휘관 전용 채널로 들어갔다.

치직.

"이삼 구역 뒤 철탑입니다. 지금부터 지원 시작합니다."

석영이 무전을 때리고 얼마 지나지 않아 알았다는 뜻으로 '칙칙, 칙칙' 무전기가 울었다. 석영은 일단 렌즈를 착용하고, 버튼을 조정해 줌을 쭉 당겼다. 그러자 2구역의 1요새 성벽 위의 모습이 마치 마법처럼 당겨지며 보이기 시작했다.

'과학의 힘이란……'

진짜 어마어마하다.

석영은 바로 고개를 흔들어 잡생각을 털어냈다.

아직 익숙하지 않은 탓에 좀 어지러웠지만 지금은 그걸 따질 겨를이 없었다.

"아……"

피로 목욕을 한 걸까?

의복을 아예 피로 물들이고 나찰처럼 싸우고 있는 차샤의 모습이 보였다. 역동적이기까지 한 경쾌한 움직임에 절로 탄성이 나왔다. 그 옆에 아리스도 그랬고, 이제는 제법 총을 잘 다루는 노엘의 모습도 잘 보였다. 석영은 전장을 일단 전체적으로 훑어봤다.

한지원이 그랬다. 지원을 하려면 전장 전체를 살펴볼 수 있는 넓은 시야와 위급한 순간에만 지원을 해야 하는 정확한 통찰력이 있어야 된다고.

석영은 안다.

자신에게 그 정도의 시야감과 통찰력은 없음을.

하지만 진화를 통해 얻은 감각은 그 누구보다도 예민하고 날카로웠다. 석영은 이게 충분한 도움을 줄 것을 확신했다.

'차샤가 잘해주고 있어. 아리스도 그렇고, 노엘도, 송도.'

흘러가는 전투의 양상을 보니 한차례 성벽 위를 오르게 했던 것 같긴 했다. 하지만 지금은 다시 밀어내고 사다리에서 적군을 상대하고 있었다. 용병단의 사기와 실력은 대단했다. 2, 3인씩 조를 짜서 정규군과는 다른 변칙적인 공격으로 악시온 제국군을 올라오는 족족 떨궈내고 있었다.

그 중심에는 발키리 용병단과 레이첼 용병단의 간부들이 있었다.

'이쪽은 잠시 동안은 안심해도 좋겠어.'

석영은 이어서 3구역, 2요새로 시선을 돌렸다.

3요새는 마르스 후작과 오렌 공작의 지휘하에 다시금 전열을 재정비한 것을 확인할 수 있었다. 하지만 최초의 공격에 병력의 공백이 생긴 상태. 집중 지원을 해야 할 곳으로 석영은 이곳을 선택했다.

마침, 병사들과 똑같은 복장이지만 일반병과 확연히 다른 투구를 쓴 채 빨리빨리 달리라고 재촉하는 적의 지휘관이 보였다.

두드드득.

석영은 그놈을 보고, 조용히 시위를 당겼다가 놨다.

쇄애액!

퍼걱!

2차전 시작이었다.

투웅……!

픽!

어디서 날아오는지도 가늠이 안 되는 어둠이 지휘관의 머리를 족족 박살 내면서 악시온 제국군 지형에 혼란을 일으키고 얼마 지나지 않았을 때였다.

"음…….."

전선에 변화가 생겼다.

정확히는 2구역 가장 후미에 일단의 무리가 나타났다. 새빨간 흉갑. 귀신 형상의 투구, 길쭉한 대태도. 그걸 보는 석영의 눈빛이 일순 꿈틀거렸다. 아주 익숙한 복장이었다. 그런데 그 익숙한 복장이 극도의 짜증을 유발했다.

"아… 이 새끼들 진짜……."

사무라이[侍].

이제는 역사의 뒤안길로 사라진 일본 봉건시대 무장들을 일컬어 사무라이라 불렀다. 그들의 특징은 너무나 명확하다. 움직이는 게 가능할까 싶은 중갑에 뿔이 달린 귀신상의 투구, 그리고 전체적으로 붉은색으로 투구든 갑옷이든 도색을 한다. 적에게 공포감을 일으키기 위해서였다.

2구역은 이미 한차례 난전이 벌어진 전적이 있었다. 3구역은 요새가 뚫리긴 했지만 이미 제2요새로 이동해 전열을 다듬은 상태였다. 한지원이 있는 1구역은 아예 성벽 위로 올라가지도 못했다.

그래서 악시온 제국군의 귀산자는 2구역을 함락시키기 위해
숨겨두었던 무사 집단을 움직였다. 석영은 줌을 당겨 적을 확
인했다. 확실히 사무라이가 맞았다. 그런데 일본의 사무라이와
다른 게 있었다.

'저 붉은 문신은 뭐지?'

투구가 꽉 막힌 형태는 아니었다.

그래서 얼굴이 보이는 사무라이들이 몇몇 있었는데 그들의
얼굴에는 기하학적인 붉은 문신이 새겨져 있었고, 심지어 은은
하게 빛나고 있었다.

치직.

"노엘, 얼굴에 문신이 빛나는데 이게 뭐지?"

노엘에게 묻고 잠시 기다리자 답이 들려왔다.

치익.

―마법적 힘을 담겨 있다고 생각하면 됩니다.

마법적 힘?

아아…….

그러고 보니 예전에 들은 적이 있는 것 같았다.

마도제국 알스테르담은 호칭답게 마법에 정통했고, 초원제
국 발바롯사는 마법이 아닌 늑대, 사슴 등 초원에 사는 동물의
영혼을 받아들이는 주술을 사용하며, 악시온 제국도 발바롯사
와 비슷하지만 좀 다르게 문신을 통해 강신을 한다고 말이다.
마도제국의 마법을 제외하면 둘 다 몸에 과부하를 엄청 주는
방식이지만 능력은 정말 상상 이상이라고 했다. 일례로 재앙의

유다의 치유력도 문신을 통한 회복이라고 했다.

치익.

"약점은?"

치익.

―문신의 힘을 발동한 뒤로 대략 한 시간 이상 전투는 불가능합니다.

노엘의 답을 들은 석영은 인상을 찌푸렸다. 한 시간이면 볼장 다 볼 만한 시간이었다. 그렇다면 저쪽을 막을 필요가 있었다.

치익.

"문신으로 받아들이는 건 뭐지? 악마나 뭐 그런 건가?"

치익.

―아리스가 말하기를, 잡신(雜神) 수준의 영(靈)을 받아들여 일시적으로 전투력을 높이는 거랍니다.

잡신이라…….

"잡신이란 말이지……?"

번뜻 스쳐 가는 게 있었다.

석영이 가진 것은? 타락 천사의 활이다.

신과 악마에 가장 근접했던 타천사 루시퍼. 게임상 타천 활은 자신의 존재 아래 개체에게는 무한한 공포를 선사한다고 했다. 그리고 그 설정은 현실에서도 사용이 가능했다.

'빌어처먹을 시스템이 개입만 하지 않는다면 말이지…….'

몬스터 웨이브로 나오는 놈들이 아니면 석영이 무기를 꺼내

드는 순간 공포감을 느끼고 도망을 간다.

그렇다면? 잘하면 통할 가능성이 있었다.

잡신을 받든 놈들이 과연 타천사의 기세를 버틸 수 있을까? 이 전투도 시스템이 개입하지 않았다면 분명 가능할 거라는 판단이 섰다.

석영은 그런 생각에 일단 3구역으로 다시 시선을 돌렸다. 석영이 지금 이 자리를 이탈하면 가장 위험한 곳은 당연히 3구역, 제2요새다. 오렌 공작을 못 믿는 건 아니었다. 마르스 후작을 못 믿는 것도 아니었다.

둘 다 전투 지휘에 있어서는 자신보다 뛰어난 사람이라는 걸 석영은 아주 잘 알고 있었다. 하지만 아까처럼 공성 병기가 다시 한번 노려온다면? 2요새는 단숨에 뚫릴 것이다. 그리고 그쪽에서 반대로 타고 돌아간 적병이 1, 2구역의 후미를 때릴 수도 있었다. 그것만은 반드시 막아야 했다.

하지만 사무라이가 문제였다.

수는 대략 300 정도.

근데 잡신의 강림시킨 광전사의 느낌이 물씬 풍겼다. 그래서 극한으로 열린 감각이 절대로 그냥 둬서는 안 된다고 경고하고 있었다.

'저것들이 전장에 참여하기 전에 제거해야 할 것 같은데……'

또 그러기엔 오렌 공작이 지키는 요새가 불안했다. 하지만 어느 양단 간 확실한 결정을 내려야 할 때였다.

그리고 그런 석영의 도움을 도와주는 무전이 들려왔다.

치직.

─이쪽은 준비 끝냈으니 걱정 말고 마음대로 하게.

오렌 공작의 무전이었다.

그 무전에 잠시 생각에 잠겼던 그는 곧 고개를 끄덕였다.

치직.

"최대한 빨리 정리하고 오겠습니다."

치직.

─허허, 걱정 말래도. 이쪽도 이미 만반의 준비를 갖췄으니 그리 쉽게 뚫리지는 않을 걸세. 그리고 든든한 지원군이 막 도착했네.

'지원군?'

석영은 궁금했지만 일단 나중에 듣기로 하고 탑을 내려와 2구역 요새로 달리기 시작했다. 석영의 이동은 전보다 훨씬 빨라져 있었다. 주변 풍경이 휙휙! 고속 열차를 탄 것처럼 지나갔다.

"어?"

"비켜!"

근처에서 대기 중이던 병사들이 석영을 발견하곤 놀란 표정을 지었고, 급한 석영은 유례없이 비키라고 큰 소리를 쳤다. 절대로 그놈들을 전장에 합류하게 둘 수 없다는 생각 때문에 마음이 급한 상태였다. 날듯이 계단을 뛰어 올라간 석영의 시선에 가장 먼저 보인 건 목 아래에 칼을 꽂아 놓고 썰고 있는 차샤였다.

붉은 선혈에 흠뻑 젖은 그녀의 모습은 피로 목욕을 했다는 에르체베트 바토리(Erzsebet Bathory)를 떠올리게 만들었다. 그만큼 그녀의 모습은 처절했다. 하지만 움직임으로 보아 아직 다친 곳은 없어 보였다.

인사를 할 시간도 없이 석영은 1구역에 있던 곳과 똑같은 장소로 얼른 올라갔다. 그리고 전방으로 시선을 돌리자 빠른 걸음으로 다가와 이제 막 전장의 후미에 도착한 사무라이 집단이 보였다.

툭.

툭.

"어? 오빠!"

"오셨습니까."

먼저 와 있던 송과 매의 어깨를 툭 치자 정말 상반된 반응이 나왔다.

"지금부터 내가 맡을게. 둘은 내려가서 지원해."

"네!"

"네."

휙!

벽을 짚고 두 사람이 뛰어내리자 석영은 다시 전방을 보고 줌을 당겼다. 카메라 렌즈로 보는 것처럼 적진의 후미가 눈앞으로 다가왔다.

"후, 후우……."

거리는 대략 3㎞ 정도, 저격하기엔 문제가 없는 거리였다. 가장 선두에 있던 자가 손을 들어 올렸다. 그러자 그 뒤에 있던 사무라이들이 일제히 도(刀)를 뽑아 들었다. 그 행동으로 인해 전장의 기세가 급격하게 변했다.

승천하는 기세에 적진 후미에 있던 악시온 제국군들은 일시에 흠칫하곤 뒤를 돌아봤다가, 길을 열었다.

마치 홍해가 갈라지듯 주르륵 길이 열리는 장면은 솔직히 말해 장관이었다. 하지만 반대의 입장에서는 매우 별로였다.

"시발, 지랄하네……."

가장 선두에서 전투를 치르던 차샤의 거친 욕설이 그 증거였다. 갈라진 길 사이로 사무라이들은 차분한 걸음으로 다가왔다. 마치 어떻게 되든 난 상관없이 다 죽일 수 있다는 자신감으로 보였다.

기세와 분위기는 확실히 변했다.

예민한 감각을 가진 석영은 그걸 한눈에 알아봤다.

'굉장히 이질적인…….'

예전이었다면 분명 소름이 돋았을 것이다. 목숨을 걸어야겠다고 또 다짐했을 것이다. 하지만 지금은 아니었다. 석영은 이상하게 자신이 있었다.

'잡신…….'

고작 잡신 따위에게 이곳에서 죽을 생각은 조금도 없었다.

전장의 분위기는 급속도로 변했다.

죽인다는 악은 사라지고, 처절함이 가득했던 칼춤도 사라졌

다. 고용하게 변한 채 다가오는 사무라이 집단에게 시선이 집
중되어 있었다.

석영은 거기서 알 수 있었다.

정면 승부.

실력이 있다면 오히려 전투에 일반 병사는 방해만 될 뿐이
다. 그래서 기세로 길을 열었다. 또한 지켜보라는 뜻도 있었다.

마치 연극의 주인공처럼 지켜봐 주길 원하고 있었다.

사다리에서 적당히 떨어진 곳에 다시 멈추는 사무라이. 가
장 선두에 두 개의 혹각을 단 투구를 쓴 자가 손을 들어 올리
자 그 뒤에 있던 무사 적각의 뿔이 난 투구를 쓴 셋이 고개를
끄덕이곤 그대로 질주하기 시작했다.

빨랐다.

농담이 아니라 진짜 빨랐다.

열기라도 내뿜는 건지 몸 주변으로 아지랑이가 피어오르는
것도 보였다.

타다다닷!

순식간에 가속도를 받은 채 사다리를 타고 올라오기 시작할
때, 석영은 이미 시위를 당겨놓은 상태였다.

"끼햐아……!"

사다리 중간에서 새처럼 활강을 하려는 모양인지 공중으로
몸을 붕 띄웠다. 그 순간 석영은 시위를 놨다.

투웅……!

쇄애애액!

퍽……!

기세 좋게 날았지만, 새까만 빨랫줄 같은 어둠이 공중에 뜬 무사 셋을 일시에 꿰뚫었다. 그것도 모두 머리를 뚫어버렸다. 관성에 의해 머리는 날아갔지만 그대로 날아오던 시체를 차샤가 귀찮다는 듯이 돌려 찼다.

퍽!

남은 두 구는 아리스가 해결했다.

멍…….

모두의 시선이 시위를 다시 손을 걸고 있는 석영에게 몰렸다.

"와우……! 언제 왔어?"

"좀 전에. 저것들 어째 위험해 보여서 말이지."

"뭐야! 나 못 믿는 거야?"

"믿지."

"그럼 끝까지 믿어!"

에휴…….

차샤다운 반응이었다.

피가 뚝뚝 떨어지는 얼굴을 본 석영은 몸을 날려 아래로 내려갔다.

"뭐야, 왜 내려와?"

"고생했어. 지금부터 저놈들은 내가 맡을게."

"아니, 저격수가 왜 정면에 서! 이씨! 너 진짜 나 못 믿지!"

"믿는다니까. 좀 떨어져 있어. 생각보다… 거칠 테니까."

"이씨……."

툭툭, 차샤의 어깨를 두드려 준 석영은 사다리 앞에 정면에 섰다. 뚝, 뚜둑. 아주 오랜만이었다.

'이렇게 최전방에 선 건 말이지…….'

대충할 생각은 조금도 없었다.

석영이 앞에 서자 흑각을 단 무사가 앞으로 나섰다.

"와우… 흑각이네? 저 정도면 초인 바로 아래일 텐데……."

아리스가 중얼거리는 소리가 들려왔지만 석영의 고요한 심리 상태에 어떠한 영향도 끼칠 수 없었다.

"그대가 저격수인가?"

거리가 꽤 먼데도 마치 지근거리에서 던진 것처럼 또렷한 목소리가 들려왔다. 석영은 그에 답해주듯, 고개를 끄덕였다.

"호오……."

흥미로움이 가득한 감탄사가 건너왔다.

석영은 이렇게 말로 질질 끄는 성격은 아니었다. 하지만 상황이 상황인지라, 성벽 위에 있던 아군이 쉴 시간은 만들어줘야 했다. 그것도 석영이 정면에 선 이유 중에 분명하게 있었다. 그래서 석영은 저놈이 뭐라고 하든, 일단 덤벼들기 전까진 들어줄 생각이었다.

"기이한 향을 풍기는군. 음… 비슷해. 그대는 우리와 비슷한 존재인가?"

비슷한?

피식.

어디 하급 잡신 따위나 강신하는 것들이……

석영은 지금 활을 집어넣은 상태였다. 하지만 만약 꺼내면? 그땐 석영이 원했던 대로 상황이 흘러갈까? 확실히 그 부분은 궁금했다.

"칼로 대화하는 부류군. 그대의 생각이 그렇다면……. 그 바람, 들어주마."

바람?

바라지 않았다.

그가 손을 들자 사무라이 집단 전체의 기세가 일시에 솟구쳤다. 짜릿짜릿한 기파가 사방을 휩쓸고, 주변 사물이 일렁거렸다.

엄청난 기세였다.

"……."

침묵한 채 투구 사이로 일렁이는 불꽃을 보며 석영은 천천히 활을 꺼내 들었다.

활을 꺼내 든 석영의 주변으로 어둠이 몰려들었다. 밤이 오는 것처럼 새까맣게 몰려든 어둠이 석영의 주변을 감싸기 시작했다. 이는 환상이었다. 하지만 현실이었다. 마법도 아니고 주술도 아닌, 인간을 초월하기 시작한 존재가 뿜은 힘의 결정이었다.

찌릿! 찌릿!

어둠이 몰려들어 석영을 중심으로 뭉치기 시작한 뒤에야, 엄청난 광풍이 몰아치기 시작했다.

"이건 또 뭔……!"

차샤가 몰려드는 광풍 때문에 양팔로 얼굴을 가리는, 전장에서는 용서가 안 될 행동을 하고 말았을 정도로 광풍은 엄청났다. 잘게 쪼개진 돌덩이는 그냥 빨아들일 정도로 엄청난 풍력이었다.

요새 위에 있던 아군은 난데없는 광풍에 전열이 흐트러지는 골 때리는 참사를 맞았지만, 반대로 이 기이한 일을 정면으로 맞이한 사무라이들은 집단 패닉에 빠졌다.

가장 선두에 있던 흑각 무사는 사다리에 말을 올리려다가, 그대로 우뚝 멈춰야 했다. 온몸에 새긴 문신에 담긴 영(靈)이 요동을 치기 시작했다.

주술에 담긴 영(靈)은 강제적으로 담았다.

특별한 매개체인 15살 이전의 동남(童男), 동녀(童女)의 피를 주재료로 문신을 새기고, 다시 특별한 매개체인 몇 가지 재료로 의식을 치러 영을 불러와 문신에 가뒀다. 그렇게 가둔 영(靈)은 필요할 때 육신에 강림시켜 본신의 에너지와 합쳐 엄청난 운동에너지를 생산할 수 있었다.

그게 사무라이 집단이 가진 영적인 힘의 정체다.

그런데 지금 집단의 가장 큰 힘인 영(靈)이 미치기 일보 직전까지 날뛰고 있었다. 죽는다고 악을 쓰고 있었다.

모든 게 눈앞에 어둠과 함께 광풍이 몰아치는 기사(奇事)가 벌어진 뒤였다.

끼아……!

심령으로 연결된 영이 처절한 비명을 내질렀다.

흑각 무사인 그와 연결된 영(靈)은 살아생전 검을 수련했던 여검사의 영혼이었다. 그런데 두려움은 거의 없고, 상성도 좋아 전장에 나설 때면 그에게 무한한 용기와 힘을 전해줬다. 그래서 그는 자신의 영을 특별한 존재로 여기고 이름까지 붙여줬다.

덜덜…….

뒤를 돌아봤더니 수하들도 자신과 별반 다를 게 없는 상태였다. 아니, 오히려 훨씬 심했다. 몇몇은 벌써 무릎을 꿇고 바닥을 벅벅 긁고 있었다. 처절한 몸부림이었다.

까득!

이를 악문 그는 다시금 앞을 바라봤다.

광풍은 잦아들었고, 돌개바람으로 변해 저격수의 주변을 맴돌고 있었다.

"으득……! 이게 도대체가……!"

무시무시한 기세였다.

천지를 어둠으로 물들여 버릴 모양인지, 그만 보였다. 그 뒤에 성벽은 아예 어둠의 장막에 가로막혀 있었다. 꾸물거리던 어둠이 움직이더니, 저격수의 등 뒤로 모였다. 그러곤 그를 천천히 공중으로 띄웠다.

"저건……."

그는 저도 모르게 눈을 비볐다.

저격수의 등 뒤로, 날개가 돋아나고 있었다. 순백의 날개? 절대, 절대 아니었다. 오히려 불길하기 짝이 없는 검붉고, 은회색의 이상한 빛이 마치 뱀처럼 꾸물거리고 있는 어둠의 날개였다.

눈빛도 마찬가지였다.

새까만 어둠이 몰려든 눈동자엔 칙칙한 어둠이 연기를 흩뿌리며 머물러 있었다. 그는 직감했다.

저자…….

"인간이… 아닌 건가?"

육체는 인간이다.

대화를 나눠봤을 때도, 인간 같은 반응이었다.

하지만 지금은……?

자신이 공격 명령을 내리려는 찰나 완전히 다른 사람으로 화한 그의 모습을 대체 뭐라고 표현할 수 있을까?

악마……?

아니, 백하고 몇십 해 전에 강림했던 악마는 절대 저런 형상이 아니었다. 외형이 너무나 칙칙하지만 저건…….

"타천사……?"

소름이 돋았다.

동시에 본능이 경고했다.

아니, 심령으로 연결된 영혼이 경고했다.

제발… 제발 도망가 달라고.

어서 이 장소에서 벗어나 달라고.

그러지 못하면, 죽게 될 거라고.

악에, 또 악을 써댔다.

으득!

하지만 그럴 수 없는 입장이었다.

도망가는 거야 도망가는 건데, 나중이 문제였다.

귀산자는 말했다.

저격수의 목을 들고 오라고.

삼백의 사무라이라면 충분히 가능할 거라고.

그는 분명 가장 위험한 곳에 있을 거고, 그곳을 급습하면 그는 분명히 나설 거라고.

그러지 못하면……

귀산자는 뒷말은 잇지 않았다.

하지만 듣지 않아도 알 수 있었다. 그건 소리 없는 경고였다. 중부의 변변찮은 왕국에 진군이 막힌 지 시간이 꽤나 흘렀다. 저 빌어먹을 요새를 뚫을 수 있는 방법도 없어 보였다. 그렇다고 상업 도시 리안을 무시하고 진군할 수도 없었다.

왜?

그것 자체가 이곳은 공략 불가라는 것을 공표하는 것이나 마찬가지였기 때문이다. 게다가 프란 왕국 건너에 있는 다른 왕국들은 이미 병력을 집결시켜 내려오고 있었다. 여기를 무시하고 수도 프란으로 향했다간 제대로 쌈 싸 먹히기 좋았다.

그래서 이곳은 반드시 공략해야만 하는 곳이다. 암살자가 죽었고, 재앙의 유다가 죽었지만 그들은 자신들도 죽일 수 있었다.

자신을 포함한 삼백의 무사면 웬만한 도시 하나는 하루면 쑥대밭을 만들 수 있는 전력이었다.

그런데 그런 자신들이 도망도 안 되고, 전투는 더더욱 꿈도

꿀 수 없는 상태였다.

'이건 숫제 괴물……'

오한이 일어났다.

눈앞에 강림한 괴물이, 타천사가 고고하게 자신의 존재를 내뿜고 있는 것만으로도 전투력의 태반이 이미 박살이 나버렸다.

"대, 대주……."

청각을 단 부대주가 다가왔다.

"으음……."

"무, 물러나야 합니다……. 영이 깨지기 일보 직전……."

"자네 정도 되는 무사가 받은 영이 그 정도까지 몰린 것인가……."

"후, 후미의 무사들은 이미 영이 깨진 자들도 있습니다……."

"……."

영이 깨졌다.

저 강대한 힘과 기세를 이기지 못하고 영이 발악을 하다가, 바닥에 내던진 유리그릇처럼 깨져 버렸단다.

도대체가 그는 이해할 수가 없었다.

"도대체… 도대체 뭐란 말인가……!"

"이, 인간이… 아닙니다! 저건 악마! 악마가 분명합니다! 프란 왕국은 악마를 강림시켰습니다!"

핏발 선 채로 악을 쓰는 부대주를 보면서 그는 씁쓸한 미소를 머금었다. 악마라, 전쟁에 악마 하나 나타나는 게 무슨 대수랴. 어차피 자신들도 악마의 범주에서 크게 벗어나지 않는데 말이다.

하지만 같은 악마라도 이건 급이 달랐다. 도저히 항거할 마음이 생겨나질 않았다. 생존 본능이 투쟁 본능을 꽉 끌어안고 늪으로 끌고 들어간 것처럼 싸울 의지가 지금도 솟지 않았다. 자신이 이러할 진데, 수하들은?

답이 없었다.

그는 개죽음은 싫었다.

"물러난다……."

"네, 대주!"

"퇴각!"

"퇴가악……!"

퇴각하는 게 그리 좋은지 목청껏 소리치는 청각의 부대주를 보며 그는 쓴웃음을 베어 물었다.

악시온 제국이 자랑하는 무사 집단인 자신들이 칼 한번 제대로 휘둘러 보지도 못하고 퇴각을 한다.

그걸로 대륙의 호사가들이 들으면 아주 좋아할 만한 이야깃거리의 주인공이 되어버렸다.

픽!

"……."

한 발자국 뒤로 물러나던 그는 소리도 없이 발 앞에 박힌 새까만 화살을 보며 움찔했다.

후웅……!

쇄애애액!

그리고 그 뒤에야 파공성과 바람이 몰아쳤다.

도대체 얼마나 빨라야지만 이런 저격이 가능한 건지 그는 생각해 봤다. 그러곤 잠시 뒤에 깨달았다.

'그냥 덤볐어도 못 죽였다.'

오히려 죽는 건 자신들이 될 거라는 판단이 섰다. 아니, 판단이 아니라 확신이다. 덤볐으면 무조건 죽었다.

그는 시선을 들어 허공에 둥둥 떠 있는 저격수를 바라봤다.

새까만 어둠.

검붉은 기이한 선이 살아 있는 생물처럼 퍼져 있는 거대한 날개.

"……"

경외감이 들었다.

그리고 두려움이 들었다.

공포가, 털끝까지 곤두선 소름이 저 존재 자체를 증명하고 있었다.

자박.

한 발자국 더 물러났지만 이번엔 화살이 날아오지 않았다. 그는 안도했다. 저자는 자신들을 살려둘 생각이었다. 강자의 자비 같은 게 아닌, 언제고 죽여줄 테니 오라는 자신감에 의해서 말이다.

굴욕?

분함?

그런 생각은 일절 들지도 않았다.

태연한 척 버티고 있지만, 그도 지금 오줌보가 터지기 일보 직전이었다. 그래서 가능한 빨리 이 장소에서 벗어나고 싶었다. 끈질기게 한 발자국씩 뒤로 물러나길 한참, 어둠이 보이지 않는 곳에 도착하고 나서야 그는 자리에 풀썩 주저앉았다.

그러곤 의식의 끈을 놨다.

$$* \qquad * \qquad *$$

"……."

"……."

사무라이 집단이 미쳐 날뛰었다면, 성벽 위에 있던 이들은 아무것도 보지 못했다. 아니, 본 건 있다.

새까만 어둠…….

갑자기 석영을 중심으로 몰려든 어둠이 장막처럼 쫙 펴져서 시야를 아예 가려 버렸다.

"허, 허허……."

털썩 주저앉았던 차샤가 허탈한 웃음을 흘렸다. 그녀는 태어나서 이런 게 가능한 인간이 있다는 걸 들어본 적이 없었다.

초인?

그래, 인외의 존재인 건 맞다. 인간을 벗어난 또 다른 인간이라는 건 인정한다. 그녀 자신도 석영 말고 다른 초인을 본 적이 있었기 때문에 그 점은 충분히 인정했다. 하지만 이건… 이건 정말 급이 다른 기사(奇事)였다.

어둠을 부른다?

어둠을 부린다?

어쨌든 지금 눈앞에 이 어둠은 분명 석영이 불러 모은 게 확실했다. 저격수의 존재는 적군에게 무한한 공포를, 아군에게는 무한한 용기를 선사하는 존재였다. 그런데 지금 보니 그것으로는 정석영이라는 인간을 정의할 수 없을 것 같았다.

"아하하, 이 사람 이미 인간의 영역을 넘어섰는데?"

어느새 옆에 철퍽 앉은 아리스의 말에 차샤는 그냥 말없이 고개를 끄덕였다. 이건 인간이 할 수 있는 게 아니었다. 발바롯사의 악령술사와 알스테르담의 대마도사도 이런 일은 절대로 불가능했다.

아니, 애초에 그 둘은 공격형 이능을 쓰는 자들이 아니었다. 군단을 만드는 주술사들, 마법 물품을 발명, 생산하는 우두머리에 불과했다. 그래서 지금 석영이 보여주는 이적(異蹟)은 발현이 불가능했다.

스르륵.

"어? 걷힌다."

이리스의 말에 시선을 들어보니 앞을 방패처럼 가리고 있던 어둠이 조금씩 흩어지는 게 보였다. 푸스스, 하는 소리도 없었다. 소리도 없이 몰려들었다가, 소리도 없이 흩어지고 있었다. 1분에 걸쳐 완전히 어둠이 사라지자 새까만 날개를 매단 채 허공에 둥둥 떠 있는 석영이 보였다.

차샤는 그런 석영의 모습을 보면서 자리에서 일어났다.

파스스······.

이윽고 날개마저 사라지자 석영의 신형이 다시 사다리 위로
내려섰다.

"후우······."

멍하니 정신이 나간 양국의 병사들을 무시한 채 돌아온 석
영이 눈치로 송을 불렀다. 그러자 송이 석영의 옆자리로 쏙 들
어갔다.

"좀 쉴 수 있는 곳으로 가자."

"네, 오빠······."

"차샤, 여긴 다시 부탁할게."

"···맡겨둬."

"······."

"······."

맡겨두란 말에 잠시 시선으로 서로에게 안부와 고마움, 걱정
을 전하고는 서로 뒤돌아섰다. 계단을 내려와 요새 아래로 내
려온 석영은 철퍽 주저앉았다.

"오빠! 괜찮아요?"

"···아니."

죽을 것 같았다.

농담이 아니라 진짜 머리가 터지는 것 같았다. 석영은 요새
벽에 몸을 기대자마자 좀 전의 어둠처럼 쏟아지는 수마에 그대
로 의식을 맡겼다.

'으음······.'

쏟아지는 어둠에 몸을 맡겼던 석영이 다시 정신을 차린 건 한밤중이었다. 아니, 한밤이라고 착각할 정도로 어둠이 사방에 몰려들어 있는 곳에서 정신을 차렸다.

"음……."

눈살을 찌푸리고 주변을 둘러보던 석영은 곧 이상함을 느낄 수 있었다. 허공에 둥둥 떠 있는 것 같은 부유감이 느껴졌다. 주변을 휙휙 소리가 나게 둘러봐도 새까만 어둠만 보일 뿐, 다른 건 아무것도 보이지 않았다.

찌푸려진 인상은 당연히 더욱 심해졌다.

기분도 별로 좋지 않았다.

기절하기 전 느껴졌었던 두개골을 쪼개는 통증도 없었다.

몸 상태는 최상이었다.

게다가 의식도 명료했다.

다만 현 상황을 제대로 인지하기에는 공간에 대한, 현재 자신의 상태에 대한 정보가 너무나 부족했다.

'분명 사무라이들을 쫓아내고 요새 아래로 내려와서… 기절했는데?'

그게 끝이다.

그런데 다시 정신을 차려보니 뭔 듣도 보도 못한 곳에 와 있었다. 여긴 어딘가, 나는 누군가를 외쳐야 할 것 같은 장소였다.

둥둥 부유하던 석영은 갑자기 시야가 휙! 도는 것을 느꼈다. 그래도 물론 어둠밖에 보이지 않지만 의식은 분명 그렇게 느끼고 있었다. 석영은 그게 잘못된 감각이라고 생각하지 않았다.

빙빙, 뱅뱅, 어지러움을 느낄 정도까지 올라가자 석영은 이를 악물었다. 그리고 그 순간 시야가 훅 변했다.

슈우우…….

새까만 어둠에 변화가 생겼다.

은빛의 선이 어둠이 가르기 시작한 것이다. 그건 마치 유성우 같았다.

'아니… 별? 별인가?'

유성이라고 보기에는 반짝거림이 매우 심했다. 아니, 그게 아니었다. 그냥 느껴졌다. 보는 순간 유성우가 꼬리를 물며 떨어지는 것과 쏙 빼닮았는데도 석영은 별이라 느껴졌다. 기묘하며 기이한 감각이었다.

'여긴 대체…….'

석영은 깨달았다.

지금 자신이 단순하게 꿈을 꾸고 있는 건 아니라는 사실을. 자각몽(Lucid dream, 自覺夢)도 이건 정도가 너무 과했다.

슈우우…….

쏟아지던 별은 점차 개수를 늘려갔다. 한두 개 떨어진 것에서, 수십, 수백 개로 점차 늘어나더니 마치 빛 무리가 쏟아지는 것처럼 찬란한 장면을 연출했다. 별이 쏟아지며 내뿜는 빛이 너무나 강해 마치 광명(光明)이 쏟아지는 기분이 들 정도였다. 그렇게 떨어지던 별은 석영이 넋을 놓고 구경하던 중 어느 순간 뚝 멎어버렸다. 그러곤 다시금 새까만 어둠이 찾아왔다.

'……'

말로는 설명 못 할 찬란함을 선사하던 별이 더 이상은 보이지 않자 서운한 마음이 들었다. 하지만 직감적으로 석영은 깨달았다. 지금 이게 끝이 아니라는 사실을. 분명 뒤에 뭔가가 더 있을 거라는 직감이 있었고, 그 직감은 아주 훌륭하게 들어맞았다.

새까만 어둠에 잠시 뒤에 다시 변화가 생겼다.

어둠이 꾸물꾸물거리더니 한군데 응집되었다. 그것도 한 군데가 아닌 아주 여러 곳에 생겨나기 시작했다. 어둠이라 볼 수 없어야 정상이지만 석영은 확실하게 느꼈다. 응집된 어둠에 빛이 스며들기 시작했다.

어둠과 빛.

서로 상반되는 색의 대표적 결정은 한데 어우러져 점차 크기를 키워갔다. 그러면서 이제는 빛이 아닌 여러 가지 색채가 스며들기 시작했다. 파란색이 스며들었고, 붉은색이 스며들었다. 녹색이 스며들고, 진한 갈색이 스며들었다. 그렇게 여러 가지 색이 스며들고 나자 이제는 모양을 변형시켜 갔다.

이제는 어둠이라 부를 수 없었다.

왜?

동그랗게 변한 그것은 석영도 익히, 너무나 익히 아는 어떤 '별'과 닮아 있었기 때문이다.

'맙소사……'

석영이 본 것은 창조(創造)였다.

아무것도 없던, 새까만 어둠밖에 없던 무(無)에서 유(有)로 변해갔다. 고고하게 만들어진 동그란 그것을 보던 석영은 헛웃음을 터뜨렸다. 정말 농담이 아니라 웃지 아니할 수가 없었다.

창조의 광경.

그것도 무려 자신이 사는 별이 창조되는 것을 봐버린 기분이 들었다. 아니, 기분이 아니라 실제로 목도했다. 자신이 느끼는 직감과는 다르게 꿈일 수도 있었다. 그냥 특이한 개꿈일 가능성도 분명히 있었다.

하지만 이상하게도 그럴 가능성은 한없이 제로에 가까울 거라는 예감이 강하게 들었다.

'윽……!'

갑자기 시야가 쭉 당겨졌다.

지구(地球).

우주에서 관찰자의 시점에 있던 석영은 순식간에 대기권을 뚫고 낙하, 어느새 하늘에 둥둥 떠 있었다.

하늘에서 바라보는 지구는 아무것도 없었다.

산, 바다, 논, 땅.

끝이었다.

생명체라고는 단 한 개체도 움직이지 않았다.

'이게 태초의 모습…….'

지구가 태동을 시작한 그때, 그 태초의 모습은 순수했으며, 정갈했고, 깔끔했다. 불어오는 바람은 산들바람처럼 시원하고 기분 좋았다. 간혹 내리는 비는 현재 자신이 어떤 처지에 처했는지도 잊게 만들고 웃게 했다.

지각이 변동했다.

화산이 터지며 마그마가 분출했다.

또한 잿빛의 재도 같이 흩날렸다.

지각의 변화가 생기는 그 모습을, 그 생생한 모습을 석영은 이제 아주 집중해서 바라봤다.

지잉…….

'으윽……!'

하지만 갑자기 머릿속에서 종이 울렸다.

그리고 그 종은 엄청난 두통을 동반했다.

두통에 인상을 찡그리는데, 갑자기 세상이 빙글빙글 돌더니 지구가 쭉 멀어졌다. 마치 누가 잡아당긴 것처럼 다시 처음에 있던 곳으로 빨려 올라갔다. 그리고 그 엄청난 속도감에 아찔함을 느끼다가, 시야가 훅! 꺼졌다.

＊   ＊   ＊

…빠!

…오빠!

아릿하게 누군가가 자신을 부르는 게 느껴졌다. 그리고 동시에 뒤통수를 송곳으로 후비는 것처럼 통증이 올라왔다.

"윽……."

"오빠! 야! 야, 일어나라고!"

"음……."

소리가 명료하게 들렸다.

아영이의 목소리였다. 걱정과 울음이 가득 담긴 그 외침에 석영은 천천히 눈을 떴다. 아주 환한 빛이 망막으로 쏟아져 들어왔지만 이상하게 눈이 따갑거나 그러진 않았다.

"오빠! 정신이 들어? 응?"

"…그만 흔들어. 머리 아프다."

"어? 어! 어! 알았어!"

자신의 숙소로 보이는 천장을 잠시 멍하니 바라보던 석영은 손을 뻗었다. 뻗은 손은 아영이의 볼로 향했다.

"걱정했지……?"

"…이씨."

눈물을 그렁그렁 매단 상태로 앙탈을 부리는 아영이를 보며 석영은 힘없이 미소 지었다. 아영이가 손으로 뻗은 손을 감싸니 따뜻한 온기가 느껴졌다. 하지만 눈은 걱정이 가득했다.

"오빠 죽었으면 내가 쫓아가서 죽였을 거야."

"누굴? 나? 아니면 적?"

"둘 다! 이씨!"

"걱정 마. 그냥 무리해서 그래."

"…알았어. 뭐 필요한 건 없어? 배는 안 고파? 물은?"

"배도 고프고… 목도 마르네."

"씨… 기다려. 얼른 가져다줄게."

"응. 근데 내가 잠들고 얼마나 지났어?"

"한… 다섯 시간 정도?"

"그래?"

생각보다 얼마 안 지났다.

창조의 광경을 본 시간은 사실 그리 짧지 않았다. 어둠이 머물러 있던 시간만 해도 꽤나 된다고 느꼈던 석영이었다. 그런데 기절하듯 잠에 빠져든 지 고작 다섯 시간 정도밖에 지나지 않았다는 말에 괴리감을 느끼는 석영이었다.

아영이 식사를 챙기러 나가자 석영은 몸을 일으켰다. 그 과정에서 다시금 뒤통수에 송곳이 콱! 박히는 통증이 들긴 했지만 단타로 끝나 그럭저럭 참을 만했다. 일어나서 침대에 기대는 순간 천막이 걷히고 익숙한 사람들이 들어왔다.

"여, 깨어났군."

가장 먼저 들어선 오렌 공작이 웃으며 말했다.

"오셨어요."

"허허, 몸은 좀 괜찮나?"

"네, 큰 문제는 없는 것 같네요."

"그런가? 다행일세."

그가 옆으로 앉고, 지휘관급인 차샤와 노엘, 그리고 한지원이 석영의 주변에 의자를 가져다 놓고 앉았다. 차샤의 표정은 좀 따가웠다. 빤히 보는 것도 아니고 그냥 뚫어져라 바라보고 있었다. 노엘의 표정도 묘했다.

언제나 차분하던 노엘의 얼굴에 진한 의구심이 섞여 있어 석영도 좀 의외였다. 반대로 한지원은 그냥 싱글싱글한 얼굴이었다. 차샤가 고민을 끝낸 얼굴로 상체를 바짝 들이밀고는 말문을 열었다.

"저… 뭐였어, 그거?"

"응?"

"왜… 그 막 어둠이 몰려들고, 날개도 달리고 그랬잖아!"

"아아… 될 것 같더라고."

"될 것 같았다고?"

"응."

"헐……."

석영은 자신이 사무라이 집단을 막아서고, 그 뒤로 자신에게 나타난 변화를 아주 잘 인지하고 있었다.

그 당시 석영이 생각했던 건 하나였다.

존재감의 표출.

저격수로서의 정석영 말고, 진화를 이루고 있는 자신의 존재감과 타락 천사의 활이 가진 존재감을 세상에 제대로 드러내고 싶었다. 그래서 강렬히 소망했다. 그 결과 나타난 게 어둠의 장막과 날개였다.

물론 존재감을 사방으로 퍼뜨려 사무라이 집단을 물릴 수 있을 거라는 예상은 했다. 하지만 설마 그 정도로 엄청난 기세를 동반한 변화를 일으킬지는 그도 예상하지 못했었다.

"넌 어째 초인마저 뛰어넘은 것 같냐……."

차샤의 넋두리에 석영은 그냥 웃고 말았다. 사실 이게 좋은 일인지, 나쁜 일인지는 모르지만 지금 당장은 좋은 일에 속하니 크게 신경 쓰지 않기로 했다. 그래서 석영은 대화 주제를 바꿨다.

"전투는 어떻게 됐습니까?"

석영이 묻자 답은 오렌 공작에게서 나왔다.

"자네가 엄청난 모습을 보이고 나서 한 시간도 안 되어 전투는 끝났네."

"후-우, 다행이네요."

"다행이지. 물론 희생자도 만만찮게 나왔네만… 악시온 제국의 피해를 생각하면 미미한 정도네."

"흠……."

"그리고 문제가 있네."

"…그, 공성 무기."

석영의 대답에 세 사람이 동시에 고개를 끄덕였다. 솔직히 그 공성 무기 때문에 3구역에서 피해가 꽤 많이 나왔다. 에너지가 성문을 때리는 순간 일어난 폭발력에 그 주변 병사들이 죄다 쓸려갔다.

다행인 건 타격과 동시에 폭발을 일으킨다는 점이었다. 만약 관통이었다면? 성문을 박살 내고 에너지가 흩어지지 않고 그대로 뒤까지 쓸어버렸을 것이다. 그런 무기를 그대로 둔다? 절대 안 될 일이었다.

"언제 나갑니까?"

"왜, 같이 움직이려 그러나?"

"제가 가는 게 공성 무기의 파괴 성공과 아군의 피해를 최소화하는 지름길입니다."

"그건 안다만, 자네는 지금은 쉬어야 하네."

"두통이 조금 있을 뿐, 괜찮습니다."

"음……."

오렌 공작은 더 이상 대답하지 않고 한지원을 바라봤다. 그도 몇 번 본 결과, 한지원의 말은 석영이 잘 듣는다는 걸 이미 눈치채고 있었다. 한지원은 싱글싱글하던 표정을 지운 채 처음으로 말문을 열었다.

"지금 석영 씨 데리고 작전 나가면, 아영이가 진짜 도끼 들고 쫓아올걸?"

"……."

아…….

그래, 그걸 생각 못 했다.

안 그래도 좀 전에 화가 난 모습이었다. 자신의 남자인 석영을 걱정하는 마음과 지키지 못했다는 분함을 동시에 느끼고 있는 것 같았다. 그런 상태인데, 만약 작전을 나가면? 생각만 해도 끔찍한 구박을 받을 것 같았다. 하지만 전쟁에 그게 문제인가? 까닥하면 다 죽게 생긴 판인데?

석영이 각오를 다지고 다시 입을 열려는 순간, 한지원이 먼저 말했다.

"그래도 갈 생각인 거야? 석영 씨, 우리 못 믿어?"

"……."

"아니면 날 못 믿는 거야?"

"……."

아니, 그건 아니다.

근데 이상하게 말이 안 나왔다.

그녀는 웃고 있지만, 그 상태로 석영을 압박하고 있었다.

웃고 있지만 그녀의 미소는 솔직히 말해 무서웠다. 흠칫! 놀라 차샤가 떨어지는 걸 보면 석영만 그렇게 느낀 건 아닌 것 같았다.

"석영 씨, 이 전쟁 혼자 할 거야? 그럴 거면 우린 왜 불렀어?"

"……."

그 말이 마지막이었다.

석영은 손을 들어 항복의 표시를 취했다.

그러자 한지원이 뿜어내던 기세는 씻은 듯이 사라졌다. 그러곤 싱긋 웃었다.

"처음부터 그러면 얼마나 좋아?"

피식.

한지원의 말에 석영은 그냥 실소를 흘렸다.

"괜찮겠어? 안 그래도 그 공성 병기 지키는 병력이 엄청날 텐데."

"지구의 과학적인 무기가 있는데 뭔 고민이야? 근처까지 가서 확인하고, 알피지 몇 방 갈겨주면 끝이지."

"그 정도로 부서질까?"

"강화까지 끝낸 알피지면 장갑판을 돌돌 만 전차도 뚫어. 걱정 마."

그렇다면야……

석영은 걱정을 버리기로 했다.

한지원은 지금까지 이런 작전을 수없이 겪은 베테랑 중에 베
테랑이다. 그러니 이런 작전에는 석영보다 한지원이 훨씬 더 적
임자였다.

"작전은 오늘?"

"그래야지. 저게 충전까지 어느 정도 걸리는지 모르지만, 다
른 충전 방법이 있다면 내일부터 진짜 위험해져. 그러니 오늘
해결 보려고."

하긴, 그럴 수도 있었다.

만약 지구처럼 전기 같은 걸로 충전이 가능하다면? 그러면
내일도 오늘같이 힘든 전투를 계속 이어가야 한다. 전쟁에 쉬
운 건 없지만, 석영은 그래도 가능한 쉬운 길로 전투가 이어졌
으면 싶었다.

"부탁하네."

오렌 공작이 허리까지 숙이며 한 인사에 한지원은 그냥 웃음
으로 받고는 준비하겠다며 막사를 나섰다. 그녀가 나가자 석영
은 노엘을 보며 물었다.

"그쪽 피해는 어때?"

"사망자가 꽤 있지만 그리 많은 수는 아닙니다."

"음……."

"그래도 적 사망자 추산치에 비하면 아군의 피해는 엄청 적
습니다."

그렇기야 하다.

1구역에 비해 2, 3구역은 정말 치열한 전투를 펼쳤다. 성벽 위에서도 전투가 벌어졌을 만큼 난전이었다. 워낙에 기량이 뛰어난 지휘관들이고, 훈련에 또 훈련에 임한 병사들이라 수성전의 유리함을 등에 업고 활약을 펼쳤지만, 그렇다고 피해가 아예 없지는 않았다.

어제, 그저께, 심지어 좀 전까지 웃고 떠들던 동료가 심장이 찔리고, 목이 갈라져 죽는다. 그걸 지켜보는 살아남은 사람은?

엄청난 정신적 피해를 입을 수밖에 없었다.

또한 빌어먹게도 그런 정신적 대미지는 차곡차곡 잘도 쌓인다. 전장의 광기도 그저 흩어질 뿐, 사라지지 않는다. 그렇게 흩어졌던 광기는 전투가 시작됨과 동시에 순식간에 집결해, 전장을 장악할 것이다.

그리고 그런 과정이 계속해서 반복되면?

아무리 강철 멘탈을 가진 사람이라도 지치게 마련이다.

석영과 프란 왕국을 지휘하는 모든 지휘관들이 가장 걱정하는 부분이 그 부분이었다. 전투력은 압도하나, 장기전으로 흘러갈 시 아군이 입을 정신적 대미지로 인한 전투력 감소……. 가장 조심해야 할 사항이었다.

석영이 그런 고민을 하는데, 잠자코 듣고 있던 차샤가 피식 웃으면서 석영을 향해 말했다.

"걱정 마. 우리나 병사들은 전부 최악의 상황을 염두에 두고 극한 훈련을 거쳤어. 그러니 이 정도로 무너질 정도로 나약하진 않아."

"믿음은 있지. 하지만 전쟁은 어떻게 흘러갈지 아무도 모르잖아."

"그거야 그렇지만, 괜히 지휘관을 두는 게 아니잖아? 우리가 잘 다독이고 하면 돼. 교본 봤지? 그런 게 괜히 생기는 게 아니야. 다 좋은 선례만 모아 만든 거니까, 그 안에 내용대로만 하면 병사들 스트레스는 최대한 줄일 수 있어."

"그래, 그럼 믿는다."

"그건 노엘한테. 말은 그렇게 했지만 그쪽은 내 전공이 아니라서, 후후."

푹.

"윽……."

말이 끝나기 무섭게 노엘이 옆구리를 팔꿈치로 찌르자 차샤는 과장된 동작으로 맞은 부위를 쥐고 엎드렸다. 마치 콩트 같은 그 모습에 다시 석영이 피식 웃자 오렌 공작도 너털웃음을 터뜨리곤 자리에서 일어났다.

"하하, 그럼 푹 쉬게."

"네."

오렌 공작이 나가자 노엘이 좀 더 다가와 앉았다.

"내일부터는 아마 오늘보다 훨씬 더 공세가 심해질 것 같습니다."

"오늘보다 더?"

"네, 숨겨뒀던 카드를 두 개나 썼는데도 소득이 영 없는 상태입니다. 귀산자는 아마 자존심이 상할 만큼 상한 상태일 겁니다."

"흠……."

그녀의 말이 맞았다.

사무라이 집단과 공성 병기.

지금까지 꽁꽁 숨겨뒀던 두 개의 카드를 적극적으로 사용했는데도 소득이라곤 3구역의 요새 하나를 함락시킨 것밖에 없었다. 두 번이나 사용이 됐지만 첫 방은 석영에게 걸려 그냥 날아갔고, 사무라이 집단도 석영에게 걸려 제대로 싸워보지도 못하고 패퇴해야 했다. 석영이라도 열불이 터지고도 남았을 것이다.

그러니 노엘의 말처럼 다음 전투는 훨씬 더 대대적으로 나올 게 분명했다.

"다음 전투는 언제라고 봐?"

"지원 씨 팀에서 작전을 성공하면 아마 이삼 일 정도 뒤로 더 밀릴 겁니다."

"성공 못 하면?"

"내일 아니면 바로 그다음 날이 되겠지요."

"시간이 별로 없군."

"네, 그러니 석영 씨는 전투가 있기 전까진 무조건 휴식을 취해주셔야 합니다. 저격수란 전력을 뺀 전투는 아군의 사기에도 치명적인 영양을 끼칠 겁니다."

"알았어."

엄마의 잔소리 같은 말이지만, 이게 다 걱정에서 나온 말이라는 걸 안 석영은 조용히 수긍했다.

"잔소리 그만하고, 우리도 가자. 애들 기다리겠다."

"……."

차샤의 말에 노엘은 조용히 고개만 끄덕였다. 두 사람이 떠나고 나자 석영은 일어나 모닥불 앞으로 와 앉았다. 근육통이 제대로 생겼는지 움직일 때마다 종아리가 욱신거렸다. 근육통은 겪고 겪어도 익숙해지지가 않았다.

"끙……."

종아리를 쥐고 주무르자마자 올라오는 격통에 석영은 저도 모르게 앓는 소리를 내고 말았다.

"어? 왜? 어디 아파?"

마침 쟁반 위에 음식을 가득 담고 들어온 아영이 끙끙거리는 석영을 향해 물었고, 석영은 얼른 표정을 바로 했다.

"그냥 근육통이야."

"우씨, 거짓말 자꾸 할래? 내가 표정 다 봤거든?"

"진짜 근육통. 오늘 너무 달렸거든."

"흥!"

쟁반을 내려놓자 석영은 바로 그 위로 시선을 돌렸다. 먹음직한 음식이 가득 담겨 있었다. 빵부터 시작해 고기가 가득 담긴 스프, 그리고 야채샐러드, 먹음직하게 구운 스테이크까지. 슬슬 물릴 만한 식단이지만 이것만큼 영양 밸런스를 맞춘 식단도 드물었다. 게다가 칼로리 소모가 워낙에 극심해서 스테이크는 거의 기본 서너 장씩 먹어치우는 석영이었다.

음식은 맛있었다.

리안 성 최고의 요리사가 직접 진두지휘해 만드는 식단이고, 맛도 항상 다르게 내는지라 질려도 먹는 맛은 최고였다.

음식을 먹던 도중 석영은 반창고를 잔뜩 붙인 아영이의 손가락이 눈에 들어왔다. 그 시선을 느꼈는지 아영은 손을 테이블 아래로 슬그머니 내렸다.

"할 만해?"

"응?"

"음식 하는 거, 할 만하냐고."

"그럼? 내가 요리를 못하는 건 안 해봤기 때문이거든! 해보니까 별거 아니던데?"

피식.

퍽이나…….

아영이는 솔직히 전투 센스는 발군이지만 요리 센스는 영 꽝이었다. 예전에 한번 해준다고 해서 먹어본 적이 있었는데, 솔직히 말해… 그냥 찬밥에 있는 반찬 때려 넣고 고추장에 비벼 먹는 게 훨씬 맛있을 정도였다.

하지만 석영은 당연히 그걸 말하진 않았다.

"고생하네."

"응? 흐흐."

그래도 석영은 아영이 대견했다.

홀몸이 아닌지라 전투에 참여는 못 하는 아영이다. 그래서 그 미안함을 조금이라도 갚고자 익숙하지 않은 식칼을 쥐고 거의 종일 식재료를 다듬었다. 석영도 예전에 식당 알바를 몇 번 해본 적이 있어 식재료 다듬는 게 얼마나 힘든 일인지 충분히 알고 있었다. 엉덩이 반도 안 들어가는 의자에 앉아 칼로 식재료를 다듬는 그 일은 허리도 아프고, 때에 따라 춥고 덥고, 진짜 힘들었다.

그런데 아영은 지금 그걸 자처해서 하고 있었다.

주변에서 당연히 말렸지만 그걸 못 하게 하면 갑옷을 입겠다고 엄포를 놓는 바람에 모두가 결국 포기했다.

그리고 당연히 포기한 사람 중엔 석영도 있었다.

10분쯤 더 지나 식사가 끝났다.

"다 먹었어?"

"응, 고맙다."

"후후, 고맙기는. 피곤하지? 오늘은 일찍 자."

"응, 알았어."

쟁반을 챙겨 아영이가 밖으로 나가자 석영은 옷을 챙겨 입었다. 식사를 많이 해 소화를 좀 시킬 생각이었다. 밖으로 나온 석영은 주변을 일단 둘러봤다. 병사들이 다들 불을 쬐며 쉬고 있었다.

얼굴에는 숯 검댕이 묻어 있어 아주 확실하게 지금이 전쟁통이란 걸 다시 한번 석영에게 상기시켜 줬다. 성벽을 향해 석영이 걷기를 시작하자 병사들이 분분히 일어나 고개를 숙였다. 그들은 오늘 석영이 보여준 신위를 다시 한번 확인했다.

치천사(熾天使),

혹은

세라핌(Seraphim).

새까만 천사의 날개를 꺼내 든 석영을 본 이들이 거의 동시에 머릿속에 떠올린 단어였다. 경외감이 가득 담긴 눈빛이라 석영은 좀 부담스러웠지만 그걸 고칠 수 있는 방법은 사실 없었다. 그리고 사실 틀린 말도 아니었다.

석영이 오늘 보여준 신위는 사실 석영 본인의 힘이라기보다는 석영이 가진 활의 힘이었다.

타락 천사의 활.

라니아의 최종 보스인 루시퍼를 잡아야만 나오는 재료로 만든 궁극의 활이 가진 힘이었다. 그러니 뭐, 크게 틀린 말은 아니었다. 성벽 위로 올라오니 익숙한 이들이 경계를 서고 있는 게 보였다.

"어, 석영 오빠!"

"송? 네가 왜 이쪽에 있어?"

"오늘 작전 있다고 해서 지원 나왔어요!"

"아아, 맞다. 그랬지."

한지원은 이번 전투에 CCTV를 볼 팀원 몇을 제외하고 전부 데리고 나갈 작정인 것 같았다. 그래서 이쪽 요새의 경계는 발키리 용병단에서 나와 있었다.

"어디 다친 덴 없어?"

"네! 오빠는요?"

"멀쩡하지."

"후아, 다행이에요!"

"그래."

똘망똘망한 눈동자에 석영은 무심코 송의 머리를 쓰다듬어 줬다. 그러곤 품에서 익숙한 기호품을 꺼내 입에 물었다.

치익.

"후우……."

"아영 언니는 어때요? 건강해요?"

"응, 요즘 요리 돕느라 정신이 없는 것 같더라."

"와… 멋있다!"

확실히 대단한 일이긴 했다.

"오빠."

"응?"

"전쟁 끝나면 뭐 할 거예요?"

"음… 돌아가겠지?"

"아……."

"말했지만 우리가 사는 곳도 그리 안전한 곳은 아니거든. 그래서 그쪽도 신경을 써야 돼."

"아, 맞다……. 그래도 바로 갈 건 아니죠?"

"그건 아니지."

전쟁이 끝났다고 어떻게 바로 가겠나. 전쟁만큼 힘들고 확실히 해야 하는 게 바로 전후 처리다. 석영은 자신의 사람들의 안전을 확실히 챙긴 뒤에야 지구로 돌아갈 생각이었다. 하지만 굳이 그걸 누구한테 말하진 않았다.

"전쟁 끝나면… 여행 가요! 아영 언니랑 다 같이!"

"이 전쟁 통에? 다 폐허가 되었을 텐데?"

"후후, 그래도 갈 곳은 많거든요! 네? 같이……."

쉿!

사사삭!

석영이 검지를 입술에 대자마자 송은 바람처럼 고개를 숙여 요새 벽에 몸을 숨겼다. 물론 그건 석영도 마찬가지였다.

사방이 어둡고, 사위가 고요하지만 석영은 느낄 수 없었다.

무언가, 무언가가 다가오고 있었다.

싸한 느낌이 등골을 타고 흘러내렸다. 석영은 이런 종류의 감은 기가 막히게 잘 느꼈고, 느껴질 때면 항상 굉장히 불쾌한 일이 일어난다는 것도 알고 있었다. 석영은 불쑥 좀 전에 노엘이 했던 말이 떠올랐다.

귀산자는 분명 자존심이 매우 상했을 거고, 그렇기 때문에 더더욱 공세를 늦추지 않을 거라고.

'어떻게 생겼는지 상판 좀 보고 싶네…….'

솔직한 감상이었다.

석영은 곧 그 감상은 집어넣었다.

스르륵.

어느새 석영의 손에는 활이 잡혔다.

"오, 빠."

작게 속삭이듯 석영을 부른 송이 손으로 수신호를 보냈다.

석영은 바닥에 글을 써서 생각해 둔 내용을 전했다.

노엘은?
근처에 있을 거예요.
내려가서 알려. 노엘이라면 알아서 움직일 거야.
오빠는요?

걱정 가득한 송의 물음, 그리고 올려다보는 눈빛에 석영은
그녀의 머리를 쓰다듬는 걸로 대답을 대신했다. 쉬로 올라오자
마자 쌈박질을 하게 생겼지만 전쟁이 원래 그런 거 아니겠냔 것
쯤은 석영도 그간 먹은 전쟁 짬밥으로 충분히 잘 알고 있었다.

석영이 다시 한번 고개를 끄덕여 주자 송은 한숨과 함께 몸
을 움직였다. 사삭. 마치 고양이처럼 소리도 없이 내려가는 송
을 잠시 보던 석영은 시위에 손을 걸고, 벽에 등을 기댔다. 아
직은 그냥 느낌이 싸할 뿐이었다.

이런 싸한 느낌은 그간의 경험으로 미루어 보건대, 분명 적
의 어떤 수작질이 있을 때쯤에 느껴졌다.

'인간? 병기?'

하아……

만약 병기(兵器)로 인해 이런 감각이 느껴지는 거면 석영은
솔직히 그리 좋은 상황은 아니라고 생각했다.

인간이면 오히려 상대하기 쉬웠다. 석영의 화살 한 발을 제
대로 막을 수 있는 자는 이 땅에 존재하지 않으니 말이다. 하지

만 문제는 낮에 보았던 공성 병기다. 그걸 만약 지금 쏜다면? 석영은 다시 전력으로 맞설 것이고, 안 그래도 체력이 밑바닥에서 설설 기고 있는 중이라 며칠은 휴식을 취해야 하는 상황이 벌어지고 말 것이다.

농담이 아니라 되도록 그런 상황은 피하고 싶은 석영이었다. 석영은 일단 기다렸다. 아직은 조짐만 있을 뿐이었다. 제대로 윤곽을 잡기 전까지는 현재 저격수가 요새 성벽에 있다는 것을 최대한 피하는 게 나았다.

조금씩, 아주 서서히 공기가 변하는 게 피부로 느껴졌다. 몸 상태가 그리 좋지 않다 보니 훨씬 더 예민하게 선 감각이 아주 정밀하게 전장의 공기 변화를 감지하고 있었다.

5분쯤 지났을 때였다. 후방에서 급속도로 다가오는 기척이 느껴졌다.

인원은 넷. 차샤와 아리스, 그리고 노엘과 송이었다. 상체를 바싹 숙이고 올라온 넷은 석영의 주변으로 바로 모였다.

느껴지지? 뭐 같아?

바닥에 글을 쓰기 무섭게 셋은 고개를 끄덕였다. 아까보단 확실히 공기가 변한 탓에 세 사람도 올라오면서 바로 위험을 감지한 것 같았다.

차샤의 질문에 석영은 잠시 생각하다 다시 글을 적었다.

확실한 건 낮의 공성 병기나 잡귀 집단은 아니야. 느낌이 전혀 달라. 아마도… 사람. 그리고 지금까지 숨겨뒀었던 특수한 집단.

지금까지 느껴본 바가 그랬다. 공성 병기였다면 일단 빛 무리가 감지가 됐을 것이다.

사무라이 집단이라면 귀기 섞인 투기가 느껴졌을 것이다. 하지만 지금은 분명 뭔가 조짐은 있는데, 애매했다.

하지만 석영은 확신하고 있었다. 뭔가가, 분명히 뭔가가 다가오고 있었다.

나는 일단 애들 대기시킬게.

차샤와 노엘이 내려가고 아리스만 조용히 움직여 자리를 잡았다. 송도 근처에 자리를 잡았다.

전장은 고요했다. 이미 낮의 전투로 인해 죽음이 짙게 내려앉은 곳이라 날짐승조차 찾아오지 않는, 말 그대로 지옥의 대지였다.

특수한 액체를 분사하지 않았다면 피 비린내에 질식했을 수도 있는, 그런 공간을 가로질러 정체를 드러냈다.

'왔다.'

새까만 야행복.

아직 거리가 상당하지만 어둠이 꾸물거리면서 일그러지는 게 석영의 시야에 확실히 보였다.

'수는……'

엄청났다.

선두가 완전히 모습을 드러내고 그 뒤를 뒤따르는 병력은 가히 새까맣다는 표현이 어울렸다.

"이런 미친……."

근처에 있던 아리스의 욕설이 들려왔다.

언제나 여유 만만 하고, 어떤 순간에도 평정을 잃지 않는 아리스이기 때문에 그 욕에 성벽에 있던 모두가 놀란 얼굴로 그녀를 바라봤다. 아리스는 급하게 석영에게 달려왔다.

"해왕성(海王城)의 정예야."

"해왕성?"

"응, 바다 귀신이란 별칭이 있는 악시온의 최정예 부대. 근데……."

"근데?"

"저들은 해전의 스페셜리스트야. 악시온이 자국을 침략하는 바다 방어선만 지키는 부대인데……."

"해전의 스페셜 리스트가 육지로 올라왔다?"

"응, 근데 무시해서는 안 돼. 저놈들은 악귀 같은 놈들이야. 일단 통각을 느끼는 신경을 전부 강제로 끊어버려서 고통을 느끼지 못해."

고통을 느끼지 못한다?

"그런다고 안 죽는 건 아니잖아?"

"확실하게 못 움직이게 하려면 목을 자르는 것밖에 없어. 팔다리 잘린 정도로는 꿈쩍도 안 하거든."

"지랄 같네……."

그렇다면 좀비나 다를 게 없었다.

팔다리를 잘라도 움직여 아군을 붙잡고 늘어진다면 전투에 엄청난 지장이 생길 것이다. 그걸 알고 있으니 아군은 반대로 목을 자르려고 할 거고, 그 자체가 굉장히 큰 에너지 소비로 이어질 것이다.

"송! 얼른 내려가서 다 불러와!"

"네!"

송이 뛰듯이 달려 내려갔고, 석영은 곰곰이 전장을 노려봤다.

"불 키워!"

아리스의 고함에 요새 성벽 위에 걸려 있던 라이트가 차례대로 들어왔다. 어차피 저렇게 대놓고 들어오니 차라리 제대로 준비된 모습을 보여주는 게 나았다. 채 3분도 지나지 않아 근처에 있던 지휘관들이 전부 위로 올라왔다. 그중에는 작전 준비를 위해 테러복에 위장까지 끝낸 한지원이 있었다.

올라온 그녀는 전방을 주시하더니 인상을 팍 썼다.

"새끼, 머리 좀 썼네."

"응?"

"예상한 거야. 우리가 지들 공성 병기 터뜨리러 나올 거라는 걸."

"아……."

보자마자 거기까지 유추가 가능한 한지원이다. 그리고 그녀의 말을 노엘이 바로 받았다.

"둘 중 하나를 봤을 겁니다. 작전을 나간 한지원 씨 팀을 잡는 것과 아니면 아예 못 나오게 공세를 던질 것인가."

"만약 작전이 성공하면 공성 병기가 터져. 그럼 그 피해는 정말로 막심하지. 우리를 잡는 것도 좋지만 그거 하나 보자고 위험을 감수할 생각은 없었나 보네. 몇 번 실패하더니 애가 좀 공손해졌는데? 후후."

여유롭게 웃은 한지원의 눈빛은 이미 번들거리고 있었다. 석영은 그 눈빛에 알 수 있었다. 그녀가 아직 작전을 포기하지 않았다는 것을.

"뭘 노리는 거야?"

석영은 해왕성의 귀신인가 뭔가가 어디까지 왔는지 확인하고는 담배를 꺼내 입에 물었다.

치익.

후우…….

"뭘 노리는 거야?"

"딱 봐도 공성 병기는 지키려는 몸부림이잖아? 저 봐봐. 몰래 다가와서 전투를 걸어도 부족할 판에 저렇게 느릿하게 오고 있어. 저건 경고야, 나오지 말라는. 근데 저거 반대로 보면 공성 병기를 지키려는 몸부림 같지 않아?"

피식.

그 말을 듣자마자 석영은 실소를 흘릴 수밖에 없었다. 한지원은 가끔 이런 악마적인 모습을 보여주곤 했다. 지금이 딱 그랬다. 적이 공성 병기를 지키고 싶어 하니까 반대로 그 아픈 곳을 때려주고 싶어 하는, 딱 그런 모습이었다.

"이번엔 단독으로 갔다 올게."

"단독?"

"아, 단독은 아니네. 나랑 창미 언니만."

"둘이 가겠다고?"

"많은 인원이 나가는 것보다 둘이 움직이는 게 효율이 제일 좋아. 그리고 저놈들, 저거 위협용이야. 저거에 쫄아서 우리가 작전을 포기하는 걸 노린 걸 거야. 그러니 이쪽은 안심해."

"음……."

"진짜 뚫을 거였으면 벌써 전투가 벌어지고 남았어. 귀산자인가 뭔가가 그 정도도 모를 돌대가리는 아니니까, 걱정 마."

단정적인 한지원의 말에 석영은 그녀의 옆에 서 있던 노엘에게 시선을 돌렸다. 그녀는 곰곰이 생각에 잠겨 있었다. 그녀의 생각은 그리 길지 않았다.

"저도 같은 생각입니다. 하지만 두 분만 작전에 나가는 건……."

"아까도 말했지만 이런 작전, 우린 수도 없이 뛰었어. 그러니 너무 걱정 말고."

"하지만… 두 분은 저격수와 더불어 최대 단독 전력입니다. 부상이라도 입으면 매우 곤란합니다."

"걱정 말라니까."

툭툭.

그녀의 어깨를 두어 번 두드린 한지원은 갑자기 노엘의 목을 감싸 안았다. 예상치 못했던 행동이었다. 아영이에게도 저렇게 친근한 행동을 한 적이 없던 그녀인지라, 석영도 눈을 동그랗게 떴을 정도였다.

"약속하지. 긁힌 자국 하나 없이 돌아온다고."

"…하아. 왜 우리 지휘관급들은 다들 이렇게 호전적인 지……."

"후후."

다시 툭툭.

어깨를 다시 두드린 한지원은 바로 계단을 내려갔다. 그녀가 내려가고 석영은 다시 해왕성의 정예가 어디까지 왔나 확인했다. 기세는 아주 짜릿짜릿했다. 아주 대놓고 기세를 풍겨대는지라 지금 당장 전투가 벌어져도 이상할 게 없어 보였다.

특히 가장 앞에 선 놈.

적당한 거리까지 온 놈은 특이한 기세를 풍겼다.

'저놈은……'

마치 인형 같았다.

뒤에 있는 놈들은 전부 어서 싸우자는 것처럼 투지를 불태우는데 저놈 하나만 아무런 기세도 풍기질 않았다.

사람인가 의심스러운…….

'죽일까……?'

이미 시야에 잡혔으니 사람이든 괴물이든 석영의 저격을 피할 수는 없을 것이다. 죽인다고 마음먹으면 반드시 죽일 수 있는 게 석영이다. 그런데 이상하게 죽이고 꺼려졌다. 저격해 봐야 아무런 득도 없을 것 같은 딱 그런 느낌이 들었다.

'신기하네……'

본인이 생각해도 웃기는데, 누구한테 말도 못 할 것 같았다.

치직.

―들려?

언제나 차고 있는 무전에서 한지원의 목소리가 들렸다.

치직.

"들려."

치직.

―선행 요원들한테 공성 병기 위치는 파악했어. 안타깝게도 한자리에 몰려 있진 않네. 그래서 나랑 창미 언니랑 따로 떨어져서 움직일 거야. 예상 작전 시간은 한 시간. 그 안에 끝내고 돌아올게.

음…….

혼자서 적진을 파고 들어가야 한다. 그것도 저렇게 적이 새까맣게 몰려 있는 적진을 뚫고서 다시 수백일지, 수천일지 모르는 적 경계병을 파고들어 공성 병기까지 파괴하고, 그리고 다시 무사히 빠져나와야 한다.

치직.

"퇴로와 백업은?"

치직.

―다 챙겨놨지. 아, 진짜. 자꾸 그럴래?

작전에 나가기 직전이라 신경이 좀 날카로운가 보다. 본래 이 정도는 웃으면서 받아치는 성격인데 말이다. 하지만 오히려 저런 신경질을 들으니 좀 더 사람 냄새가 났다.

치직.

―출발한다.

석영은 굳이 대답하지 않았다.

대신 신형을 다시 전방으로 돌렸다.

핑……!

그러자 기다렸다는 것처럼 화살 한 대가 어둠을 뚫고 날아왔다.

"흥!"

그리고 그 화살은 차샤가 도면으로 툭 쳐서 날려 버렸다. 엄청난 동체 시력이었다. 물론 동체 시력만으로는 불가능한 신기였다.

"뭐지? 왜 자극하지?"

"시간을 끄는 게 목적이니까."

고작 그 정도 이유로?

석영은 인사를 받았으니, 답을 주기로 했다.

episode 69
야간 타격

두드드득!

퉁!

짧지만 강렬한 소리가 들리고 순식간에 쉭! 어둠이 어둠을 갈랐다.

픽!

그리고 들려온 타격 음……

"응?"

석영은 고개를 갸웃했다.

이상했다.

지금 저 타격 음은 절대 육체를 꿰뚫는 소리가 아니었다. 잔인하지만 수없이 인간의 몸을 뚫어본 석영이었다. 그래서 자신의 저격이 인간을 뚫을 때, 어떤 파열음을 내는지는 본인 스스로가 가장 잘 알았다.

그럼, 저격이 실패했다?

그건 더더욱 믿지 못할 소리였다.

지금까지 석영의 저격은 단 한 차례도 실패하지 않았기 때문이다.

"왜?"

"이상한데……. 몸을 뚫은 것 같지가 않아."

"엥? 그럼 저격수의 저격이 실패했다는 소리?"

"어니, 그건 아니야. 뚫긴 뚫었는데……. 인간이 아닌 것 같아."

"인간이… 아니라고?"

"응."

석영은 어둠을 노려봤다.

성벽 아래의 공기는 조금도 변하지 않았다. 무통(無痛)이라고 했던가?

'아니, 아니지.'

그렇다고 해도 타격 자체는 가능해야 정상이었다. 그러니 지금 상식적으로 말이 되질 않는 일이 벌어진 것이다. 그래서 이게 지금 석영을 굉장히 찝찝하게 만들었다. 뭘까? 지금 무슨 일이 벌어진 걸까?

한지원은 지금 작전을 나갔고, 예상 시간은 한 시간이다.

석영은 이 한 시간이라는 시간 동안 저걸 한번 파헤쳐 봐야겠다는 생각이 들었다.

"아리스?"

"응?"

"뭐 하는 거 없어?"

"글쎄… 짐작이 가는 건 있긴 하다만……. 확실하진 않아."

짐작이 가는 게 있다?

저들의 정체를 가장 먼저 알아차린 아리스이니, 어쩌면 지금 이 이해 못 할 상황에 대해서도 뭔가 알고 있는 게 있지 않을까 하는 기대감에 물었는데 진짜 뭔가 알고 있는 것 같았다.

"환영술사."

"응?"

"수신의 환영술사라는 집단이 있어. 아니, 있다고 들었어."

"……"

그건 또 뭔……. 판타지 같은 집단이냐고 물을 뻔했던 석영은 바로 고개를 저었다.

'판타지? 지금 이 상황이 판타지 자체지.'

여기서 뭐가 더 나온다고 해도 사실 이상할 것도 없었다.

파이어 스톰, 라이트닝 스톰 같은 게임 속에서나 나오던 스킬이 실존하는 게 지금 현 세계다. 휘드리아젤 대륙도 그렇고, 지구에서도 실제로 사용이 가능한 스킬이다. 이것만 해도 믿지 못할 판타지 그 자체였다.

그것만 있나?

천공 요새인가 뭔가가 몬스터 수십만 마리를 쏘아대는 말도 안 되는 일이 실제로 벌어지는 상황이다. 그리고 인간은 얻은 스킬로 그 몬스터를 때려잡고 말이다. 그러니 환영술사인가 뭔가가 등장해도 솔직히 지금 상황에서는 전혀 이상할 게 없었다.

"뭐 하는 놈들인데?"

"말 그대로 환영을 만들어내는 집단?"

"……"

"예전에 알스테르담이랑, 발바롯사랑 한창 치고받는데 악시온이 두 제국의 후미에 있는 섬 몇 군데를 동시에 때린 적이 있었어."

"그런데?"

"당시의 진군 저지자와 점령자가 빡이 칠 만큼 친 거지. 그래서 즉각 일 년 휴전을 맺고 대규모 해군을 양성, 악시온을 동시에 압박했지. 아무리 바다에서 날뛰는 악시온이라고 해도 마력포와 공성포로 무장한 두 제국의 해군 전력을 막기에는 역부족이었거든. 근데 이상한 일이 벌어졌어. 밀리고 밀려 결국 제도 앞까지 밀렸고, 모든 것을 건 대회전 당시 두 제국 해병들이 환영을 보며 갈팡질팡하기 시작했다는 거야. 그리고 두 제국은 악시온 제국의 함대에 거의 궤멸 직전까지 몰렸고 패망을 면했다는 뭐 그런 얘기?"

거의 일정한 톤으로 나온 아리스의 말에 석영은 앓는 소리를 냈다. 예전에 라블레스 저택에서 살던 당시 석영은 서적을 꽤나 많이 읽었다. 그 서적의 대부분은 역사 서적이었고, 거기에도 그렇게 적혀 있었던 것 같았다.

"그 외에도 몇 번 더 등장한 적이 있다는 지문이 있었어. 근데 워낙에 베일에 쌓여 있어서 실체를 아는 사람은 아무도 없었지. 아니, 제국 수뇌부들 빼고는 진짜 거의 몰라."

"그런 놈들이… 뭍으로 올라왔다?"

"응. 근데 저놈들 해왕성의 귀신들은 분명한데……. 환영술사는 그럼 어디 있는 거지?"

"잠깐……."

두 개의 집단이 동시에 의심이 되는 상황이었다. 그렇다면 차라리 의심의 방향을 한곳으로 돌리는 게 낫지 않을까?

'해왕성이 아니라 처음부터 환영술사인가 뭔가 하는 집단이었다면? 그래서 내가 뭔가 애매하게 느낀 거라면?'

그리고 환영으로 저 기세조차 피워 올린 거라면?

그럼 전부 말이 된다.

"아리스, 아까 그랬지? 왜 해군 전력의 최후 보루인 해왕성의 귀신이 뭍으로 올라온지 모르겠다고."

"음… 그랬지? 아무래도 이상하잖아? 해전과 육지전은 궤가 완전히 다른데 미치지 않고서야 제도가 있는 섬을 지키는 해왕성의 귀신을 이곳으로 보낸다는 게."

"그럼 저거, 뺑카일 수도 있겠는데?"

"뺑카? 아아……."

일단은 한 번 더 확인해 보기로 했다.

두드드드드!

퉁……!

순식간에 쏘아져 나간 화살은 이번에도 퍽! 소리를 냈지만 그 소리는 처음과 아주 똑같았다. 분명 화살은 석영의 시선에 닿은 인간의 형체를 뚫었는데도 파열음은 그냥 땅바닥에 박히는 소리밖에 들리지 않았다.

석영은 이걸로 확신했다.

환영술사가 와 해왕성의 부대를 거의 똑같이 만들어냈다.

그렇다면 이유는……?

빤하지 않나.

치직.

"듣기만 해."

무전기에 대고 그렇게 말하니 바로 삑삑, 삑삑, 하고 연달아 답이 들려왔다. 잠시 생각을 정리한 석영은 바로 현 상황을 설명했다.

치직.

"현재 요새 성벽 앞에 온 놈들은 해왕성의 귀신이란 것들이 아니고, 환영술사 집단이 만들어낸 환영이야."

딱 내용만 간추려 던진 석영은 이 정도면 충분하다고 생각했다. 남은 건 지금 작전에 나가 있는 한지원이 스스로 파악하고, 알아서 해결할 것이라는 생각도 했다. 석영은 그녀를 믿었다. 그녀가 완수하지 못하는 작전이라면, 그건 아마 석영 본인이 가도 불가능한 미션일 가능성이 매우 컸다.

삑삑, 삑삑.

연달아서 다시 대답이 왔다.

석영은 이제 느긋해졌다.

아까 화살 한 대가 날아왔지만 그거야 어차피 위협용일 뿐이었다. 물론 진짜 해왕성의 부대가 왔다고 해도 솔직히 그리 크게 문제될 건 없다고 생각했다.

무통?

그렇다면 대가리를 죄다 날려주면 될 일이었다.

석영은 편하게 자리를 잡고 다시 담배를 입에 물었다.

치익.

후우…….

연기를 내뿜는 순간 노엘이 움직여 경계 태세를 조금 느슨하게 풀고 다가왔다.

"저는 이 구역, 삼 구역에 갔다 오겠습니다."

"부탁해."

"……."

석영의 말에 고개만 끄덕인 노엘이 요새를 내려가고, 쫄래쫄래 차샤도 내려갔다. 아리스만 남아 성벽 위에서 대기했다.

재깍, 재깍, 재깍.

근처에 있던 문보라가 찬 시계의 초침 소리가 희한하게 안정감과 긴장감을 동시에 선사하기 시작했다.

"얼마나 지났지?"

"삼십일 분 막 지났습니다."

문보라의 대답에 이제 슬슬 한지원이 적의 공성 병기 근처에 도착해 갈 시기였다. 그동안 그 흔한 총소리 한 번 안 울린 걸로 보아 적과의 교전은 없어 보였고, 있었다면 아마 소리도 없이 목을 돌렸을 게 분명했다.

문보라가 사십 분이 지났다고 알려왔다.

고작 둘이서 작전을 나간 걸 아는 요새 위 병력은 점점 긴장하기 시작했다.

'이제 슬슬……'

폭격을 가하든, 폭발물을 설치하든 둘 중 하나를 끝내고 다시 요새까지 돌아오려면 이제 슬슬 터져야 할 때였다.

적진과 요새의 거리는 그리 짧은 편이 아니었지만 석영이 최대한 전속력으로 달리면 20분 안에는 충분히 도착할 수 있는 거리긴 했다. 그러니 한지원도 충분히 20분 안에 끊을 수는 있을 것이다.

하지만 작전 예상 시간은 한 시간이고, 벌써 반 이상이 훌쩍 지났다. 석영은 슬슬 불안한 생각이 들기 시작했다.

'접근하지 못한 건가?'

그럴 가능성도 있었다.

워낙에 중요한 병기이니 경계병을 둘둘 둘러놨으면 제아무리 한지원이라도 접근하는 게 쉬울 리가 없었다.

'최악의 경우는……?'

사로잡히는 것.

혹은.

포위되는 것.

둘 다 최악이긴 매한가지다.

근데 그러한 생각을 하면서도 석영은 한지원에게 포로나 포위 그 이상의 일이 일어날 거라는 생각이 들지 않았다.

석영은 필터까지 탄 담배를 던지고, 다시 하나를 꺼냈다. 그리고 불을 붙이려고 지포 라이터를 들어 올렸을 때였다.

흠칫.

공기가 갑자기 숨죽이는 이 기묘한 감각.

'시작이다.'

팅.

치익.

치칙.

—잇츠 쇼 타임! 꺄하하하!

콰앙!

콰응……!

나창미의 광기에 찬 무전을 시작으로 지반이 흔들리고, 폭음이 터져 나왔다. 요새를 정면으로 봤을 때 2시 방향에서 불길이 확 치솟았다. 야밤에 올라오는 화끈한 폭음이다. 폭음은 연달아 터졌다.

처음 두 번, 다시 두 번, 세 번 더.

솟구치는 폭염과 폭음 속에 마치 나창미의 웃음소리가 들리는 것 같았다. 그녀의 광기는 이상하게도 처절하게만 느껴졌다.

예전에는 그냥 머리가 고장 난, 그런 여자라고 생각했다. 어떤 안 좋은 일을 겪었고, 그것 때문에 외상 후 스트레스에 시

달리는 여자라고 생각했다. 하지만 나날이 날카로워지는 감각
이 그저 그것뿐만이 아니라고 말하고 있었다.

'당신은……'

뭐가 그리 슬픈 거지?

뭐가 그리 슬퍼서 그리 처절한 전투를 치러야만 하는 거지?

석영은 나창미가 앞에 있다면 그렇게 물어보고 싶었다. 아
니, 언젠가는 그렇게 물어보고 싶었다.

치직.

─이쪽도 쇼 타임.

흠칫…….

하지만 한지원은 좀 달랐다.

목소리가 지나치다 싶을 정도로 착 가라앉아 있었다. 듣는
순간 소름이 쭉 돋아 문보라가 몸서리를 칠 정도였다.

석영은 그녀의 목소리에서 무슨 일이 있었다는 걸 알 수 있
었다. 냉정을 요해야 하는 미션에서 저렇게 분노하는 그녀를
본적은 없었기 때문이다.

콰앙!

콰웅……!

쾅!

9시 방향에서 세 방이 연달아 터지면서 불길이 쭉 솟구쳤다.

지근거리에서 세 방이 다 터졌는지 솟구치던 불길이 한데 섞
여 마치 용오름처럼 보였다.

"장관이네……."

누군가의 중얼거림에 석영은 말없이 고개를 끄덕이며 동의했다. 하지만 저 불길에 지금 수없이 많은 악시온 제국군이 불타고 있을 것이다. 물론 동정하지는 않았다. 그러나 저 불길이 아름다운 불길이라고 생각하진 않았다.

쾅!

콰앙!

한지원과 나창미는 작정하고 폭탄을 계속 퍼부었다. 한참이나 계속되던 불꽃놀이가 끝난 건 다시 10분쯤 지났을 때였다.

"불을 꺼!"

"몸으로라도 끄란 말이야!"

거리가 상당한데도 병사들이 쓰는 악이 바람에 실려 모두의 귀로 적나라하게 들어왔다. 석영은 그 악을 들으며 확신했다. 공성 병기가 터졌다는 것을. 그도 아니면 최소한 불길은 붙었다는 것을.

치직.

─깔깔깔! 백린탄이다, 개새끼들아! 한번 꺼봐!

치직.

─일차 미션 종료. 백업 조 준비!

한지원의 무전이 끝나기 무섭게 이미 밖으로 나가 있던 백업 조에게서 답장이 들려왔다.

치직.

"백업 조, 움직입니다. 지정된 포인트에서 나비와 벌, 회수 대기합니다."

문보라가 무전을 보낸 직후 석영은 자리에서 일어났다. 그러곤 하늘을 힐끔 올려다봤다. 새까만 화연에 가려져 있지만 달은 붉었다. 아주 불길한 블러드 문이었다. 석영은 무전을 끝내고 지도를 확인하는 문보라에게 바로 다가갔다.

"포인트가 어디지?"

"가시게요?"

"아무래도 가만히 있을 수는 없어서."

"팀장님한테 혼날 텐데······."

"그건 내가 알아서 할게. 그리고 기분이 사실 좀 별로야."

"···안내할게요."

석영의 말에 문보라는 곧바로 레펠 준비를 했다. 빠르게 준비를 하고 있는 문보라를 힐끔 본 석영은 그대로 성벽 밖으로 몸을 날렸다.

쿠웅······.

바닥에 착지한 석영은 바로 몸을 움직이려다 말고 고개를 갸웃했다. 아주 짧은 순간이지만 신기한 경험을 해버렸다. 성벽의 높이는 절대로 낮지 않았다. 못해도 15m는 넘으니 말이다. 그런데 그 높이에서 뛰어내렸다.

바닥에 진동을 울릴 정도였으니 충격이 어느 정도 있어야 했다. 그런데 굳이 의식하지도 않았는데 신체의 근육이 미세하게, 지가 알아서 충격을 완화하는 조율을 했다. 강화된 육체이니 그냥 뛰어내린다고 해서 발목이나 무릎이 부러질 일은 결코 없었다. 하지만 어느 정도의 충격은 예상했다.

그런데 정체를 알 수 없는 뭔가로 인해 근육이 조율됐고, 충격을 전부 흩어버렸다.

'이거 참······.'

이게 좋은 건지 나쁜 건지는 당연히 지금으로써는 판단 불가다. 하지만 석영은 지금 그게 중요한 게 아님을 잘 알고 있었다.

슈우웅.

로프를 타고 문보라가 내려섰다.

슈우웅.

로프를 타고 이번엔 송과 매가 내려왔다.

"두 사람은 왜?"

"이곳 지리는 저희가 그래도 잘 아니까요. 선행하겠습니다!"

송의 다부진 말에 석영은 잠시 고민하다가 고개를 끄덕였다. 문보라도 이미 주변 지형을 외웠지만 확실히 이곳 지리를 구석구석까지 가장 잘 아는 건 송과 매였다. 송과 매가 먼저 출발했다.

"제가 후미를 받칠까요?"

"아니, 같이 움직여. 통신 채널 항상 열어놓고 저격수들 배치도 해주고."

"네."

문보라는 석영의 말에 대답하고 바로 통신 채널을 열었다.

치직.

"채널 브라보로 맞춰놓고, 저격수들 대기. 남은 대원은 자율 방어."

깔끔한 지시였다.

"움직이자."

"네."

석영은 벌써 어둠에 스며들어 사라진 송과 매의 뒤를 따르기 시작했다.

하지만 석영의 이동은 매우 빨랐다. 마치 전설 속에 나오는 축지법처럼 공간을 쭉쭉 압축하며 내달렸다. 어둠에 싸인 주변의 풍경이 휙휙 지나갔다.

슥.

한참 달리던 석영은 바위 뒤에 몸을 숨기고 있는 송과 매를 확인하곤 천천히 속도를 줄였다.

그리고 소리마저 죽였다.

선행한다고 했던 두 사람이 저렇게 서 있는 건 분명 이유가 있기 때문이다.

옆으로 이동한 석영은 송을 툭툭 쳤다.

"왜?"

"앞에 매복이 있는 것 같아요."

"매복?"

"네. 딱 숨기 좋은 지형이거든요. 귀산자가 등신이 아니라면 저기에 반드시 매복을 심었을 거예요."

단호한 송의 말에 석영은 상체를 조금 들어 전방을 확인했다.

나무, 바위, 수풀.

딱 이 세 가지로 조성된 지형이었다.

석영은 혀를 찰 수밖에 없었다.

전략에는 사실 문외한인 석영이 보기에도 확실히 숨기 딱 좋은 지형이었다. 문보라를 바라보니 그녀도 고개를 끄덕였다.

일단 시선을 모아 기다리란 수신호를 보내고, 석영은 눈을 감았다. 이 세상은 참 요지경인 세상이다.

소설이나 영화에서 나올 법한 것들이 실제로 있는 곳이다. 지금 당장은 아무런 기척도 느껴지지 않고 있다. 그리고 위화감조차 없었다. 하지만 매복이 있다면 석영은 그들이 기척을 죽이는 정도는 충분히 하고도 남을 거라고 생각했다.

'작전을 나온 부대를 잡기 위한 매복, 혹은 시간 끌기.'

의도는 명확했다.

환영술사 부대를 보낸 걸 보면 귀산자는 예측했을 것이다. 반드시 공성 병기를 파괴할 작전을 우리가 해올 것이라는 걸. 그래서 환영술사를 보낸 한편, 광범위한 영역에 매복을 설치했다. 아마 가장 좋은 건 공성 병기는 안 파괴당하고, 작전을 나온 그녀들을 잡는 것일 것이다. 하지만 석영은 그렇게 내버려두고 싶은 생각이 절대 없었다.

"후, 후우······."

크게 심호흡을 한 석영은 눈을 감았다.

고요한 정적 아래, 석영은 의식을 집중했다. 동시에 감각 확장의 의지를 강렬하게 품었다.

쏴아아…….

바람에 나뭇잎이 흔들리는 소리가 들리다가, 차츰 멀어져 갔다.

의식이 멀어진다? 아니었다.

의식은 점차 명료해지고 있었다. 세상을, 석영이 있는 공간을 장악하고 있던 소리가 사라졌다.

바람 소리, 나뭇잎 흔들리는 소리, 풀잎이 간드러지는 소리 등등 전부 다 우뚝 멎었다. 그러자 다른 소리들이 들리기 시작했다.

두근두근.

아주 미세한…….

바람 소리보다도 작은… 박동 소리.

주인이 살아 있음을 알리는 심장박동 소리가 들려오기 시작했다. 본인, 혹은 옆에서 나는 소리는 아니었다.

거리는 꽤나 멀었다.

송이 말했던 딱 그곳이었다.

두근두근!

두근! 두근!

소리는 점차 많아졌다.

최초의 박동 소리를 잡아내자 그 주변으로 쭉 퍼져 있던 매복자들의 심장 뛰는 소리를 석영은 죄다 감지해 냈다.

'수는… 서른.'

많지 않은 수지만, 이런 매복 작전에 특화된 정예라고 가정해 보면 결코 적지 않았다. 그렇다면 저들은 이런 작전에 특화된 아주 정밀한 살인 기계들이었다. 석영은 그걸 한지원의 팀을 보면서 배웠다.

하지만 당연히 방법이 없는 건 아니었다.

'위치, 이들이 매복한 정확한 위치만 알면······.'

모조리 저격이 가능하다.

석영은 다시 세 사람에게 적의 수, 거리 등을 알려주곤 주변 경계를 부탁했다. 이번 작업에는 정신 집중이 크게 요구된다. 제1정보기관이라 할 수 있는 시각이 아닌, 애매한 육감에 의지해 적의 위치를 찾아내야 하기 때문이었다.

"후, 후우······."

다시 크게 심호흡을 한 석영은 눈을 감았다.

눈을 감고 1분. 좀 전처럼 세상의 소리가 천천히 잦아들었다. 바람 소리도 지워지고, 풀잎 흔들리는 소리도 지워졌다.

두근두근.

두근! 두근!

소리가 지워지자 심장박동 소리가 다시 들렸다.

'신기한 놈들······.'

석영은 그 심장박동 소리가 자신에게만 좀 크게 들릴 뿐, 실제로는 거의 티도 안 날 정도로 아주 미약하게 뛰고 있는 것도 알아챘다.

'귀식대법이냐······?'

가사 상태로 빠져들게 만든다는 무협 소설의 기술이 생각나

버린 석영은 실소를 흘릴 뻔했다. 하지만 다시 정신을 집중했다.

본방은 지금부터였다.

'소리. 심장박동 소리……'

그 소리는 '어디서' 나고 있는가.

석영은 그 부분에 집중했다.

이 작업은 힘들었다. 온전히 정신 집중 이후, 감각의 확장을 이용해 적의 위치를 찾아내야 했기 때문이다. 소리를 찾아내는 것보다 훨씬 더 시간이 걸려 겨우 하나를 찾았다.

가장 정면에 보였던 나무 위, 넉넉한 가지 위에 한 놈이 죽은 것처럼 누워 있었다. 하지만 이놈은 실제 죽은 게 아니었다. 아주 미약한 호흡을 내쉬며 목표가 영역 안으로 들어오길 기다렸다.

'일단 한 놈……'

하나를 찾고 나자 두 번째부터는 좀 쉬워졌다.

그 나무 뒤, 바위 아래 흙을 파고 한 놈, 다시 그 뒤, 아예 땅을 파고 한 놈……. 그런 식으로 서른이 전부 숨어 있었다. 석영은 그걸 가장 앞에 있는 놈부터 촘촘하게 엮기 시작했다. 그건 마치 별자리를 선으로 잇는 작업과 비슷했다.

귀찮지만 끈기 있게 하나도 놓치지 않고 전부 잇고 나자 골이 지잉! 하고 지끈거렸다. 하지만 석영은 입가에 미소를 그리며 눈을 떴다.

"후……"

골이 지끈거리긴 하지만 소득은 있었다. 특히 전장을 입체적으로 설정하는 방법을 터득한 건 정말 큰 수확이었다.

'이건 나중에 실험해 보고……'

지금은 저 앞을 치워 한지원의 복귀를 원활하게 돕는 게 먼저였다.

두, 드드, 드득.

조심스럽게 당긴 시위.

그리고 그런 동작을 감지했는지 어둠도 조용히 몰려들어 화살의 형상으로 변했다.

"와……."

그런데 전과 다른 점이 있었고, 그 다른 점이 지켜보던 세 사람에게서 지금 상황도 잊고 탄성을 흘리게 만들었다.

화살은 한 발이었다.

하지만 일반 화살과는 다르게 시위에서부터 회전을 시작하고 있었다.

빙글빙글, 뱅글뱅글.

마치 드릴처럼 도는 화살을 보면서 세 사람은 이번 석영의 저격은 이전과는 매우 다르다는 걸 즉각 깨달았다.

후…….

퉁.

심호흡과 함께 석영은 시위를 놨고, 경쾌한 소리와 함께 화살이 어둠 속으로 녹아들어 갔다. 그리고 몇 초 지나지 않았을 때였다.

푹!

고요한 전장에 육신이 꿰뚫리는 소리가, 작지만 아주 확실하게 울려 퍼졌다. 화살은 턱밑에서부터 뚫고 들어가 정수리로 빠져나왔으니 나무 위에 있던 놈은 확실하게 죽었을 것이다. 화살 자체의 회전력도 있어 관통의 순간 뇌를 아예 곤죽으로 만들어 버렸을 테니, 살아남는 건 진짜 말도 안 되는 일이었다.

화살은 붉은 피를 증발시키고, 석영이 설정한 다음 표적을 향해 날았다.

'바위, 오 미터 뒤, 나무 뒤.'

푹!

푹!

푹!

연달아 세 번의 관통 음이 더 들렸다. 그런데도 화살은 힘을 잃지 않고 여전히 어둠을 헤집고 있었다.

재미난 건 죄다 목숨을 확실하게 날려 버리는 급소를 뚫었는데도 비명 소리는 일절 들리지 않는다는 점이었다. 그건 곧 극도로 이런 상황을 대비해 훈련을 거쳤다는 뜻이었고, 그냥 들어갔으면 목숨을 내놓은 공격에 석영도 적잖이 당황했을지도 몰랐다.

하지만 이놈들은 상대가 너무 나빴다.

하필이면 전쟁을 거듭하며 계속해서 진화를 이루고 있는 석영과 마주했다. 이건 곧 목을 내밀고 '얼른 따주쇼!' 이렇게 소리치는 것과 다를 게 하나도 없었다.

30초.

화살이 사라지는 데 걸린 시간이었다. 그리고 그 30초 동안, 초당 한 번씩 관통 음이 들렸다. 적은 확실하게 제거가 됐다.

"후……."

모두 정확하게 표적을 뚫었다는 것을 확인한 석영은 나직한 한숨을 내쉬었다. 역시 처음해 보는 방식의 저격이라 그런지 정신력 소모가 상당했다. 하지만 지금 얻은 소득은 소모한 정신력에 몇 배에 달할 만큼 컸다.

'집단 난전에 상당히 쓸모가 있겠어…….'

툭툭.

송이 석영을 손짓으로 불렀다.

그녀의 눈빛은 초롱초롱했다. 석영이 지금 어떻게 저격을 했는지 눈치챘기 때문이다. 하지만 공과 사는 까먹지 않았다.

—움직여도 돼요?

그 질문에 석영이 고개를 끄덕이자 매와 함께 다시금 몸을 날렸다. 석영도 잠시 주변을 둘러봤다 두 사람을 따라 몸을 날렸다. 직선 경로가 아닌 요리조리 틀어 움직여 다시 10분을 달렸을 때였다.

흠칫.

짜르르…….

등골에 소름이 일어났다.

석영은 곧바로 이동을 멈추고 송과 매를 불러들였다.

쏴아아…….

바람 부는 숲이었다.

파스스…….

나뭇잎이 떠는 숲이었다.

입구에서 멈춰 선 석영은 고개를 갸웃했다. 피부에 오돌토돌 닭살이 올라왔을 정도로 강렬한 기세를 느꼈다. 그 기세는 엄청나게 살벌했다. 짧은 시간이지만 수없이 많은 전장을 겪은 석영조차 처음 느껴보는 기세였다. 하지만 동시에 익숙한 기세였다.

'분명 어딘가에서 느껴본 적이…….'

아…….

한지원, 그녀였다.

그녀가 언젠가 보여줬던 기세였다.

안심한 석영은 다시 이동을 시작했다.

기세가 느껴지는 곳.

그 중심지에 도착한 석영은 눈앞에 펼쳐진 참상(慘狀)에 저도 모르게 입을 쩍 벌렸다.

지옥도(地獄道).

시린 달빛을 받아 고고하게 서 있는 그녀의 주변에는 한 폭의 지옥도가 펼쳐져 있었다.

정말 입이 쩍 벌어지는 광경이었다.

"맙소사……."

뒤따라온 송이 저도 모르게 그렇게 중얼거렸을 정도였다. 한지원, 그녀는 처참한 살육의 중심에 있었다. 그녀의 주변에 숨이 끊어진 적은 대략 60… 아니, 살아 있었다. 하지만 입에 피거품을 물고 극극거리는 걸로 보아 곧 숨이 끊어질 것 같았다.

어차피 죽고 죽이는 잔인한 전쟁을 몇 번이나 겪은 뒤라 이런 참상은 사실 그리 특별한 게 아니었다.

하지만 한지원, 살육의 중심에 서 있는 그녀의 모습이 이 현장을 특별하게 만들었다. 게다가 무슨 영화도 아닌데 달빛을 받아 혼자 고고히 빛나고 있었다. 극적인 장면 연출 같았다. 하지만 이는 극(劇)을 위한 연출이 아니었다.

현실이었다.

그녀는 현실에서 죽음을 관장하는 천사가 되어 있었다.

나른한 그녀의 눈빛을 본 석영은 천천히 뒤로 물러났다.

눈빛이 심상치가 않았다.

새파란 눈빛.

살기로 점철된 눈빛은 당장에라도 자신을 향해 짓이겨 들 것 같은 눈빛이었다. 그만큼 살벌하고, 소름 끼쳤다.

스윽.

양손에 쥐어져 있던 대검이 움찔했다.

"후… 잠깐 정신 줄 놨네요."

평소의 그녀 목소리에 석영은 그제야 경계를 풀었다.

"괜찮아?"

"응? 아아, 응. 잠깐… 달빛에 취해서 그만."

피식.

두 번 취하면 아주 백만 대군도 칼질하고도 남겠다. 부스럭

거리는 소리가 들리더니 비슷한 모양새의 나창미가 모습을 드
러냈다.

"아우… 개운해."

아주 피로 샤워라도 했는지 흠뻑 젖은 채 등장한 그녀의 모
습은 진짜 솔직히 뭐라 말로 설명하기도 무서웠다. 그리고 사
람을 도살하고 저렇게 개운하다고 하니, 송이 으스스 떠는 것
도 무리가 아니었다.

"어머, 난장판이네?"

한지원이 쇼를 본 나창미의 반응에 석영은 이제 그냥 고개
를 절레절레 저었다.

"일단 얘기는 나중에 하고 복귀부터 하죠."

"오케이! 그럽시다!"

두 사람의 말에 송과 매가 바로 왔던 길을 열어 다시 달리기
시작했다. 쉭! 쉭! 주변 풍경이 엄청난 속도로 스쳐갔다.

"으흐흐……."

음산한 웃음을 흘린 나창미가 곁을 쌩하니 스쳐 지나가 단
숨에 송과 매의 옆에 섰다.

"더 빨리는 못 달려?"

"흐잉……."

나창미의 말에 송이 앓는 소리를 내더니 더욱 속도를 높였
다.

퉁!

쇄애액!

전방 세 시 방향에서 볼트 하나가 가장 앞에 달리던 나창미를 향해 쏘아져 왔다.

"땅!"

떵!

"에이, 소리 틀렸네!"

몇 번을 봐도 적응이 안 되는 요란한 방식을 선호하는 나창미는 달리던 자세 그대로 등에 빗겨져 매고 있던 AK라이플을 순식간에 잡아 돌렸다.

부슝!

겨누자마자 발사된 탄환이 어둠을 가르는 선이 되었다. 퍽! 그리고 몇 초 지나지 않아 절대 나무나 땅에 박힌 소리가 아닌 소리가 들려왔다.

"지원아!"

"길만 열어!"

"에이… 씨!"

한지원의 지시가 마음에 들지 않았는지 아쉬운 혼잣말을 한 나창미는 이내 다시 폭발적인 속도로 쏘아져 나갔다.

부슝!

부슝!

소음기가 장착된 소총에서 발사된 탄은 계속해서 경로를 막고 있는 적의 머리와 심장을 거침없이 뚫었다. 그걸 뒤에서 보면서 달리던 살벌하게 정교한 샷에 혀를 내둘렀다. 한 놈당 정확하게 딱 한 발씩이었다.

선제공격이 날아오면 그걸 소총으로 튕겨내고 곧바로 사격. 단 한 발도 빗나가지 않았다. 가끔 앞을 막아서는 놈이 나와도 마찬가지였다. 암기를 날리든, 정면으로 기어 나와 칼질을 하든 나창미의 사격은 심장과 이마를 아주 확실하게 뚫었다. 그렇게 달리던 나창미가 탄창을 세 번 정도 갈자, 성벽이 보였다.

휘리릭!

미리 기다리고 있었는지 도착하기 무섭게 로프가 풀리며 바닥으로 떨어졌다. 수도 정확히 인원수에 맞춰져 있었다.

"먼저 올라가!"

나창미가 가장 먼저 도착해 탄창을 갈아 끼우며 한 말에 한지원은 고개를 끄덕였다. 송과 매, 문보라가 가장 먼저 올라가고 그다음 석영과 한지원이 올라갔다.

부슝! 부슝!

다가오는 적이 있는지 성벽 위에서 하얀빛이 번쩍이고, 어둠을 가리는 실선을 만들어냈다. 다가오던 적의 몸을 탄이 뚫는 소리, 그리고 앞으로 고꾸라지는 소리가 연달아서 몇십 번이나 울렸다.

그사이 문보라도 로프를 잡고 성벽 위로 올라왔다.

"휴……. 보라야, 담배 하나만 줘봐라!"

"네."

문보라가 가슴 근처 포켓에서 담배를 꺼내 건네자 나창미는 익숙한 동작으로 담배에 불을 붙였다.

치익.

"후우… 이 맛이지, 흐흐."

절레절레.

가까이서 그녀를 본 송과 매는 질렸는지 고개를 젓고는 석영의 뒤로 슬그머니 도망쳐 왔다. 한지원도 나창미처럼 담배를 물고 불을 붙인 다음, 석영에게 다가왔다.

"작전은?"

"후우……. 와르르 무너지는 것까지 확인하고 왔지."

"그래, 다행이네. 다친 데는?"

"뭐, 살짝 긁힌 정도가 전부야. 침 바르면 낫는 수준."

"……."

별것 아니라는 투로 얘기하는 한지원을 보며 석영은 다시 한번 그녀와 적이 되지 않았다는 사실에 감사했다.

'못해도 천 단위는 지키고 있었을 텐데…….'

그 많은 수의 병력을 뚫고 들어가, 공성 병기에 강화 RPG—7을 먹였다. 석영은 그게 정말 대단하다는 생각과 동시에 소름이 끼쳤다. 석영 본인은? 접근만 가능하다면 공성 병기쯤이야 단숨에 박살 낼 수 있었다.

하지만 접근이 문제였다.

석영의 척후 능력은 사실 그리 좋은 편은 아니었다.

극단적으로 올라가기 시작한 감각을 바탕으로 작전에 나가면 느리지만 확실히 접근할 수는 있었다.

하지만 아마 엄청난 긴장이 동반될 것이고, 그는 정신력 소모로 곧장 이어져 석영에게는 그리 유쾌하지 않은 상황을 동반

해야만 했다.

'그리고 솔직히 그런 경험도 없고……'

석영은 개인 작전을 뛴 적이 거의 손에 꼽았다.

있다면 나레스 협곡 정도?

하지만 그때의 상황도 명중률 100% 저격으로만 이루어진 전투였다. 그 외의 전투는 거의 전부 팀을 이뤄 치렀다. 그래서 솔직히 혼자 공성 병기를 박살 내는 작전은 성공은 해도, 본인도 피해를 볼 거라고 생각했다.

그런데 이 둘은?

각자 움직여서 공성 병기를 완벽하게 파괴했다.

게다가 복귀 도중 적의 매복에 걸리기까지 했는데 상처도 거의 없이 돌아왔다.

"차샤 언니보다 더 무서워… 힝."

뒤에 숨은 송의 말에 석영은 피식 실소를 흘렸다.

차샤?

대단한 건 인정한다. 하지만 그녀의 전투 스타일은 대인전, 집단 난전에 특화되어 있었다. 그리고 그건 아리스도 마찬가지였다.

노엘은?

그녀는 지휘관이었다. 전투보다는 전략 전술을 짜고, 그에 맞춰 부대를 운용하는 데 훨씬 더 재능이 특출 났다.

"아, 칼춤 좀 췄더니 피곤하네. 지원아, 난 먼저 가서 씻고 쉰다."

"그래, 언니."

"씻고 나서 가볍게 한잔해도 되지?"

"음……."

그 말에는 고민을 하는 한지원.

그러자 나창미의 얼굴이 애처롭게 변했다.

"왜왜, 작전도 잘 끝냈는데! 말 잘 듣는 어린아이였는데!"

"에휴, 그래, 딱 두 병까지만이다?"

"오케이!"

나창미는 한지원의 음주 허락에 콧노래까지 부르면서 성벽을 내려갔다. 석영을 스쳐 지나가며 '흐흐, 오늘은 위스키로 두 병 까야지……' 하고 작게 중얼거려 다시 석영의 실소를 이끌어 냈다.

그녀가 내려가자 밤은 고요해졌다.

"보라야, 이쪽은 오늘 네가 관리해."

"네."

문보라가 한지원의 지시에 움직이자, 그녀는 다시 석영을 돌아봤다.

"남은 얘기는 내일? 오늘은 나도 좀 피곤한데."

"그러지."

"그럼 나도 내려갈게. 수고해."

한지원의 퇴장과 함께 석영도 잠시 뒤에 숙소로 돌아왔다. 옷을 벗고 적당히 씻은 석영은 침대에 누웠다.

문자 그대로 전쟁 같은 하루였다.

'실제 전쟁을 치렀으니까 틀린 말은 아니네.'

작정한 악시온 제국군을 막느라 진을 뺐고, 판타지에 딱 어울리는 공성 병기와 무력 집단도 만났다.

'이걸로 좀 편해지려나……'

공성 병기는 부쉈다.

여분이 더 있는 게 아니라면 이제 악시온 제국은 정석적인 공세밖에 펼치지 못할 것이다. 석영은 오늘 하루 있었던 일이 머릿속을 삭 스쳐 지나가자, 괜히 실소가 나왔다. 스스로 생각해도 정말 치열했던 하루였다. 스스로의 능력이 계속해서 진화하고 있다는 사실까지 깨달은 하루이기도 했다.

또한 자신의 상태가 정상이 아님은 이미 자각하고 있었다.

물론, 나쁜 쪽으로 정상이 아닌 게 아니라, 좋은 쪽으로 정상이 아니었다.

'과하면 모자란 것만 못한데……'

의지.

이 설명하기 편한 간단한 단어로 석영은 생각하는 거의 모든 종류의 공격이 가능해졌다. 아까 매복 삼십을 한 큐에 보내 버린 것도, 시간을 끌 상황이 아니란 현실이 만들어낸 새로운 저격 기술이었다.

하지만 석영은 그 저격 기술보다, 저격 기술의 바탕이 된 '맵(MAP)'이 훨씬 더 큰 소득이라고 생각했다.

어차피 전투 중이면 당연히 감각은 매우 예리하게 벼려진다. 그러면 맵은 상황에 따라 바로 켤 수 있을 것이다.

지도, 약도.

그것도 생명체가 표시되는 지도다.

전투 중에 적의 위치와 아군의 위치를 확실하게 파악한다면? 게다가 그것도 실시간으로, 유기적으로 변하는 적아(敵我)의 맵을 보유하게 되면 난전이 벌어질 시 엄청난 도움이 될 거란 생각이 들었다.

하지만 반대로 걱정도 됐다.

'너무 빨라……'

어느 순간부터 조금씩 변하던 것이 이제는 가속화가 붙은 것 같았다. 참으로 웃기는 게, '될 것 같다'는 인지만 하고, 그대로 의지를 빡세게 집중하면 진짜 가능해진다. 오늘 보였던 타천사의 날개와 맵, 서른을 한 큐에 뚫는 공격까지도 전부. 상황에 맞춰 해야겠다란 생각과 함께 집중했더니 모조리 실제로 벌어졌다.

석영은 이전에는 좀 방치하는 방향이었지만, 이제는 그래서는 안 된다고 생각했다. 석영은 활을 꺼냈다.

새까만 활 한 자루.

석영이야 매일 봐서 무덤덤하지, 흑빛의 자태는 사실 황홀한 마력을 품고 있었다.

'모든 것의 원인은… 이놈이 확실해.'

자신이 뭔가 특별해서?

에이……. 석영은 자신의 깜냥이 그 정도가 아님을 안다. 아주 냉정하게 얘기해 신체적, 정신적 재능이 자신보다 뛰어난 사람은 이 세상에 바닷가의 모래알처럼 많았다. 그런데도 이 활한 자루로 석영은 '매우' '특별'해졌다. 그리고 그건 '버그'로 인한 '축복'이었다.

'아니, 어쩌면 버그가 아닐지도 모르지……'

신과 악마의 설정을 동시에 품은 타락 천사의 활이 애초에 지상으로 떨어질 운명이었다면?

우연의 중첩은 우연이 아니라고들 말한다.

'과연 우연이었을까?'

한번 의심하기 시작하자 모든 게 의심스러워졌다. 하지만 의심만 할 뿐, 이 고민에 대해 100점짜리 답을 내려줄 사람은 아쉽게도 그 어디에도 없었다. 그래서 의심하고, 유추할 뿐이었다.

지잉.

지잉.

눈 속에서 꿈틀거리는 기묘한 놈도 문제였다.

'후, 일단 오늘은 쉬자. 앞으로 고민할 시간은 많……'

싸아…….

흠칫!

석영은 몸을 벌떡 세웠다.

뎅…….

뎅…….

본능이 경고를 보냈다.

준비하라고.

지금 당장 준비하라고.

여태껏 경험하지 못한…… '고통'과, '고난'이 온다고…….

석영은 마치 귀에 속삭이는 것 같은 그 본능의 경고에 몸을 웅크렸다. 본능적인 자세였다.

덜덜덜……

몸이 사시나무 떨리듯이 떨리기 시작했다.

기잉!

눈 속에 박힌 기묘한 빛이 미쳐 날뛰기 시작했고, 시청각, 미각, 후각, 촉각에 육감을 포함한 모든 감각이 날카롭게 곤두섰다.

'이게… 큭!'

우릉!

콰앙!

보이지 않는 벼락이 석영을 강타했다.

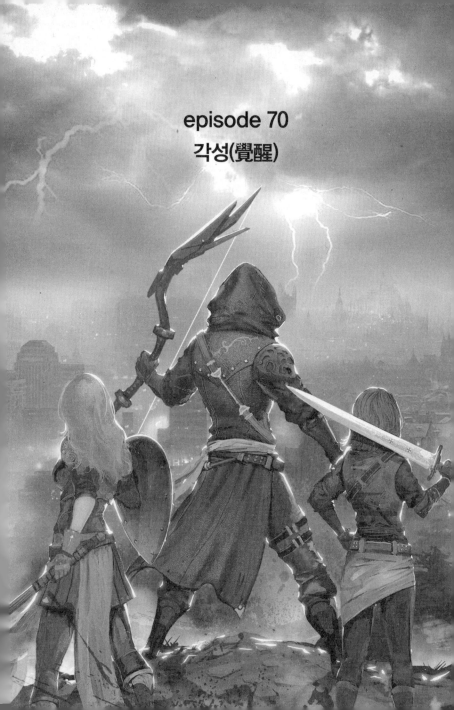

episode 70
각성(覺醒)

"으윽……."

세상이 번쩍하는 느낌에 석영은 저도 모르게 신음을 흘렸
다. 이건 도대체가 그러지 않을 수가 없는 아찔한 고통이었다.
통증은 단발성이 아니었다. 떨어진 벼락이 온몸을 헤집고 다니
는지 머리며, 가슴이며, 다리, 팔까지 끔찍한 통증이 휩쓸고 지
나다녔다.

"크으……!"

저절로 이 악문 신음이 석영의 입에서 흘러나왔다.

끔찍했다.

정말 생전 처음 겪어보는 격통(激痛)이었다.

마치 살아서 움직이는 불길을 혈관에 주입한 것 같았다. 머

리가 새하얗게 변한다는 말이 절실히 와 닿았다. 1초가 1분 같았고, 1분이 10분 같았다. 계산이 이상하지만 진짜 그렇게 느껴졌다.

우르릉…….

쩡!

"악……!"

두 번째 벼락이 쳤다.

이놈은 첫 번째 벼락과는 달랐다.

첫 번째가 지옥의 겁화처럼 뜨거웠다면, 두 번째는 그와 정반대로 영혼마저 얼어붙는 것처럼 차가웠다.

몸을 이리저리 뒤집던 석영은 완전히 상반되는 고통에 이번엔 몸을 웅크리고 덜덜 떨기 시작했다.

"으으……."

사시나무 떨 듯 떤다는 말이 있다.

지금 석영이 딱 그랬다.

눈으로 보기에도 안쓰러울 정도로 석영은 온몸을 떨어댔다. 이번에도 마찬가지였다. 처음이 혈관 속을 불길이 지나다니는 것 같았다면, 이번엔 빙정이 모든 피를 얼리면서 노닐고 있는 것 같았다.

그 흐름은 빠르지도, 느리지도 않았다.

온몸 구석구석 꼼꼼하게 사방을 돌았다.

뇌부터 시작해서 발바닥까지 관통한 다음, 잘게 쪼개져 사방으로 흩어졌다. 석영은 여기서 진짜 죽을 것 같단 말이 저절로 떠올랐다. 이러다가 사람이 미치는 건 아닐까……?

우르릉…….

쾅광!

"억……."

세 번째 벼락이 쳤다.

세 번째는 두 가지가 뒤섞인 것 같은 놈이었다.

그리고 이 씹어 먹을 기운은 이번엔 혈관이 아닌, 장기 부분을 지나 근육을 타고 움직이는 것 같았다.

지나간 자리마다 근육이 수축했다, 팽창했다를 반복했다.

흔히 말하는 쥐의 백배쯤 되는 고통, 거의 그 정도였다.

진짜 죽을 것 같았다.

"으으……."

하지만 신음조차 나오지 않았다.

이를 꽉 아물고 있는 상태라 잇새로 나오는 신음이 전부였다. 이유가 있었다. 입을 여는 순간, 호흡이 빠져나가면서 정신도 같이 빠져나갈 것 같은 본능적인 위험을 느꼈기 때문이다. 이를 꽉 깨물고 버텨야 하는 상황, 빌어먹게도 지금이 딱 그런 상황이었다.

이번에는 오래갔다.

열화지옥과 한빙지옥을 오가는 것처럼 몸이 뜨거웠다가, 차가워졌다가를 반복했다. 마치 거대한 거인이 두 개의 탕을 놓고 발을 잡아 이리저리 담갔다가 뺐다가를 반복하는 것처럼 진짜 지옥을 느끼고 있었다.

석영은 이 모든 걸 견디면서도, 반대로 의식은 점차 깨어나는 걸 느껴야 했다. 그래서 더 죽을 맛이었다.

차라리 항거할 수 없는 강력한 고통에 기절해 버렸으면 좋겠다는 생각으로 변했다. 하지만 아까도 느꼈듯이, 석영은 기절하는 순간 모든 게 끝남을 알 수 있었다.

두근! 두근! 두근, 두근…….

심장박동이 점차 느려졌다.

그러다 보니 덩달아 호흡도 느려졌다.

석영은 정신이 번쩍 들었다.

'위험…….'

석영이 의도한 게 아니었다.

그냥 심장박동이 내려가고, 호흡이 저절로 멈춰지고 있었다. 자신의 육체인데도 자신의 의지를 한참이나 벗어난 상태였다.

석영은 죽을 것 같은 고통이 느껴지고 있었지만, 오히려 이제는 차분해지고 있었다. 고통은 별개로 인식이 가능해진 탓이었다.

석영은 한참을 덜덜 떨었다.

그러다 어느 순간 싸한 느낌이 다시 찾아왔다.

그 감각을 느끼면서 석영은 직감했다.

'아직… 끝나지 않았어.'

마치 숨 고르기를 하는 것 같았다.

굉장히 좋지 않은 생각이 뇌리를 스쳐 지나갔다.

치지지직…….

스파크가 석영의 몸 주변에서 일어나기 시작했다.

전기뱀장어가 된 것도 아닌데 스파크라니, 미치겠는 상황이지만 석영은 실소를 흘렸다.

석영은 이제는 움직이는 손을 뻗어 근처에 있던 천을 쥐었다. 그리고 부욱! 세 갈래로 찢어 하나는 다리에, 하나는 팔에 대충 감았다. 그러곤 마지막엔 돌돌 말아 입에 넣고 꽉 깨물었다. 느낌이 이번엔 이러지 않으면 진짜 지랄 발광을 떨 것 같다는 직감에 나온 행동이었다. 그렇게 스스로를 구속하고 '후우, 후우……' 심호흡으로 숨을 다듬었다. 그러곤 눈을 꽉 감았다.

지금 이게 대체 무슨 일이 벌어지고 있는 건지, 그딴 건 석영도 잘 몰랐다. 대체 왜 이렇게 말도 안 되는 일이 자신에게 벌어진 건지, 이가 갈리도록 궁금했지만 그 답을 알려줄 사람은 어디에도 없었다.

'온다……'

마치 전 우주에서 오는 것처럼, 천제망원경으로 별을 보는 것처럼, 굉장히 먼 거리에서 또다시 자신을 괴롭힐 미증유의 힘이 다가오고 있는 게 빌어먹게도 너무나 생생하게 감지됐다. 거리는 멀었지만, 빛보다 빠른 건지 도착은 금방이었다.

석영은 눈을 감은 상태에서 이를 더 꽉 깨물었다.

슈우…….

무채색의 빛이 석영의 몸에 그대로 내리꽂혔다.

'우욱…….'

우득!

뼈마디가 뒤틀리기 시작했다.

정신이 번쩍 드는 정도가 아니라, 아예 날아갈 것 같은 통증이 너무나 생생하게 느껴졌다.

두득득!

견갑골이 뒤틀리고, 늑골이 틀어졌다.

그게 끝이 아니었다.

마치 뼈에다 대고 망치질을 하는 것 같았다.

퍼석!

빡!

미친 미증유의 기운은 석영의 몸을 한 차례 휩쓸면서 모든 뼈에 타격을 가했다. 깨졌다가, 이어 붙고, 다시 깨지고, 다시 붙고, 그러다 어느 순간 같은 충격에도 뼈가 견디기 시작하자 다른 곳으로 넘어갔다.

'개… 쌍! 아으으……!'

석영은 그걸 성인의 뼈 개수가 대략 200개가 조금 넘는다고 하니, 이 미친 담금질을 계속해서 견뎌야 한다는 생각에 석영은 진짜 미칠 것 같았다. 하지만 그것도 잠시, 100개가 넘어가자 석영은 통증에도 달관하기 시작했다.

묵직한 해머가 뼈를 두들겨도 움찔하기만 할 뿐, 이제는 악도 나오지 않았다.

너는 두들겨라, 나는 무시하련다…….

딱 이런 상황이었다.

그렇게 대체 얼마나 시간이 지났는지 가늠도 할 수 없는 무렵, 담금질이 멈췄다. 하지만 명료하게 깨어 있는 석영은 아직 전부 끝나지 않았다는 걸 알았다. 석영은 이제 거의 관조(觀照)의 단계로 의식 상태가 넘어가 있음을 인지하고 있었다.

지금 자신에게 무슨 일이 벌어지고 있는 건지는 확실히 모르겠지만, 이것 하나만은 알 것 같았다.

'못 견디면… 죽는다.'

이것은 절대적인 명제였다.

반드시 지켜져야 할 숙제이기도 했다.

석영은 이렇게 이번 생을 끝내고 싶은 마음은 절대 없었다.

육체는 이제 소강상태에 들어섰다.

그리고 점차 가사 상태에 빠지는 것처럼 내부 기관의 움직임이 최소화로 맞춰지고 있었다. 그걸 보면서 아직도 끝나지 않았다는 것을 다시 한번 깨달았다. 석영은 이제 자신의 육체에 의식을 고정했다.

'음……'

하나씩 하나씩 아주 자세하게 들여다봤다.

그러다 보니 침음이 저절로 흘러나왔다.

지금까지 겪은 일련의 과정을 거치면서 육체는 변했다.

최적화(最適化).

석영은 자신의 육체가 지금 전투에 최적화됐음을 깨달았다. 근밀도와 근강도를 포함해 뼈 자체의 탄성과 내구성도 확실하게 올라갔다. 그게 수치로 보이는 건 아니지만 석영은 확실히 깨닫고 있었다.

'뭘까……'

아직 끝나지 않은 최적화 과정.

뭘 알아야 유추라도 할 건데, 지금은 단서가 하나도 없었다.

'날 대체 뭘로 만드는 거냐, 시스템……'

석영은 지금 이 상황을 던져준 자가 '시스템'이라는 걸 알았다.

슈우우…….

저 먼, 아주 먼 곳에서 또 뭔가가 다가오는 게 직감적으로 느껴졌다.

'시발……!'

석영은 다시 이를 꽉 아물었다.

쩡!

"억……"

벼락처럼 내려친 미증유의 기운은 석영의 입에서 기어이 단말마의 비명을 흘러나오게 만들었다. 동시에 전신을 일시에 지졌다. 근육이, 지방이, 뼈가, 내부 장기가 비명을 질러댔다. 온몸이 꼬이는 건 기본이고, 온몸을 지지고 있는지 연기까지 피어올랐다. 동시에 땀이 송골송골 맺혔다가 침대로 흘러내렸다.

그런데 특이한 건 땀방울이 전부 거무튀튀한 색이라는 점이었다.

뼈를 두드렸던 것도, 오한과 열기가 느껴졌던 때보다도 훨씬 괴로웠다. 달관의 상태에 들어선 의식인데도 죽겠다고 악을 써야만 했다.

'쌰……!'

뇌가 아주 바삭바삭 타는 것 같았다.

아니, 뇌뿐만이 아니라 오장육부, 근육, 뼈까지 뇌전 속에 집어 놓고 아주 화끈하게 지지고 있는 것 같았다.

마치 꼬챙이에 꿰여 뇌전에 들어가 있는 느낌?

겪어본 적은 없지만 지금 이 고통을 설명하라면 딱 그것과 비슷했다. 한마디로 그냥 미친 고통이었다.

새까만 땀방울이 흘러나오면서 악취까지 풍겼다.

코가 썩는 느낌…….

흔히 노폐물이라 부르는 것들이 뇌전에 달궈지면서 체내로 배출됐다.

그러던 중 번쩍, 석영은 지금 이 상황이 마치 전투에 최적화된 상태로 시스템이 강제 '튜닝'을 하고 있다는 것을 깨달았다.

점점 진화하는 육신과 정신.

그에 걸맞게 몸을 재구성하고 있는 튜닝 과정.

이걸 다른 말로 설명하면 '각성(覺醒)' 정도가 될 것이다.

처절한 몸부림을 얼마간 펼쳤을까?

통증이 서서히 몸에서 빠져나갔다.

"훅… 훅……."

거친 숨을 몰아쉰 석영은 그대로 축 누웠다.

전신에 힘이 하나도 없었다.

몇 번에 걸친 튜닝은 석영의 정신력을 아예 바닥까지 끌어내렸다. 그 과정에서 석영은 어떠한 반항도 할 수 없었다.

항거 불능.

그냥 때리면 때리는 대로 맞는 샌드백의 기분이 이럴까 하면서, 그냥 축 늘어졌다. 얼마나 시간이 지났는지 감도 잡히지 않았다. 체감상 두어 시간은 훌쩍 지난 것 같지만, 그마저도 확실치는 않았다.

'근데도… 안 끝났어.'

이번에도 직감이었다.

아직 튜닝은 더 남았다는 걸.

그리고 그 직감은 딱 들어맞았다.

호흡이 진정되고 잠시 뒤, 또 뭔가가 날아왔다. 날아온 미증유의 힘은 이번에도 정수리로 떨어졌다.

파지직!

뇌전이 석영의 몸을, 그중에서도 머리만 감싸고 돌기 시작했다. 그리고 그 순간부터 석영의 눈앞에 환상이 펼쳐졌다. 시작은 새까만 어둠이었다. 그 어둠 속을 석영은 둥둥 떠 있었다.

'언젠가 봤던 것 같은데……'

시작은 익숙한 장면이었다.

둥둥 떠 있기를 잠시, 의식이 갑자기 어딘가로 쭉 빨려 들어갔다. 마치 우주선을 타고 우주에서 지구로 대기권을 돌파하는 것 같은 느낌이 들다가, 시야가 확 밝아졌다.

'음……'

가장 먼저 보인 건 구름이었다.

구름을 뚫고 쭉 내려가자 바다와 산이 보였다.

더 내려가자 마을과 성이 보였다.

더 내려가자 어른과 아이, 남자와 여자가 보였다.

석영은 이번에도 직감적으로 깨달았다.

자신이 보고 있는 곳이 지구도, 휘드리아젤 대륙도 아님을
말이다.

이상한 곳…….

석영은 이 전혀 알 수 없는 세계에, 이상하게 친숙함을 느꼈
다.

'낯설지가 않아…….'

분명 처음 보는 곳이다.

영화로도 본 적이 없었고, 잡지 같은 곳에서도 본 적이 없는
성과 마을이었다. 그런데도 석영은 마치 이곳에 '살았던' 것 같
은 기분을 느꼈다. 그래서 도통 이해가 가지 않았다. 시스템이
보여주는 것이라 확신할 수 있는 이 광경은 정지된 사진이 아
니었다.

영상이었다. 사람들은 움직였다.

사내들은 일을 하고, 아낙들은 집안 청소와 빨래하고, 장을
보고 식사를 준비했다. 그리고 아이들은 오전에는 공부를 하
고, 오후에는 뛰어놀았다.

'일상……?'

그래, 일상이었다.

날이 저물고, 저녁을 먹고, 해가 뜨고, 일을 하고, 이런 반복
적인 일상이었다. 하지만 그것도 잠시, 영상은 '전쟁'을 보여주

기 시작했다. 새까만 옷을 입은 병사들이 마을과 성을 침략했다.

불태우고, 약탈하고, 죽이고. 결코 유쾌하지 않은 장면을 보여줬다. 하지만 그건 약과였다.

알 수 없는 '존재'가 나타났다.

그리고 석영은 그 존재를 보자마자 들끓는 분노를 느꼈다.

존재, 아니, 사내의 신장은 180 전후, 머리카락은 찬란한 금발, 피부는 하얗다 못해 창백했다. 서늘한 눈빛, 오뚝한 콧대, 피처럼 붉은 입술, 나이는 서른 초중반. 이게 사내의 특징이었다.

'처음 보는 자인데……'

왜지?

왜 분노가 느껴지지?

석영이 알 수 없는 분노를 느끼는 사이 그 사내는 움직였다. 수십만의 군을 이끌고, 보보마다 파괴를 일삼았다.

석영은 몇 개의 성과, 몇 개의 마을, 수십만에 이르는 병사들과 백성들이 학살당하는 장면을 보며 저 사내의 목적이 점령이 아닌, 파괴라는 걸 깨달을 수 있었다.

사내는 대륙을 휩쓸었다.

항복?

그조차 허락하지 않았다.

사내는 강했다.

수천수만의 군단에도 홀로 나섰고, 홀로 지웠다.

사내가 손을 휘두르며 꺼지지 않는 불덩이 수십 개가 생기기도 했고, 붙는 순간 얼어붙는 냉기를 뿜어내기도 했다.

바람을 다뤘고, 땅을 다뤘으며, 빛과 어둠, 심지어 공간까지 다뤘다. 지금 보고 있는 세상에는 마법사와 기사, 정령술사, 신관들이 있었다. 하지만 그 어떤 이들도 사내를 넘지 못했다. 옷자락 하나 못 건드리는 압도적인 무력.

사내는 세계를 정복했다.

그리고 마지막으로 세계수까지 찾아냈다.

세계를 지탱하는 최후의 보루.

석영은 그 나무에서 매우 익숙한 느낌을 받았다. 적대감은 아니지만, 오랫동안 보았던 '친구' 같은 느낌이었다.

세계수는 사내의 손에 찢기고, 얼어붙었으며, 불에 타올랐다가, 어둠에 잡아먹혔다. 세계수는 당연히 그 정도로 죽지 않았다. 하지만 상처는 입었다. 상처는 중첩됐다. 하루가, 다시 하루가 지날수록 계속 누적된 상처는 결국엔 666일째 되는 날, 세계수를 기능 정지 시켜버렸다.

세상을 지탱하는 세계수가 무너짐에 세상도 함께 무너졌다.

대륙을 잘게 쪼갤 정도의 지진이 일어나고, 화산이 폭발했으며, 해일이 쪼개진 대륙들을 휩쓸었다.

완벽한 파괴였다.

완전한 멸망이었다.

세상은 그렇게 끝났다.

그리고 세상을 멸망시킨 존재는 공간을, 아니, 차원을 찢고는 다른 세상으로 넘어갔다. 그걸 마지막으로 영상이 변했다.

새까만 어둠이 다시 찾아왔다.

멍하니 세상이 멸망하는 광경을 처음부터 끝까지 지켜보며 지쳤을 석영에게 주는 휴식 시간 같았다. 얼마만큼 쉬웠는지, 정신이 맑아졌을 때 다시 어둠이 사라지고, 처음과 똑같은 광경이 되풀이됐다.

두 번째 세계, 아니, 차원.

이곳은 신기했다. 만화나 영화에나 나올 법한 미래 세계였기 때문이다.

하늘을 나는 자동차는 기본이었다. 대륙과 대륙 간 이동 시간이 고작 한 시간밖에 걸리지 않는 초고속 여객기도 있고, 하늘 정원이라 불리는, 문자 그대로 하늘에 받쳐놓은 것 같은 주거 지역도 있었다. 복장도 그랬다. 발전한 과학은 인류의 수명을 120살 이상으로 만들었다.

암?

에이즈?

이미 정복된 시대였다.

하지만 그건 다 무의미했다.

중세 시대를 멸망시킨 사내는 차원을 강제로 찢고 등장해, 전 세계와 아주 똑같은 짓을 벌였다.

저항은 거셌다.

하지만 거세기만 할 뿐이었다. 사내에겐 폭격기, 워 아머를 입은 병사 등등 현재의 병기를 압도적으로 뛰어넘는 그 어떤 것도 통하지 않았다. 전 세상과 마찬가지로 옷자락 한번 건드리지 못했다.

세상은 그렇게 다시 멸망했다.

그러곤 사내가 사라지자 다시 어둠이 찾아왔다.

'대체 뭘… 뭘 보여주려 하는 거냐?'

이가 확 갈렸다.

이상하게도 거대한 분노를 일으키는 정체를 알 수 없는 존재가 세상을 멸망시키는 걸 잠자코 지켜보라는 것일까?

'이건 환상인가?'

아니, 석영은 고개를 저었다.

이미 그렇지 않다는 걸 석영은 듣지 않았어도 인지하고 있었다. 무엇을 근거로 그런 판단을 내리는지는 본인 스스로도 알 길이 없지만, 그럼에도 석영은 확신했다. 지금 보고 있는 것은 최소…….

'다른 차원의 기억.'

지구일까?

아니면 다른 별일까.

세 번째가 찾아왔다.

이번엔 우주 시대였다.

거대한 전투 로봇이 있고, 그런 전투 로봇 수십 대를 싣고 우주를 지키는 거대한 전함이 있는, 그런 시대였다. 그리고 그 시대에 사내가 나타났고, 다시 멸망했다.

석영은 슬슬 짜증 났다. 왜 이런 걸 보여주는지는 모르겠지만, 그의 손짓에 수없이 많은 사람들이 죽고 있었다. 아이, 어른, 남자, 여자, 예외는 없었다.

그는 모든 걸 파괴하고 행성을 멸망시켰다.

수많은 세계가 등장했다 사라졌다.

아예 원시시대처럼 문명이 발전하지 못한 곳도 있었고, 엄청난 과학 발전을 이룬 곳도 있었고, 고도의 마법 문명을 꽃피운 곳도 있었고, 강건한 기사 정신을 유지하는 곳도 있었다. 그러나 단 한 명도 남기지 않고 사내는 모두 죽였다.

석영은 슬슬 사내를 단순한 삼자가 아닌, '적'으로 인식하기 시작했다.

영상은 이제 파괴 말고, 다른 것을 보여주기 시작했다.

절망.

공포.

사내를 피해 도망치는 죄 없는 백성, 시민들의 얼굴에 드리운 절망과 공포를 마치 클로즈업한 것처럼 보여줬다. 너무나 생생했다. 너무나 잔인했다. 자비 없는 무자비한 파괴에 죽어가는 인간을 보며 석영은 분노했다.

이는 마치 제삼자가 전쟁으로 죄 없이 죽어나가는 다른 나라의 국민들을 보며 분노하는 것과 똑같았다.

석영은 그게 너무 싫었다.

분노가 마구 들끓었다.

왜?

물었다.

모든 것을 파괴해서, 네가 얻는 게 대체 뭐냐고.

영상은 끝없이 이어졌고, 석영은 끝없이 괴로웠다.

몇 개인지 셀 수도 없는 차원이 생명체가 살아 숨 쉬지 못하는 태초로 돌아갔다. 석영은 이제 아무런 생각도 들지 않는 상황까지 갔다. 너무 많은 죽음, 파괴, 멸망의 반복으로 이것만 보다 보니 머리가 어질어질한 단계를 넘어 아예 초탈의 경지로 들어섰다. 한참을 봤다.

비슷한 세계, 다른 세계관.

심지어 아예 똑같은 차원도 있고, 완벽하게 상극인 세계도 나오고, 그런 세계가 어느 순간 멈췄다.

마치 극을 내린 것처럼, 새까만 커튼을 친 것처럼 시야에 암전이 찾아왔다.

영상은 끝났다.

석영은 직감적으로 이제 더 이상 보여줄 게 없다는 걸 알았다. 이제 생각할 시간이 주어졌으니 당연히 왜 이런 영상을 보여줬을까 고민해 봤다.

일단 천 번째.

이건 누가 보여주는 걸까?

석영은 이 영상을 보여준 존재를 특정할 수 있을 것 같았다.

세계수(世界樹, World Tree).

혹은.

위그드라실(Yggdrasil).

북유럽 신화에 나오는 세계를 지탱한다는 나무다. 주신 오딘

이 심었다는 이 나무는 지구를 뚫고 우주까지 솟았다는, 그런 여러 이야기를 품은 신령한 물푸레나무다. 물론 북유럽 신화는 실존했던가? 이 부분은 석영이 확인할 방법은 없었다.

하지만 지금 이 세상에 신화가 사실이었다고 한들, 솔직히 그게 그리 이상한 건 아니었다. 왜? 석영조차 신화 속의 대천사였던 악마, 루시퍼와 관련된 무기를 들고 있으니 말이다.

'그렇다면 시스템은… 세계수인가?'

가능성이 있다.

그렇다면 시스템, 세계수는 왜 이딴 시련을 던져주는가?

그건 '왜'로 이어진다.

그렇다면 이제는 '왜'다.

왜, 어떤 이유로 세계수는 이런 장면을 석영에게 보여주는 걸까? 왜 이런 시련을 던져주는 걸까?

뭐가 목적일까?

가장 타당성 있는 근거를 대라면, 아마도 '준비'가 아닌가 싶었다. 예전에 아영이랑 얘기할 때도 이 주제가 나왔었다.

왜 시스템은 세상을 이렇게 바꿔놓았을까?

왜 수많은 사람을 죽여가면서, 반대로 그 시련 속에서 개개인이 강함을, 무력을 추구하게 만들어줬을까?

'그것도 이렇게 극단적으로……'

지구뿐만이 아니라, 이곳도 힘이 곧 법이 되고, 생존 그 자체가 되는 세상이 되었다. 그러니 아무런 생각도 안 하고 무작정 싸우고 싶어도 그럴 수가 없었다. 솔직히 의도가 아주 뻔히 보이는 상황이었다.

준비, 대비. 그럼 왜 그렇게 할까?

정답은 좀 전에 본 영상 속에 있었다.

거대한 적.

아주 강력한 적.

수십, 수백, 수천의 차원을 멸망시킨 괴물.

아마도 최종 보스는 그 사내일 거라고 생각됐다.

우리를 강력하게 키우는 이유, 그 대적을 상대하기 위함. 이런 공식이 나왔다.

'그래서 날 그렇게 굴린 거냐?'

석영은 분명히 듣고 있을 시스템에 물었다.

대답은 없었다. 하지만 공간이 웅웅거리는 느낌이 들었다. 아니, 느낌이 아니라 확실히 진동했다. 석영은 그게 '긍정'으로 인한 답이라고 봤다.

'내가 강해져서 저 인간인지 신인지, 악마인지 모를 놈을 막아달라고?'

우웅…….

이번에도 진동이었지만, 석영은 거기에 더해 다른 것을 또 느꼈다. 신기했다. 소리도, 행동도 아니었지만 석영은 분명하게 느꼈다.

'숙명…….'

그러한 운명으로 태어났다는 것.

세계수인 '시스템'이 전해준 의지니 확실할 것이다.

'아주 지랄을 한다, 지랄을 해.'

하지만 그걸 석영이 좋아할 리가 없었다.

그래서 석영은 다시 깨달은 게 하나 있었다.

이번 전쟁, 시스템은 그랬다.

대륙 멸망 퀘스트라고.

'넘어왔어…….'

미친…….

석영은 이를 악물었다.

괴물, 사신, 신, 악마.

어떤 걸 붙여도 어울릴 영상 속의 그자는 이 세상에 강림했다. 그게 아니라면 멸망 퀘스트라는 설명이 붙을 리가 없었다.

그렇다면 이 전쟁의 끝은 문자 그대로의 생존이냐, 죽음이냐가 걸려 있다는 것도 알 수 있었다.

석영의 입장에서는 솔직히 진짜 지랄 맞았다.

'지구로 넘…….'

우웅…….

그런 생각을 떠올리기 무섭게 시스템이 의지를 전하며 다시 공간이 요동쳤다. 언어가 아닌, 뜻 그대로 뇌리에 딱 박힌 그 의지는 이렇게 말하고 있었다. 이곳이 해결되지 않으면 지구로 넘어갈 수 없다고.

하…….

죽든가, 죽이든가.

시스템은 석영에게 데스 게임을 강요하고 있었다.

이 매치를 받아들일 것인가, 말 것인가?

애석하게도…….

석영에게는 선택권이 없었다.

스윽.

석영은 아무런 조짐도 없이 아주 자연스럽게 눈을 떴다. 마치 그냥 눈을 감고 있다가 뜬 것처럼 평안한 기색으로 눈을 떴다.

스르륵.

그리고 마치 마술처럼 상체를 세웠다. 어떠한 뒤척거림이나 반동도 없이 쭉 올라오는 그 일련의 동작은 소름이 끼칠 정도로 아름다웠다.

눈을 뜬 석영은 우선적으로 상황을 인식했다.

첫째.

상황.

짙은 피 냄새가 났다.

자신의 몸에서는 아니고, 현재 있는 공간, 그리고 밖에서 느껴지는 피 냄새였다. 그 외에는 아직 특정할 수가 없었다.

둘째.

공간.

장소가 변했다.

시스템이 자신을 강제 '각성'시킬 당시 있었던 숙소가 아니었다. 구조나 물건의 배치는 비슷하지만 공간이 좀 더 협소했다.

셋째.

육체.

지나치게 활력이 넘쳤다.

시간이 얼마나 지났는지는 모르겠지만 석영은 지금 컨디션이 더할 나위 좋다는 걸 알았다.

넷째.

시간.

얼마나 지났는지는 시계가 없어 아직 파악이 불가능했다.

석영은 일어났다.

실오라기 하나 걸치지 않은 자신의 육체를 본 석영은 잠시 멈칫했다. 각성을 거치면서 재구성된 육체는 스스로가 보기에도 아름다웠다. 기존에 있던 흉터는 그대로지만, 그 안에 있는 근육이나 뼈 등의 강도와 탄성, 내구력 등등은 전과 비교할 바가 아니었다. 옷걸이에 걸려 있는 옷을 빼서 입은 석영은 몸을 풀었다.

적당히 몸을 푼 석영은 휘장을 걷고 밖으로 나갔다. 천을 걷자마자 찬란한 햇살이 쏟아졌다. 따사롭고, 눈이 부신 햇살이었다. 석영은 저도 모르게 손을 들어 햇살을 가렸다. 그러곤 슬쩍 미소 지었다.

새까만 어둠이, 수많은 차원이 멸망하는 공간에 있다가 나오니 역시 중력이 좋다는 것을 다시 한번 깨달았다.

"어……?"

그런 석영을 발견한 누군가가 손가락질을 하며 어버버거렸고, 그런 그를 본 주변 사람들이 왜 그러는지 몰라 손가락을 따라 시선을 돌렸다. 그러곤 석영을 발견하고 모두 흠칫! 같은 반응을 보였다.

하지만 석영은 그런 시선은 신경 쓰지 않았다.

다만 다시 해를 보게 된 게 기쁠 뿐이었다. 그 기쁜 감정을 지금은 누리고 싶었다.

그런 사람들의 반응을 보며 석영은 생각보다 많은 시간이 지났음을 알 수 있었다. 게다가 날씨도 좀 변했다. 각성이 시작되기 전의 날씨는 겨울의 끝이었다. 간혹 눈보라도 치고, 진눈깨비도 내리고, 따스한 햇살이 내리쬐기도 하는 그런 겨울의 끝. 하지만 지금은 봄이었다. 곳곳에 보이는 나무에 피어난 새싹이, 봉오리를 맺고 피어날 준비를 끝마친 꽃들이 계절 정보를 알려줬다.

스윽.

고개를 내린 석영은 주변을 둘러봤다.

피 냄새의 원인은 곧바로 알 수 있었다.

간이 의료소가 있고, 그곳에는 신음하는 병사들이 있었다. 곳곳에 피에 젖은 천이나 피를 빼기 위해 삶고, 빨고 있는 천들이 널려 있었다. 그 모든 일을 리안 성의 비전투 여성들이 도맡아 하고 있었다.

그들의 표정은 어두웠다. 울음이 가득했다. 이미 우는 사람도 있었다.

석영은 상황을 파악할 수 있을 것 같았다.

웅성웅성 소란이 일어나기 시작했다. 석영을 발견한 사람들이 하나같이 놀라며 나는 소란이었다.

석영은 다시 주변을 둘러봤다.

몇 가지 파악된 건 있지만, 그래도 확실히 알아보기 위해서는 다른 사람의 입을 통해 듣는 게 제일 확실했기 때문이다. 잠시 둘러보고 있는데 좀 익숙한 복장의 여성이 다가왔다. 잠시 생각 끝에 석영은 다가온 여성이 한지원의 팀원이라는 걸 알 수 있었다.

"깨어나셨네요."

이곳에 있는 사람들과는 다르게 담담하고 자신감이 있는 얼굴이었다.

"네… 큼, 네. 시간이 얼마나 지났습니까?"

"석영 씨가 쓰러지고 한 달이 지났어요. 아, 오늘까지 한 달하고 하루가 더 지났네요."

"한 달……."

그래, 봄이 올 정도니까 충분히 그 정도는 지났을 거라고 생각했다. 석영은 그날, 시스템과 대화를 시작하고 바로 나온 게 아니었다. 그곳에서 다른 것도 봤다. 대적, 흉황(凶皇)이 세상을 파멸시키는 것과 비슷하지만 다른 영상이었다. 처음이 파괴라면, 두 번째 영상은 저항이었다.

흉황, 프리드리히에게 저항하는 자신의 모습을 석영은 그곳에서 모두 확인했다. 물론, 미래의 영상은 아니었다. 비슷한 차원에는 자신과 똑같은, 아니, 완전한 자신이 있었다. 그리고 그들은 모두 대적에 맞서 싸웠다.

머리로, 총으로, 칼로, 활로, 로봇을 타고 싸울 때도 있고, 전투기를 탔을 때도 있었다. 우주 전함을 탔을 때도 있었고, 군을 직접 지휘해 싸우기도 했다. 또 다른 자신은 저항할 수 있는 모든 수단을 다 동원해서 싸우고 있었다.

다만……

'단 한 번도 막지 못했지.'

그자는 괴물이었다.

프리드리히 E 알스테르담.

시스템이 알려준 대적의 이름이었다.

어쨌든 그 괴물과 싸운 다른 차원의 '정석영'도 혼자는 아니었다. 적게는 대여섯, 많게는 수십의 동료들과 끝까지, 숨이 끊어지는 순간까지 '정석영'은 싸웠다. 그의 싸움은 처절했다.

동료는 아니지만 똑같이 흉황에게 저항했던 다른 '파티'도 마찬가지였지만, 유독 석영의 저항은 처절했다.

보보(步步)마다 피가 흥건했고, 시체는 산을 이루고 있었다.

'마치 지금처럼.'

석영은 거의 대부분 이렇게 무리를 이끌고 있었다. 동료라 부를 수 있는 이들이 대여섯밖에 안 되도, 그 대여섯으로 적게는 수백, 많게는 수십만까지 이끈 적도 있었다. 하지만 안타깝게도 끝은 항상 몰살(沒殺)이었다.

단 하나의 세계에서도 한 명조차 살리지 못했다.

친구, 연인, 부모, 자식, 정말 단 한 명도.

저항은 끈질겼고 악착같았지만, 결과는 단 한 번도 바뀐 적이 없었다. 절망과 악만 남아 버텨봤지만 그래봐야 모두 소용 없었다.

석영은 그런 장면을 수없이 봐야 했다.

처음 볼 때는 이질감이 엄청 들었다.

두 번째는 신기했고, 그다음은 분노했다.

이후는 초연해졌다가, 거의 마지막쯤은 포기, 이제는 해탈했다.

석영은 그래서 담담했다.

마치 정신적으로 엄청난 성숙을 이룬 것처럼…….

그리고 그건 평상시에도 유지되고 있었다.

잠에서 깬 지금도 마찬가지였다.

명경지수(明鏡止水).

딱 지금 석영의 상태였다.

"현재 상황은?"

"그… 석영 씨뿐만이 아니라 팀장님, 부팀장님, 그리고 용병단 쪽 지휘관 둘이 같이 석영 씨와 같은 상황에 빠졌어요."

"지원이랑 창미 씨도? 용병단 쪽 둘이면… 차샤와 아리스?"

"네."

"음…….."

석영도 이건 예상하지 못했다.

오늘 눈을 뜨기 전까지 겪은 걸 석영은 '각성'이라고 결론지었다. 이 각성은 인간을, 인간에서 벗어나게 만들어주는 과정이었다. 석영은 아직 본격적으로 몸을 움직이지 않았지만 자신이 어디까지 '권능'이 올라갔는지 예측은 하고 있었다. 확실한 건 실전에서 써가며 조율을 해봐야겠지만, 각성 이 전과는 완전히 다른 전투력이 갖춰졌을 게 분명했다.

'그런데 네 사람이 동시에 각성이라……. 아, 그럼 아영이는?'

"아영이는 괜찮았나요?"

"네, 아무런 일도 없이 석영 씨를 보살폈어요."

"……."

다행이었다.

각성, 그건 진짜 사람을 미치게 만들었다.

특히 각성 초기 육체를 조율하는 과정은 진짜 맨정신으로도 버티기 힘들 정도로 강렬했다. 하지만 아영이는 임신한 상태였다. 새 생명이 배 속에 자리 잡고 있는 상황에서 만약 각성에 들어갔다면?

아영이는 버틸 것이다.

'하지만 아이는…….'

절대 못 버틸 것이다.

아직 눈도 뜨지 못한 아이가 그 극악한 고통을 이겨낼 리가 만무했다. 석영은 이번만큼은 시스템에 감사했다.

'언젠가는… 아영이도 하겠지.'

이미 조짐이 보였던 아영이었다. 그러니 아이를 낳고, 컨디션이 정상으로 돌아오면 아마 분명히 각성 과정을 거칠 거라고 봤다.

물론 그건 아영뿐만이 아니었다. 석영은 각성 중에 분명히

봤다. 흉황에게 대적하는 자는 자신뿐만이 아니라는 것을.

자신과 자신의 동료들 말고도 많은 이들이 흉황에게 대항했다. 그리고 그중 자주 등장했던 파티는 자신 포함, 다섯 개 파티였다. 이 말인즉슨, 시스템은 자신 말고도 최소 넷을 더 각성시켰을 것이다. 그리고 그 넷의 동료들까지도.

이 세계… 지금 태어나 있을까?

석영은 일단 고개를 저어 그 생각을 흩어냈다.

지금 당장은 자신의 주변부터 돌볼 때였다.

"전선은?"

"방어선 열 개가 밀렸어요."

"열 개……."

"네. 하지만 오렌 공작과 노엘 양의 지휘로 병력의 피해는 그리 크지 않은 상태입니다."

"음……."

역시 노엘이다. 그리고 오렌 공작도 참으로 믿음직했다.

"근데……."

"음?"

"이틀 전, 전투 중에 노엘 양이 다쳤습니다."

"노엘이 다쳤다고? 어디를?"

"팔이… 잘렸습니다."

"……."

팔이 잘렸다… 고? 노엘이?

"어디 있지?"

"최전선에서 여전히 지휘 중이세요."

"……."

제기랄…….

하여간 진짜, 노엘의 고집은 알아줘야 했다. 하지만 반대로 그럴 수밖에 없는 상황이라는 것도 석영은 확실히 인지하고 있었다.

지휘관이 죄다 빠졌다. 1구역은 문보라가 맡고 있겠지만 2구역은 차샤와 아리스가 동시에 빠져 버렸다. 그 결과 노엘에게 부담이 너무 몰려 버렸다. 그쪽은 레이첼이란 걸출한 인물이 있지만 그녀는 차샤처럼 야전 작전 지휘관 쪽에 가까웠다. 그래서 모든 걸 노엘이 신경 써야만 했을 것이다.

막중한 책임감. 전장 지휘도 해야 하고, 전투도 해야 하고, 끝나면 전열도 다시 정비해야 하고, 다시 보수 및 전투 준비를 해야 하고…….

'지금까지 버틴 게 정말 용한 거지.'

석영은 눈을 감았다.

'탐지.'

감각이 예리하게 벼려지더니, 본신을 중심으로 빠르게 영역을 넓혀 나갔다. 각성하면서 새롭게 얻은 권능이었다. 마치 레이더처럼 쭉 퍼진 감각이 수백수천의 사람을 감지하고 지나가면서 노엘을 찾아냈다.

탐지 중에 아영이도 찾았지만 자고 있는 것 같아 석영은 이따 찾아가기로 했다.

'미안. 지금은 주변부터 챙길게.'

이윽고 노엘을 찾았다.

그녀는 꽤 먼 거리에 있었다.

"난 노엘한테 갈 테니까, 다른 사람들한테는 알아서 설명 부탁할게요."

"네."

다부진 대답을 들은 석영은 천천히 그녀가 있는 곳으로 걷기 시작했다. 모세의 기적처럼 석영이 걷는 길 좌우로 길이 쭉 생겼다. 모두가 경외의 시선으로 자신을 바라봤지만 무심히 지나쳤다.

사람이 좀 없어지자, 석영은 천천히 달리기 시작했다.

쉭! 쉭!

하지만 수초도 지나지 않아 잔상밖에 보이지 않을 정도로 엄청난 가속도가 붙었다. 무시무시한 속도로 시야가 쭉쭉 지나갔고, 몇 분 지나지 않아 노엘이 있는 곳에 도착했다. 야산 중턱, 진지 보수 공사를 지휘하고 있는 노엘이 서서히 시야에 들어왔다.

천천히 멈춰선 석영은 잠시 그녀를 보다가 한숨을 내쉬었다.

팔꿈치부터 잘려 나갔는지 너무나 짧은 팔, 붕대를 감고 있지만 이미 절단면은 붉게 물들어 있었다.

창백하게 질린 얼굴, 송골송골 맺혀 떨어지는 식은땀까지. 그녀의 모습은 차마 못 봐줄 정도로 안쓰러웠다. 하지만 자신을 대체할 사람이 없었다. 그 막중한 책임감에 병상에 누워 있어도 부족한 몸을 이끌고, 직접 진지 보수를 지휘하고 있었다.

"노엘."

목소리가 작아 못 들었는지 그녀는 반응하지 않았다. 석영은 좀 더 큰 목소리로 그녀를 불렀다.

"노엘!"

"거기 좀 더 깊게… 응?"

자신을 부르는 목소리에 지시를 하다 말고 흠칫한 그녀가 천천히 고개를 돌렸다. 그러곤 그리 멀지 않은 거리에 서 있는 석영을 보곤 저도 모르게 입을 벌리고, 눈을 동그랗게 떴다. 그녀의 눈은 지금 이렇게 말하고 있었다.

내가 지금 헛것을 보고 있나?

망부석처럼 서 있던 노엘은 확실히 냉정한 성격답게 빨리 정신을 차리고 석영에게 빠른 걸음으로 다가왔다.

"석영 씨? 언제 일어났어요?"

"좀 전에 깼다."

"하아……."

"……."

석영은 그녀가 안도의 한숨을 내쉬자 마음이 확 무거워졌다. 자신의 팔은? 그에 아랑곳하지 않은 모습이 솔직히 화가 나기까지 했다. 하지만 금방 풀렸다.

하…….

'그래, 내가 지금 저 모습에 화낼 때는 아니지.'

이 모든 게 석영을 비롯한 지휘관들이 각성 상태에 빠져들었기 때문이다.

"고생했어."

"…후우, 고생은요."

목소리가 꽤나 지쳐 있고, 힘도 없었지만 석영은 그 안에 들어 있는 안도와 걱정을 느낄 수 있었다. 그 말을 들은 석영은 시선을 팔로 옮겨갔다. 절단면에서 여전히 피가 나는지 붉게 물든 붕대를 보면서 석영은 입술을 꾹 깨물었다.

"팔은?"

"귀신들한테 잘렸어요."

"귀신?"

"네. 석영 씨가 전장에 모습을 드러내지 않으니 놈들이 대놓고 투입하더라고요."

담담한 말투로 진실을 전하는 노엘.

흐음…….

숨을 크게 들이마셨다가 내쉰 석영은 충분히 그러고도 남았을 거라고 봤다. 각성 상태에 빠진 이후에도 전투는 벌어졌을 것이다. 그런데 석영을 비롯한 지휘관들이 전장에 모습을 드러내지 않았다.

귀산자는 그걸 당연히 보고 받았을 것이다.

그리고 고민했을 것이다.

왜 안 나오지?

무슨 문제가 생겼나?

내분?

등등 많은 생각을 거쳤고, 간을 봤을 것이다.

그런데도 반응이 없자 그 잡귀들을 씌운 부대를 출전시켰을 것이다. 전투는 놈들이 나오면서 엄청 치열해졌을 거고, 결국 노엘이 부상을 당하는 지경까지 몰렸을 것이다. 보니까 요새도 하나씩 계속 빼앗겼다. 결과적으로 밀렸다는 뜻이었다.

"고생했어."

석영은 그동안 있었던 일을 함축적으로 담아 말했고, 그 말에 노엘은 다시 아랫입술을 꾹 깨물었다.

눈동자는 붉게 충혈되어 있었다. 그러나 잠시 뒤 다시 정신을 차린 그녀가 '하아……' 한숨을 내쉬고 말문을 열었다.

"뭔가… 변했네요?"

"아마도. 한 달간 많은 일이 있었거든."

"좋은 의미로요? 아니면 나쁜 의미로요?"

"둘 다. 해야 할 이야기가 많아. 물론 다들 깨어나면."

"언제 일어날까요?"

"곧. 내가 일어났으니까 다들 곧 일어날 거야."

"아……."

"그보다 안색이 안 좋은데. 좀 쉬지?"

"아직 공사가……."

"애들 데리고 왔어? 알아서들 할 거야. 그리고 내가 알아야 할 얘기가 많을 것 같은데."

"알았어요. 일단 오늘 해야 할 부분만 정해주고 올게요."

"그래."

그녀가 가자 석영은 주머니를 뒤적거려 담배를 꺼냈다. 항상 입던 옷이라 안에 그대로 둔 것 같았다.

치익.

후우…….

길게 연기를 내뿜으며 석영은 공사를 담당하는 사람들을 바라봤다. 사람의 얼굴은 아주 많은 정보를 준다. 특히 지금 같은 전시에서는 훨씬 더 얻는 게 많을 수도 있었다. 사람들의 얼굴은 일단 기본적으로 좀 수척함 감이 있었다. 아마 전쟁이 길어지면서 받은 심리적 불안감 때문일 거라는 예상이 들었다.

하지만 그렇다고 암울한 정도는 아니었다.

다들 얼굴에 의지나 희망은 있었다.

비전투 인원들이지만 아마 그들도 들었을 것이다. 천하의 악시온 제국을 상대로 끈질기게 물고 늘어지고 있다는 것. 각 구역 요새가 넘어가긴 했지만 그래도 큰 피해 없이 잘 수성하고 있다는 사실도 말이다.

이러한 사실들이 생존에 대한 희망으로 이어졌을 것이다.

석영은 아직까진 큰 문제가 없음을 확인하니 그나마 다행이란 생각이 들었다. 담배를 끌 때쯤 지시를 끝낸 노엘이 돌아왔다.

"끝났……."

치직.

"응? 깨어났다고? 전부? 알았어. 지금 바로 갈게."

"깨어났대?"

"네, 지금 다 깨어났대요."

그 말에 석영은 고개를 끄덕였다.

역시 일어나는 시간은 거의 전부 비슷했다.

석영은 몸을 돌려 쪼그리고 앉았다.

"…음?"

"뭐 해, 안 업히고?"

"네?"

"어느 세월에 걸어가려고. 보니까 꽤 멀던데."

"아……"

탄성을 흘리고 잠시 머뭇거리던 노엘은 곧 석영의 등에 업혔다. 석영은 그녀를 들쳐 업고, 단단히 잡은 다음 바로 몸을 날렸다. 주변의 풍경이 왔을 때처럼 슉슉 스쳐 지나갔다. 노엘을 업었지만 50㎏가 겨우 넘는 노엘의 체중은 석영에겐 문제가 될 것도 없었다.

"아……"

같은 탄성을 두 번이나 흘리는 노엘이었다.

하지만 의미는 달랐다.

첫 번째는 난감함, 애매함이라면, 두 번째는 신기함, 시원함이었다.

왔을 때와 비슷한 시간이 걸려 석영은 주둔지에 도착했다. 근처에서 내려주고 숙소 쪽으로 가자 이미 여러 사람이 와 있었다.

한 달.

석영은 각성 중 워낙에 많은 세계를 감상했기 때문에 체감 상 엄청 오랜만에 만나는 기분이 들었다.

오렌 공작, 차샤, 아리스, 그리고 한지원과 나창미.

마지막으로 아영도 잠에서 깨, 나와 함께 모여 있었다. 그런 그녀의 옆으로 문호정과 김선아 등 내성 근무와 지원을 해주 는 현대 지구의 동료들도 있었다. 석영이 등장하자 아영이 전 과는 다르게 살이 찐 모습으로 달려와 힘껏! 몸을 날렸다.

"이씨! 이이! 잉……."

"미안."

"히잉……."

가슴에 얼굴을 묻고 눈물을 터뜨리는 아영이를 석영은 부드 럽게 안아 등을 쓰다듬어 줬다. 그런 석영의 모습에 놀란 시선 들이 날아들었지만 이제는 별로 쑥스럽거나, 창피하거나 하는 그런 기분은 들지 않았다. 석영은 그냥 말없이 그녀를 위로했 고, 아영도 별다른 말 없이 안겨만 있었다.

두 사람의 해후.

평소의 한지원이라면 적당히 하렴? 하고 바로 말이 날아들었 을 텐데, 이번에는 둘의 해후를 그냥 푸근한 미소와 함께 지켜 봐 줬다.

10분쯤 지나 진정을 한 아영이 조용히 비켜났고, 수줍게 웃 었다.

살이 오른 아영이의 미모는 솔직히 말해 전보다 훨씬 아름다 웠다. 예전의 늘씬할 때의 아영이는 확실히 아름답지만, 날카롭게 각이 진 고양이 상이라 얼음 같은 이미지가 있었다. 그래서 도도하고 앙칼지단 느낌이 강했다.

차도녀.

차가운 도시의 커리어 우먼?

딱 그런 이미지였다.

그런데 지금은 그런 느낌이 매우 많이 희석이 됐다.

임신 후 식사량이 늘고, 운동량이 줄어들어 살이 올랐다. 그 결과 날카로움이 사라지고, 이제는 엄마의 한없이 자애로운 느낌이 사라진 자리를 메우고 있었다. 그래서 석영에겐 지금의 아영이 훨씬 더 아름다워 보였다.

하지만 해후는 여기까지.

다들 일어난 지 얼마 안 됐지만 지금은 대화를 해야 할 때였다. 일단 자리를 옮겼다. 근처에 있던 대형 천막으로 들어가, 각자 자리에 앉자 오렌 공작이 석영을 보며 말문을 열었다.

"오랜만일세."

"오랜만입니다. 그리고 고생하셨습니다."

백전노장.

오렌 공작에게서는 그런 기운이 풍겼다. 그리고 그동안의 전투가 얼마나 치열했는지 얼굴 여기저기에 흉터가 있었고, 가슴 어깨, 그리고 허벅지가 두툼한 걸 보니 붕대를 감고 있는 것 같았다.

노엘만큼은 아니지만 그도 상처가 많았다.

하지만 눈빛만큼은 아직도 빛나고 있었다.

"클클, 고생은. 몸은 이제 괜찮나?"

"네. 말끔합니다."

"허허, 다행일세. 근데 눈 뜨자마자 어딜 그리 다녀왔나?"

"노엘한테 갔다 왔습니다."

"음… 그렇군."

힐끔.

모두의 시선이 노엘에게 향했다.

정확히는 붕대로 질끈 묶고 있는, 피로 물든 그녀의 팔에 달려들었다. 있어야 할 곳이 없으니 길이는 당연히 짧았다. 모두의 시선이 움찔했다가, 정상으로 돌아왔다. 팔은 소중하다. 그건 구구절절 말로 설명할 필요도 없었다.

그런데 심지어 오른팔이다.

오른손잡이인 노엘에게는 저건 치명타였다.

하지만 정작 시선이 모두 자신에게 몰렸음에도 노엘은 차분했다. 진짜 아예 아무렇지도 않은지 담담한 표정이었다.

"큼큼, 자. 일단 회의를 시작해 보세. 그간 많은 일들이 있었으니 앞으로 방향도 다시 정하는 게 맞다고 보네."

오렌 공작의 말에 모두 고개를 끄덕였다.

석영은 사실 그것 말고 각성 상태에 들어섰던 이들의 얘기가 먼저 듣고 싶었지만 회의에도 순서가 있는 법. 일단은 눈앞의 적에 집중을 먼저 하기로 했다.

'그리고 아직은 그자가 깨어난 것 같진 않으니까.'

물론 확실하진 않았다.

지금 어딘가에서 이미 파멸로 향하는 행보를 시작했을 수도 있었다. 하지만 그래도 악시온 제국군을 물리치는 게 먼저였다.

오렌 공작이 그간 있었던 일들을 짧게 설명했다.

요점은 간단했다.

다섯 사람의 '각성'이 시작되고, 일부 구역의 혼란이 찾아왔다는 것. 다행히 1구역은 문보라가 비상 명령권을 인계받아 바로 진정시켰지만 그래도 한지원, 나창미의 부재는 뼈아픈 손실이었다. 일단 둘의 전투력은 각성 전에도 어마어마했다. 그런 둘이 빠지자 여유롭던 전투가 치열하게 변했다.

그 과정에서 한지원의 팀원 다섯이 전사했다.

한 달이라는 시간을 생각해 보면 솔직히 엄청 적은 피해였다. 하지만 그녀의 팀이 가진 특수성을 생각하면 그 또한 뼈아픈 손실이었다.

2구역도 1구역과 똑같았다.

최전방에서 적을 막아주던 차샤와 아리스의 부재…… 덕분에 노엘만 죽어나갔다. 그나마 레이첼이라도 없었으면 아마 2구역의 피해는 훨씬 더 컸을 것이다. 그래도 1구역보단 피해가 컸다. 3구역은 반대로 피해가 크지 않았다. 일단 지휘관이 다 멀쩡했기 때문에 이전과 다를 게 없었기 때문이다.

하지만 문제의 저격수의 부재. 이 하나가 몇 개의 요새를 뺏기는 결과로 이어졌다. 귀신의 힘을 이용하는 사무라이의 난입은 결국 전선으로 모자라 노엘의 팔까지 앗아갔다. 하지만 병력은 여전히 보전하고 있었다. 수도 프란에서 지원군이 출발했고, 리안 성 내에서도 신병을 계속 양성하고 있었다.

요새를 수성할 병력 자체는 그리 부족하지 않았다.

하지만 그렇다고 아예 문제가 없는 건 아니었다.

"다만 문제는 최정예 병력들일세. 일 구역, 이 구역. 전선의 주축이 되는 이들이 계속해서 줄어들고 있네. 특히 이 구역의 주축인 용병들의 피해가 상당히 심해. 그나마 노엘 군사가 없었다면 아마… 전멸해도 이상하지 않을 정도였어."

힐끔.

다시 한번 사람들의 시선이 노엘에게 몰려들었다.

그러나 여전히 그녀의 표정에 변화는 없었다.

담담함.

안도감.

딱 그 정도의 감정만 미약하게 깔려 있었다.

하지만 반대로 차샤와 아리스의 표정은 미안함, 안쓰러움, 그런 감정이 적나라하게 깔려 있었다.

그럴 만도 했다.

'나도 그랬으니까……'

왜 갑자기 그때 각성이 이루어졌을까? 하필이면 그때. 근데 그건 시스템이 한 짓이었다. 석영 본인이, 다른 넷이 원해서 한 게 절대로 아니었다. 한지원이 큼큼, 하며 처음으로 말문을 열었다.

"이 전쟁… 일찍 끝내죠?"

"음……?"

그 말에 놀란 오렌 공작이 눈을 동그랗게 뜨고 바라보자 그녀는 노엘처럼 무덤덤한 목소리로 재차 말을 이었다.

"우리가 겪은 것, 일종의 각성이었어요."

"각성 말인가?"

"네. 인간에서 그 이상의 존재로 올라가는 과정, 각성."

"흠……."

오렌 공작은 무슨 말인지 잘 이해가 안 가는 것 같았다. 한지원은 조용히 자리에서 일어났다. 백문이 불여일견(百聞不如一見)이라…….

백 번 듣는 것보다 한 번 보는 게 낫다는 고사 성어를 몸소 실천하려는 것 같았다. 그녀가 일어나자 오렌 공작의 시선이 당연히 그녀에게 향했다.

"어……?"

하지만 시선을 던져 얼굴에 닿는 순간, 그 자리에 그녀는 없었다.

톡톡.

어깨를 누군가가 건드리는 느낌에 흠칫! 놀란 오렌 공작이 천천히 시선을 돌렸다. 고개를 완전히 돌린 오렌 공작은 입을 쩍 벌렸다. 왜? 눈앞에 한지원이 서 있었기 때문이다.

"이게 각성의 힘이에요."

"……."

오렌 공작과 몇몇 인원들이 놀라 입을 쩍 벌렸지만 석영을 비롯한 넷은 그냥 덤덤했다. 왜?

저 정도?

자신도 가능하기 때문이었다.

각성(覺醒), 그것은 인간을 인외의 영역으로 인도하는 과정이었다.

"이게 무슨……"

허, 허허.

오렌 공작은 너무 놀랐는지 말까지 더듬었다. 그런 그의 앞에서 한지원이 다시 사라졌다. 슝, 하고 나타난 곳은 원래 그녀가 앉아 있던 자리였다. 갑자기 사라진 그녀 때문에 또 흠칫 놀란 오렌 공작은 천천히 고개를 돌렸다.

"허……"

그러곤 탄성과 함께 한지원과 석영을 번갈아봤다.

"자네도 그런가……?"

"글쎄요. 아직 실험은 해보진 않았습니다만, 불가능할 것 같진 않습니다."

사실이었다.

솔직히 말해 안 될 것 같진 않았다.

각성을 온전히 견뎌내면 인간의 한계를 벗어나게 해주고, 그다음은 인간이 절대로 할 수 없는 것들을 가능하게 해준다. 물론 사람마다 분야가 있듯이 석영은 은신과 탐지를 포함한 정신력 쪽이었다.

반대로 한지원은 석영과 비슷하지만 또 달랐다.

그녀는 근접 전투의 마스터다. 그래서 순간 가속 같은 특정한 능력을 개척한 것 같았다.

그럼 나창미나 아리스는? 아마 평소 전투 스타일 맞춰 각성을 이뤘을 것이다. 이게 참 재미있는 게 조율이 끝난 육체는 오직 '의지'의 집중만으로 능력을 발현한다. 이게 참 웃기는 일이었다.

의지.

이 두루뭉술한 단어에는 정말 엄청난 힘이 담겨 있었다. 그리고 그걸 아는 사람은 정말 극소수였다.

흔히들 말한다.

인간은 의지의 동물이라고.

이걸 알면서도.

흔히 말하는, 인간은 망각의 동물이다.

란 카테고리에 거의 대다수가 소속되어 살고 있었다.

하긴…….

생각해 보면 인간만큼 변화를 싫어하는 종족도 드물었다.

"이거 참… 뭐라고 말을 해야 할지……."

"혼란스럽죠?"

"허허, 허허. 이게 초인의 무력인가?"

오렌 공작의 혼잣말에 석영을 포함한 모두가 고개를 저었다.

초인?

그렇게 부를 수도 있을 것이다.

하지만 휘드리아젤 대륙 기준의 초인과는 비교가 아예 불가능했다. 각성 전에도 대륙의 초인들을 이미 죽인 두 사람이었다. 즉, 이미 초인 중에서도 최상위에 있던 석영과 한지원이었다. 그런 둘은 이번 각성으로 대륙 기준의 초인은 이미 아득히 넘어섰다. 하지만 그걸 굳이 설명하진 않았다.

"노엘 양."

"네."

"바빠질 것 같네."

"그럴 것 같습니다. 생각해 두신 전략이 있으십니까?"

사무적으로 돌아온 노엘의 목소리. 하지만 여전히 힘은 없었다. 목소리도 가늘게 떨리는 걸로 보아 여전히 통증을 느끼고 있는 게 분명했다. 그걸 느끼면서 석영은 문득 의구심이 들었다.

'왜 포션을 사용하지 않았지?'

포션은 외상에는 아주 탁월한 효과를 자랑한다.

자신이 기절했다고 해도 아영이를 통해 충분히 구할 수 있었을 것이다. 그런데 그러지 않았다.

설마 몰라서?

'그럴 리가……'

그럼 너무 바빠서?

더더욱 그럴 리가 없었다.

"아직은 없네. 하지만 이제부터 짜봐야겠지. 적을 일거에 물리칠 수 있는 방법."

"가장 좋은 건 지휘관의 목을 쳐내는 겁니다."

"당연하네. 내일부터 매우 바빠질 것 같으니 나는 이만 일어나겠네. 해후들 나누시게."

오렌 공작이 일어났다.

아마 긴 전쟁으로 인해 체력적인 부담이 상당할 것이다. 게다가 노엘처럼 군을 지휘했을 테니, 지금 당장 기절해도 이상하지 않을 상태일 것이다. 그가 나가고 나자 묘한 침묵이 감돌았다.

할 말은 있는데, 아마 그걸 어떻게 입 밖으로 꺼내야 할지 고민하고 있는 것 같았다. 그리고 그건 석영도 마찬가지였다. 석영이 본 건 솔직히 누구에게 말한다고 믿어줄 만한 영상이 아니었다.

환상일 가능성도 충분히 있었다.

본인 스스로는 확실하게 과거, 다른 세계에 실제로 벌어진 일이라는 걸 확신하지만 자신이 확신한다고 그게 꼭 정답이란 보장은 없었다.

"세계수."

흠칫.

예상치 못한 타이밍에 차샤가 말을 꺼내기 무섭게 모두의 시선이 와다다 달려들었다.

하아…….

한숨을 내쉰 차샤가 머리를 벅벅 긁었다.

"다들 봤구나."

"단장 언니도 봤어요?"

"봤지. 보기 싫어 죽겠는데 아주 끝까지 강제로 보여주더라. 아놔……."

"몇 개나 봤어요?"

"그걸 어떻게 다 세냐?"

두 사람의 대화에 석영도 한숨을 내쉬었다. 그러곤 한지원과 나창미를 바라봤다. 두 사람은 석영의 시선에 고개를 끄덕였다. 이로써 확실해졌다. 모두가 같은 영상을 봤다는 사실 말이다.

"무슨 얘기야, 오빠?"

혼자만, 아니, 노엘과 둘만 영문을 몰라 눈을 동그랗게 떴다. 석영은 설명을 해줄까 하다가 고개를 저었다.

차라리 대화를 통해 스스로 납득시키는 게 빠를 것 같았기 때문이다. 어차피 아영이도 앞으로 세계수가 던져줄 운명을 벗어날 순 없었다.

왜냐고?

무수히 많은 세계를 아영이와 함께하는 걸 석영은 보았기 때문이다. 그러니 아영이도 스스로 이 상황을 납득해야 했다. 물론 쉽지는 않을 거라 생각했다.

"세계수는 다들 본 거지?"

"……."

석영은 말없이 고개를 끄덕였다.

한지원도, 나창미도 마찬가지였다.

"그럼 그 세계수가 보여주는 것도… 봤어?"

"봤지."

"봤어."

역시나 바로 대답이 나왔다.

차샤는 한숨과 함께 다시 물었다.

"그럼… 그 내용은?"

"파멸."

"멸망."

대답은 달랐지만 두 단어가 가진 뜻은 대동소이했다. 게다가 어차피 하나로 이어지는 단어였다.

"파멸이나 멸망이나 거기서 거기지. 살아남은 적은?"

"없어."

"없어."

이번에도 같은 대답이 나왔다.

그런데 대답을 하면 할수록 얼굴들은 점차 굳어갔다.

"제기랄……."

차샤의 욕지기에 석영은 격렬하게 동의했다.

아영이 팔뚝을 툭툭 치곤 올려다봤다. 대체 지금 뭔 소리를 하냐는 눈빛이었다. 그리고 그때쯤 노엘도 아리스를 툭툭 쳤다. 당연히 설명을 요하는 눈빛이었다. 그 눈빛에 아리스는 예전보다 훨씬 더 착 가라앉은, 마치 호수 같은 시선으로 주변을 둘러보곤 자신이 겪은 것을 차분히 설명하기 시작했다.

그녀의 설명은 길지 않았다.

하지만 요점을 빗나가지도 않았다.

시작은 각성부터였다.

갑작스럽게 시스템(세계수)으로부터 무언의, 언어가 아닌 머리 자체로 들어오는 감각으로 각성을 준비하란 계시를 받았고, 잠시 뒤 각성이 시작됐다.

그 과정은 거짓말 안 하고.

"뒤지는 줄 알았지……."

나창미의 말에 모두가 몸을 부르르 떨었다. 그건 석영도 마찬가지였다. 진짜 농담이 아니라 각성 과정은 토 나올 정도였다. 아니, 그 정도로는 각성 과정을 설명할 수 없었다. 각성 이후 펼칠 능력에 맞게 재구성, 조율되는 과정은 딱 문자 그대로 뼈를 깎고 살을 발라내는 고통이었다.

그게 끝인가?

지옥불과 극한의 얼음 탕을 왕복하는 것처럼 뜨겁고, 차가운 이질적인 기운이 온몸을 돌아다녔다. 근육은 수십, 수백 번 찢어졌다 아물기를 반복했다. 생 근육이 찢어지는 거다. 생 뼈가 쪼개졌다 아물었다를 반복하는 거다.

그 끔찍한 과정을 겪고 나면 온몸에 노폐물이 다 빠져나간다. 그다음 조율이 시작되고, 일정 시간 또 고통을 견디다 보니 끝났다.

석영도 진짜 죽을 뻔했지만 다른 사람들도 마찬가지였는지, 그 과정을 떠올리는 것만으로도 식은땀을 줄줄 흘렸다.

"그렇게 아파?"

"아마… 너도 겪을 거다."

"나? 나도?"

"넌 아마 임신 중이라 피해간 것 같아. 그 과정에서 너는 버텨도 아이는 못 버티니까."

"아……."

"각오 단단히 해라. 진짜… 죽을 것 같았으니까."

아영이는 순식간에 울상이 됐다. 하지만 잠시 뒤, 예상치 못한 반격을 펼쳤다.

"…출산의 고통도 그 정도 하거든?"

"……."

"난 그럼 두 번 겪어야 되는 거야?"

"……."

솔직히 뭐라고 해줄 말이 없었다.

짝짝.

한지원이 박수를 쳐 분위기를 환기하고, 시선을 모았다.

"오늘 밤은 할 얘기가 많으니까, 너무 삼천포로 빠지진 말자."

그녀의 말에 모두가 고개를 끄덕였다.

아리스는 다시 노엘에게 설명을 시작했다.

각성의 과정 이후 시스템이 보여준 영상. 이 부분은 석영도 주의 깊게 들었다. 각성이야 어차피 서로가 비슷했을 것이다. 하지만 영상은 어쩌면 틀린 부분이 있을 수도 있을 가능성도 있었다.

처음은 똑같았다.

아리스가 본 것.

세상의 파멸.

프리드리히, 흉황의 존재.

같았다.

그다음 백성들의 절망, 고통 속에 죽어가는 장면을 보는 것도 똑같았다. 시스템이라고 불렀던 세계수와의 대화도 같았다.

하지만 하나 다른 게 있었다.

함께 있던 동료들.

석영은 알았다.

아리스는 애초에 석영과 함께했던 동료가 아니었다. 무수히 많은 세계에서의 그녀는 다른 사람과 함께 있었다.

청룡왕(靑龍王).

요한(John)이라 불렸던 자.

휘드리아젤 대륙에서 로아나프라 반도를 중심으로 악시온 제국에 맞섰던 초인.

그의 동료였다.

시스템이 보여줬던 영상은 다른 셋도 다 같았다. 하지만 동료만 다를 뿐이었다.

한지원도 달랐다.

그는 흉황에 가장 치열하게 맞섰던, 가장 많은 세계를 맞섰다고 시스템이 알려준 제국의 수문장이자, 미친개. 휘안의 동료였고, 나창미 또한 마찬가지였다. 반대로 차샤와 아영은 항상 자신의 곁에 있었다.

하지만 이 부분은 그리 중요한 게 아니었다. 자신이 봤던 세계에서도 두 사람이 없던 경우도 있었으니까. 반대로 아리스나 한지원, 나창미 말고 다른 파티의 멤버와 함께했던 적도 있었으니까.

그러니 이건 그리 특별한 부분이 아니다.

중요한 건…….

"세계수는 분명 이 세상의 종말을 경고했어. 이건 다들 같지?"

이 부분이다.

곧 흉황이 깨어난다.

아니, 어쩌면 깨어났을 수도 있었다.

"흉황……."

"으음……."

누군가가 무심코 중얼거린 한마디에 모두의 침음을 흘렸다. 그 단어가 가진 압박은 생각보다 훨씬 더 컸다. 자신을 가로막는 것을 단 한 나도 남겨놓지 않은 자. 이동하는 모든 세계를 종말로 몰고 간 자.

대적 불가.

솔직히 석영은 흉황을 보면서 그자가 '신'은 아닐까 의심했다.

악신(惡神).

그렇게 생각하면 충분히 가능성은 있었다.

신이 아닌 자가 세계를 파멸시킨다?

석영도 각성을 거쳐 인간의 한계를 아득히 초월했지만 세계를 파멸시킬 정도는 아니었다. 아니, 솔직히 그냥 인의 장벽으로 가둬 버리면 석영도 언젠가는 쓰러질 것이다. 그러니 분명히 한계는 있었다.

'하지만 그자는……'

한계가 없는 권능…….

석영이 의지로 생각하는 모든 것을 발현하긴 하지만, 그자만큼은 아니었다. 특히 대지를 쪼개는 장면과, 수십만 대군의 머리 위로 대지를 온통 뒤엎는 불덩이를 떨어뜨리는 장면들은 무척 끔찍했다.

"그 새끼 그거 어떻게 잡아……?"

여태까지 멍하니 있던 나창미의 말에 모두의 표정이 굳었다.

"우리가 지금부터 논의해 봐야 할 사항이지, 그게."

"죽지도 않던데? 총칼이 뭐 먹혀야 비벼보겠는데, 영상이 전부 진짜라면 그건 뭐……. 각도 안 나와. 손짓 한 방에 온몸이 잘게 썰릴 판인데."

"그렇다고 멍하니 있다가 죽을 순 없잖아?"

"하아……."

한지원의 말도 맞는 말이다.

모든 세계에서 그렇게 악착같이 싸웠던 이유는 사실 정해져 있었다. 그럴 숙명으로 태어난 거다. 여기 모여 있는 사람들은.

'애초에 프로그래밍이 된 채로 태어났겠지.'

시스템.

세계수.

그 아군인지 적인지 모를 미지의 존재로 인해 말이다. 그게 아니라면, 애초에 만들어진 존재일 가능성이 컸다.

신에게, 악마에게 대항할 존재로 말이다.

'신의 대항마.'

석영은 자신이, 그리고 이들이 어째 경기장을 달리는 경주마가 아닐까 하는 비참한 생각이 들었다.

'이런 불쌍한 삶이 또 있을까?'

기분이 좋지 않았다.

그런 석영의 상념을 끊는 말이 차샤의 입에서 불쑥 튀어나왔다.

"그런데 노엘, 너는 왜 각성 안 했을까?"

"……."

노엘은 그 말에 멀쩡한 손으로 안경을 고쳐 썼다. 그러자 차샤의 눈이 게슴츠레 변했다.

"내가 분명 봤거든. 너, 그리고 저 사람 두 사람이 미친개라는 인간과 파티인 걸. 아리스. 너도 봤지?"

"음… 아마도?"

아리스는 고개를 갸웃하며 아리송하게 대답했다. 하지만 입가에는 미소가 있었다.

"노엘? 왜 너만 각성을 안 했을까?"

그 질문에 노엘은 그냥 고개를 저었다. 당연히 그건 본인도 잘 몰랐다. 각성은 시스템이 직접 주관하는 프로그램이니 말이다.

사실 할 얘기는 많았다.

그런데 지금 할 수 있는 대화는 사실 거의 없기도 했다. 일단 깨어난 지 얼마 되지 않았기 때문에 각자 스스로 정리할 게 많았다. 그리고 그건 석영도 마찬가지였다. 혼자 생각할 시간이 필요했다.

자신이 본 것, 느낀 것을 토대로 어떻게 해야 할지 방향을 잡고 나서, 그다음 얘기해도 늦지는 않을 것이다.

그리고 애초에 지금 당장 뭔가를 결정한다고 해서 그게 올바른 선택이 된다고 할 수는 없었다. 아직은 드러난 것보다 숨겨져 있는 게 더 많은 상황이기 때문이었다. 그래서 골이 아팠다.

영문을 아직 잘 모르는 아영이만 고개를 갸웃거리고 있었다.

"그냥 이쯤에서 파할까? 얘기 들어보니까 아직 정리도 안 된 것 같은데."

한지원의 말에 석영은 고개를 끄덕였다.

안 그래도 같은 생각을 하고 있었기 때문이었다. 석영까지 고개를 끄덕이자 다들 분분히 자리에서 일어났다. 얼굴 표정들은 그리 유쾌하진 않았다.

각성? 겪어본 자들은 뼈저리게 느끼고 있었다.

각성이란 것 자체가 사실 그리 좋은 게 아니라는 사실을 말이다.

석영은 문득 영화 속의 한 대사가 떠올랐다.

"With great power comes great responsibility."

아주 유명한 대사다.

석영은 그 대사의 뜻을 지금 절실히 공감하고 있었다.

물론 스스로가 히어로라는 인식은 조금도 없었다.

그러나…….

'시스템은 놔주지 않겠지…….'

석영을 강제로 인류의 구원자, 세상을 구할 히어로의 자리에 던져놓을 것이다. 각성 전에도 이미 인류, 세상은 아니지만 인구 수백만의 왕국을 위해 싸우는 자리에 있었다.

드르륵.

자리에서 일어난 동료들이 하나둘씩 막사를 나섰다. 하지만 석영은 그 자리에 가만히 앉아 있었다.

나간 이들도 그렇지만 석영도 생각할 게 많았다.

아영은 그런 석영을 빤히 바라봤다.

이 남자 오랜만에 눈 떠서, 할 말도 많은데 혼자 사색에 잠기거나 하고… 하는 눈초리였지만, 곧 고개를 저었다. 아영은 마이 페이스였지만, 지금 석영이 매우 곤란한 상황에 처해 있는 건 알고 있었다.

그래서 내 남자에게 혼자 있을 시간을 주기 위해 자리에서 일어났다.

"음, 가게?"

"응, 요즘은 자도 자도 피곤해."

"그래?"

석영은 어색하게 웃는 아영이를 빤히 바라보다 자리에서 일어났다. 무심한 남자. 연애 경험이 없는 석영은 자신이 깨어나고 나서 아영이에게 너무 소홀했던 걸 이제야 깨달았다. 일어나 아영이를 가볍게 안은 석영은 조용히 한마디를 던졌다.

"미안하다."

"으응."

그 말에 고개를 도리도리 저은 아영이 석영을 마주 안았다.

"나 그 정도로 삐지는 속 좁은 여자 아니다?"

"고마워."

"후후, 그 말은 마음에 든다."

자!

석영을 밀어낸 아영은 씩 웃었다.

햇빛처럼 찬란한 미소였다.

"난 언제나 오빠 편이고 오빠 곁에 있을 거니까, 다른 생각 말고 힘내!"

"그래."

"그럼 난 이만! 하암……. 엄청 졸립다……."

그 말을 끝으로 아영이도 밖으로 나갔다. 그녀를 문 앞까지 배웅한 석영은 다시 자리에 와서 앉았다.

넓은 막사에 혼자 있으려니 좀 휑하단 생각에 한쪽에 비치된 박스에서 프란의 전통 과일주 한 병을 꺼내 왔다. 알코올 도수는 꽤 세지만 뒤끝이 거의 없는, 한국에 가져다 팔면 대박 날 그런 술이었다.

꼴꼴꼴.

석영은 단숨에 몇 잔을 비웠다.

술이 그리웠던 건 아니었지만 마시니까 또 마음이 편하게 가라앉긴 했다.

"하아……."

도수가 높은 탓에 가슴이 뜨거워지면서 긴 한숨이 저도 모르게 흘러나왔다. 사실 석영도 복잡한 상황이었다. 그, 그리고 그녀들이 본 것은 너무나 많아서 간추려서 설명한다고 해서 제대로 전달도 안 된다.

가장 큰 문제는 진의 여부다.

영상은 사실인가?

석영은 확실하다고 장담할 수 있었다.

그리고 그건 다른 넷도 마찬가지일 것이다.

하지만 이걸 들어줄 사람들은? 흉황이 깨어나기 전까지 아마 미심쩍어할 것이다.

'아니, 이게 문제가 아니지.'

문제는 다른 부분이다.

흉황은 존재한다.

흉황은 깨어난다.

깨어난 흉황은 반드시 파멸적 행보를 시작할 것이다.

문제는 이걸 어떻게 막느냐다.

단 한 번도 그를 막았던 적이 없었다.

아무리 용을 써도 마치 벌레 잡듯이 대항하는 모든 것들을 태워 죽이고, 얼려 죽이고, 찢어 죽인 게 그놈이다.

그래서 오히려 현실감이 없었다.

영상은 소리가 없는 무성영화 같았기 때문에 더더욱 그랬다.

"하……."

절로 한숨이 나왔다.

잠시 뒤, 석영은 일단 우선순위를 정하기로 했다.

'첫 번째, 지금… 전쟁의 끝.'

이것도 좀 문제였다.

악시온 제국.

이놈들도 어찌 됐든 전력을 좀 보존하고 있어야 했다. 그러니 전쟁을 멈춰야 하는데 말로 설명해 설득이 가능한 상황이 아니었다. 이미 이곳에서 수만의 병력을 잃었고, 한지원과 자신에게 초인을 둘이나 잃었다.

아마 귀산자와 제국 본진은 프란 왕국과 한지원과 석영에게 갖는 원한이 어마어마할 것이다. 이런 놈들에게 곧 무시무시한 놈이 나타나니 우리 이제 싸우지 말고 화해하자! 해봐야 씨알도 안 먹힐 것이다.

그럼 전쟁을 멈추는 가장 좋은 방법은?

'전쟁 지휘자의 죽음.'

귀산자를 죽이면 된다.

모든 군을 지휘하는 놈만 죽이면 이곳을 공략할 방법은 거의 없어진다. 물론 귀산자에 외에 군을 운용할 수 있는 모든 지휘관을 때려잡으면 된다. 최종 결정권자들만 다 죽이고 나면

군은 우왕좌왕할 것이고, 그때 가서 섬멸하든 아니면 도망가게 하던 하면 전쟁은 일단 끝난다. 그게 지금으로서는 최선의 시나리오였다.

한지원도 분명 그걸 염두에 두고 있을 게 분명했다.

더욱이 불가능한 작전은 아니었다.

아니, 한지원과 나창미, 그리고 석영만 나서도 마실 나간 것처럼 작전을 완료하고 돌아올 수 있었다.

하지만 문제는 귀산자의 정체다. 이름만 알려져 있지, 누가 귀산자인지 정체를 아는 사람이 현재 프란 왕국 진형에는 없었다.

남자, 여자, 나이, 성향 등등 아는 게 없다 보니 암살을 하고 싶어도 방법이 없었다.

'일단은 하나씩.'

전쟁부터 종결시킨다.

석영은 하나씩만 생각하기로 했다.

흉황은 일단 전쟁부터 끝내고, 그 뒤에 제대로 된 상의를 하는 게 나을 것 같았다. 자리에서 일어난 석영은 밖으로 나갔다. 어느새 해가 떨어져 있었다.

황혼.

그 단어가 떠올랐다.

석영은 주변을 둘러보다 가장 높은 탑으로 올라갔다. 올라갔더니 먼저 온 선객이 있었다.

"석영 씨도 왔네?"

"좀 답답해서."

"후후, 나도."

그렇게 대답하며 한지원은 손으로 술병을 들어 보였다. 아까 석영이 먹던 것과 똑같은 술이었다.

석영이 옆에 앉자 그녀는 병을 들어 바로 나발을 불었다.

포도주와 비슷한 색깔의 술이 사정없이 줄어들었다.

석영은 그녀가 이런 식으로 술을 마시는 건 처음 봤다.

"무슨 일 있어?"

"내가 각성한 동안, 애들이 많이 죽었어."

"……."

들었다.

그녀의 팀에서도 결국 전사자가 나왔다.

"다섯. 내가 지키지 못한 애들이야."

한지원의 눈빛은 몽롱했다.

그녀들을 추모하는지, 애절한 눈빛이기도 했다.

"게다가 다 막내들이야. 사체를 봤는데 전부 찢겨 죽었더라고. 칼로 인한 자상은 몇 개뿐. 나머지는……."

한지원은 담담하게 얘기하고 있지만, 석영은 그 안에 담겨 있는 절절한 분노를 느낄 수 있었다.

하지만 그 말에 뭐라 대답하지는 못했다. 석영은 그녀들의 죽음을 안타깝게 느끼고 있었다.

같이 손발을 맞춰본 작전도 많았다. 러시아, 미국 등등 다 함께했다.

하지만 석영은 한지원과 같은 감정을 느끼지 못하고 있었다. 그래서 어설픈 위로는 아예 안 하는 게 낫다는 판단에 그냥 조용히 입을 다물었다.

하지만 추모는 같이해 주려는 생각에 손을 뻗었고, 그녀는 반쯤 남은 술병을 석영에게 건넸다. 석영은 그걸 받아, 좀 전의 그녀처럼 입에 쭉 들이켰다. 화끈한 열이 일시에 가슴을 뜨겁게 달구기 시작했다.

"……."

"……."

지는 해.

황혼을 바라보며 두 사람은 한참을 말없이 죽은 동료를 추모했다.

해가 지고, 완연한 어둠이 찾아왔다.

한지원은 그제야 말없이 자리를 떴다. 석영은 좀 더 그 자리에 앉아 있었다.

어둠.

신기한 기분이 들었다.

'이렇게 포근할 줄이야…….'

마치 엄마의 품처럼 이상하게도 어둠이 너무나 친근하고, 포근하게 느껴졌다. 고개가 갸웃거려질 정도로 친숙한 감각이었다. 하지만 곧 자신이 각성 중에 성향이 정해졌다는 걸 깨달았다.

선(善)과 중립(中立), 악(惡), 그리고 마(魔).

석영은 마지막 네 번째였다.

마(魔)라고 해서 마귀, 이런 건 아니었다.

성향은 말 그대로 성향이었다.

이는 보통 평소의 성격에 따라 나눠지고, 이렇게 한 번 나눠지고 나면 돌아가는 사실상 불가능했다.

그리고 각성 이후 사용할 수 있는 '권능' 또한 성향과 이전의 전투 스타일에 따라 많이 갈렸다. 네 사람의 권능을 아직 확인은 안 해봤지만, 석영은 분명 그럴 거라고 생각했다.

'이제는 인간이라고 할 수도 없겠네.'

30분쯤 더 어둠을 느끼던 석영은 다시 숙소로 돌아왔다. 그런데 숙소에도 선객이 있었다.

"누님, 오셨습니까."

석문호와 문호정, 그리고 김선아였다.

지구에서의 친분을 지금까지 이어가고 있는 소중한 사람들이었다.

"어디 갔다 왔니?"

언제나 부드럽지만, 오늘은 좀 더 부드러운 문호정의 말에 석영은 빈 의자에 앉으며 대답했다.

"바람 좀 쐬고 왔어요."

"몸은 좀 괜찮고?"

"네, 몸 상태는 좋아요. 이렇게 좋아도 되나 싶을 정도입니다."

"호호, 그러니. 걱정 많이 했어, 얘."

"그게… 너무 갑작스러웠거든요. 말로는 설명 못 할 메시지를 받은 뒤에 곧바로 각성이 시작됐습니다."

"각성?"

"네, 신체의 재조정은 물론 근육, 뼈, 심지어 내부 장기까지 이전과는 비교도 할 수 없게 단단해졌어요."

"그걸 느낄 수 있어?"

"각성 중에 의식은 너무나 또렷했습니다. 온몸이 담금질되는 과정을 진짜 이 악물고 참았어요."

"그러니……. 힘들었겠네."

문호정은 그렇게 대답하더니, 석영의 손을 잡고 쓰다듬었다. 대견하다는 눈빛은 당연히 들어가 있었다. 석영은 그러한 문호정의 행동에 가슴이 따뜻해짐을 느꼈다. 전혀 생각지도 못한 위로라 더욱 그랬다.

"그럼 이제는 완전히 괜찮아진 거냐?"

석문호의 말에 석영은 고개를 끄덕였다.

"네, 일단은요. 이차 각성이 있을 수도 있긴 한데, 그건 아직 뭐라고 말할 수 있는 단계는 아니에요."

"흠……."

석문호가 고개를 끄덕이자, 석영은 반대로 별일 없었냐고 물으려고 했다. 하지만 김선아가 갑자기 손을 들어 막고는 등에 메고 있던 백 팩에서 뭔가를 꺼냈다.

"이거, 그 노엘인가 하는 아가씨한테 주고 싶대."

문호정의 보충 설명에 석영은 김선아가 꺼낸 것을 빤히 바라봤다.

새까만 광택, 사람의 팔 길이만 한 물건은 의수(義手)였다.

"생체 이식 형태의 기계수야."

"생체 이식? 기계수?"

"응, 그 아가씨 손가락 길이, 두께랑 똑같이 만들었어."

"아니, 생체 이식이 무슨 말이에요?"

"이쪽 끝을 그 아가씨 팔 절단면에 붙이면 안에서 선이 나와서 저절로 신경과 근육에 연결돼. 뼈도 마찬가지고. 그럼 정말 팔처럼 쓸 수 있어."

헐……

석영은 눈을 껌뻑이다가, 저도 모르게 입까지 벌어졌다. 그러자 김선아가 기계수를 매만지면서 수줍은 목소리로 조용히 말했다.

"그 아가씨 혼자 너무 고생했잖아. 그 와중에 팔까지……. 그래서 만들어봤어."

"누나 이런 게 가능해요?"

"지금 이 시대 기술력으로는 턱도 없지. 그래서 공정 과정에서 몇 번이나 기절했어. 설계 도면이랑 재료야 넘쳐나는데, 실제로 만드는 게 힘들었어."

"…정신력으로 가능해요?"

"너도 그렇다며? 누나도 똑같아. 이 시대에 있어선 안 되는 물건을 만들 때는 머리가 진짜 쪼개지는 것처럼 아파. 그래서 대형 미사일 같은 건 꿈도 못 꿔. 그런데 이런 거라면……. 며칠 이 악물고 참고, 기절 몇 번 하면 충분히 만들 수 있지."

"……."

하기야 각성 전의 석영도 정신력과 의지만으로도 웬만한 것들은 전부 해냈다. 어둠에 동화도 해봤고, 탐지도 해봤다. 사실상 말도 안 되던 기예가 오직 의지의 집중 후 펼쳐졌다. 김선아도 그런 석영처럼 집중 후 물건을 만들어낼 수 있는 것 같았다.

"노엘 양 좀 불러줄래?"

"네."

석영은 안 그래도 노엘에게 너무 미안했다. 그래서 저 기계 손이 진짜 제대로만 작동하기를 바랐고, 그런 상황을 만들어준 김선아에게 너무 고마웠다.

치직.

"노엘? 노엘 있어?"

지휘관 채널을 열고 무전을 한 석영은 잠시 기다렸다. 대답은 5분쯤 있다 들려왔다.

치직.

—네.

그녀의 대답이 들리자 석영은 바로 그녀를 호출했다. 처음에는 고개를 갸웃한 그녀지만 곧 알겠다고 하곤 20분쯤 뒤, 석영의 막사에 도착했다. 숙소로 들어온 그녀는 조금은 낯선 세 사람 때문에 잠시 멈칫했지만 이윽고 탁자 위에 있던 기계손에 시선이 갔다. 하지만 여전히 영문을 모르겠다는 표정으로 빈자리에 앉았다.

석영은 그녀에게 일단 김선아가 했던 말을 그대로 설명했다.

처음에는 별다른 반응이 없던 그녀지만 진짜 팔처럼 사용이 가능하단 말에 흠칫 놀랐고, 뒤이어 눈을 반짝거렸다.

"이질감은 없나요?"

다 들은 노엘이 김선아에게 한 질문이었다. 그리고 그녀는 그 질문에 고개를 끄덕였다.

"있기야 할 거예요. 실제 팔이 아니니 인지 적응이 바로는 안 될 테니까. 하지만 며칠 지나면 바로 괜찮아질 거예요. 그리고 미세한 차이는 자동으로 조절되니 상관없고요."

"아……."

그제야 노엘은 눈빛을 반짝이기 시작했다.

그녀는 기계손을 빤히 보다가, 돌돌 감아놨던 붕대를 풀기 시작했다. 선홍빛 피가 아직도 나오는지 안쪽은 아예 새빨갰다.

마지막 남은 조각을 이를 악물고 땐 그녀의 팔에 석영을 포함한 모든 사람의 시선이 몰려들었다.

'얼마나…….'

괴로웠을까.

수족이라 부르는 인체의 절단.

평상시 쓰던 팔이라 그녀는 불편함을 넘어서는 충격을 받았을 것이다. 그런데도 꿋꿋하게 군을 지휘하고, 직접 이끌었다.

잠시 뒤에 김선아가 팔을 들어 전원 버튼을 눌렀다.

기잉…….

아주 익숙한 기계음이 들리더니, 이내 잠잠해졌다.

'무소음…….'

분명 전원이 들어왔다. 그런데도 아무런 소리도 들리지 않는 걸 보고 석영은 혀를 찼다. 소리가 아예 나지 않는다는 건 잘 때도 아무런 불편함 없이 쉴 수 있다는 뜻이었다.

"누나, 그거 에너지 얼마나 가요?"

"영구적이야."

"네?"

"미래 기술이라 정확한 원리는 모르는데, 에너지 팩이라는 게 있거든. 소, 중, 대로 나눠지는데 이 작은 건 이런 사이즈에 달고, 중형은 차량이나 탱크 크기 정도, 대형은 몇 개 달면 전함도 움직이지. 맞다. 이게 특수한 재료가 들어가서 이 아래 충전 버튼을 누르면 대기 중에서 에너지를 직접 충전해."

"…그런 게 있어요?"

석영이 어이없는 표정으로 되물었다.

"누나가 하던 게임은 행성도 개척하는 게임이야. 그런 시대에 사람이 행성을 개척하겠니? 다 로봇으로 하지. 그런데 그 로봇을 일일이 충전하는 것도 일이잖아? 그래서 거의 전부 이 에너지 팩을 단 로봇을 사용해서 행성을 개척하고, 재료를 캐고, 물건도 만들어. 그리고 로그아웃할 때쯤에 전부 충전 모드로 돌려놓고. 그렇게 하면 외계 괴수한테 파괴되기 전까지는 영구적이야."

"아……."

이야…….

대단한 물건이었다.

왜 몇 번이나 기절하고, 골이 쪼개지는 고통을 느꼈는지 알 것 같았다. 이 시대에 있어서는 말도 안 되는 물건이었다.

무한 동력.

"아, 정비는 직접 해야 돼요. 도면 줄 테니까 그대로 하기만 하면 돼요."

"……."

"그럼 갈게요. 짜릿짜릿할 테니까, 좀 참아요."

"……."

노엘은 고개를 끄덕이곤 석영을 바라봤다.

그녀의 눈빛은 마치 김선아보다는, 석영을 믿으니 해보겠단 의지가 담겨 있었다. 그래서 석영도 고개를 끄덕였다. 석영은 김선아를 믿었다. 함께한 시간은 솔직히 그리 길지 않지만, 옛 날부터 그녀가 게임 속에서 보여줬던 신뢰 있는 행동들을 생각 하면 충분히 믿을 만했다.

석영이 고개를 끄덕이자 김선아는 천을 돌돌 말아 노엘에게 건넸다.

"그래도 혹시 모르니까… 무세요."

"……."

다시 고개를 끄덕인 노엘이 천을 물자, 김선아는 전원 버튼 옆의 파란색 버튼을 눌렀다. 그러자 촤자작! 촉수 같은 노즐이 튀어나왔다.

김선아는 이후 크게 심호흡을 한 다음, 각을 맞춰 노엘의 팔에 붙였다. 그리고 그와 동시에 노엘의 인상이 와락 일그러졌다.

"끄으……."

끄으으……!

이를 악문 신음이 흘러나왔고, 석영은 바로 움직여 노엘을 뒤에서부터 안아 꽉 붙들었다. 보고 있던 석문호와 문호정도 움직여 노엘을 잡았다.

"아플 거야…… 신경다발과 뼈를 기계가 직접 살을 파헤치고 찾으러 들어가니까……"

짜릿짜릿할 거란 말은 거짓말이었다.

펄쩍!

"으아……!"

처절한 비명이 울렸다.

콰가가각!

그다음 기계에서 뭔가가 깎이는 소리가 들렸다. 그 소음의 정체는 김선아가 얘기해 줬다.

"뼈를 깎는 거야. 그래야 홈에 딱 들어가거든."

"……"

맙소사…….

생뼈를 깎는다고?

석영은 직접 겪어봤기에 그게 얼마나 아픈지 아주 잘 알았다.

파스스!

또 이상한 소리가 들렸다.

"이건 신경망이 연결되는 소리야."

노엘은 정신이 좀 돌아왔는지 이를 악문 채 시선을 돌려, 김선아를 노려봤다. 그 눈빛은 진심으로 살벌했다. 만약 말했던 것처럼 안 되면 석영의 지인이고 나발이고 죽여 버리겠다는 의지가 아주 철철 넘쳤다.

냉정한 노엘이 그럴 정도인 만큼, 그녀가 현재 느끼는 고통은 엄청났다. 이어서 철거덕! 철거덕! 아귀가 맞아 들어가는 소리가 들렸다.

"뼈가 기계 홈에 딱 들어갔어. 이제 뇌 신경망만 연결되면 돼."

지잉.

지잉.

전자 신호음처럼 몇 번 울리더니, 갑자기 노엘이 부르르 떨었다.

"으으……."

물고 있던 천이 떨어지고, 침이 줄줄 흘렀다.

눈동자도 완전히 풀려 버렸다.

"뇌신경망 형성 중. 동기화 시작했어."

그러자 이제 팔을 놓고, 김선아는 노엘의 얼굴을 붙잡고 강제로 돌려 시선을 맞췄다.

"노엘 양! 지금이 제일 중요해요! 여기서 못 버티면 몇 가지

기능은 못 쓸지도 모르니까 반드시 이 악물고 참아요!"

"흐으……."

침이 줄줄 흘렀지만 석영은 그게 마치 대답 같단 생각이 들었다. 그리고 실제로 노엘은 눈동자만 움직여 김선아에게 실제로 대답을 했다. 마치 벼락 맞은 여자처럼 부들부들 떠는 노엘의 모습은 솔직히 보고 있기 너무 괴로웠다.

하지만 이 과정이 지나면 노엘은 다시 팔을 얻을 수 있었다. 그것도 진짜 팔처럼 자신의 생각대로 움직이는 팔이었다. 그러니 지금 이 상황은 노엘에게는 기연이나 마찬가지였다.

'그리고 고통 없는 기연은 없어, 노엘.'

참고, 또 참고 이겨내면.

완전히 다른 세상이 펼쳐질 것이다.

3분, 6분, 9분이 지났다.

시간은 계속 지나갔다.

동기화라는 게 꽤 시간을 잡아먹었다. 하지만 변화는 있었다. 몸의 떨림도 멈추고, 그리고 풀린 눈동자를 감추려는지 눈도 감았다. 또한 침도 흘리지 않았다. 노엘은 그렇게 고요한 상태로 들어서 있었다.

1시간이 지나고 나서야 노엘은 눈을 떴다.

"……."

"……."

정신을 완전히 차렸는지 몸을 세우고, 자신의 손을 빤히 바라봤다. 무광 재질의 새까만 손을 바라봤다.

꿈틀꿈틀.

노엘의 의지가 이어지기 시작했는지 기계손이 조금씩 움직였다.

꾹…….

그리고 잠시 뒤, 아주 부드럽고 아주 자연스럽게 주먹을 쥐었고, 그녀의 표정은 점차 환희로 물들어갔다.

*   *   *

기연이었다.

노엘에게 일어난 일은 확실히 기연이었다.

뇌신경 동기화가 끝난 기계손은 아예 수족이나 다름없었다. 굉장히 신기한 건 촉감까지 일정량 구현이 됐다는 점이었다. 게다가 기계로 만들었지만 워낙에 정교하고, 구부리는 영역이 넓은지라 바닥에 떨어진 작은 돌도 주을 수 있을 정도였다.

안 되는 게 거의 없었다.

아니, 아예 없었다.

갑자기 팔을 재생하고 나온 그녀에게 놀란 차샤와 아리스가 이것저것 시켜봤고, 어차피 실험을 해봐야 했던 노엘도 군말 없이 그녀들의 요구를 들어줬다. 결과는 정말로 놀라웠다. 강약 조절은 기본이었다.

계란을 쥐는 동작을 해도 알을 깨뜨리지 않았다. 아주 미세한 힘 조절까지 가능하다는 뜻이었다.

노엘은 이 부분을 가장 마음에 들어 했다.

게다가 손가락, 손목, 절단면까지의 두께도 왼손과 아예 똑같았다. 애초에 제작 당시부터 김선아가 잘린 노엘의 팔을 직접 재단한 다음, 두께, 길이까지 아예 딱 맞춰 제작했다. 그러니 기존의 손가락과 길이도 똑같아 노엘이 느끼지는 이질감은 훨씬 적었다.

노엘은 매우 만족했다.

그리고 그녀의 동료들은 더욱 만족했다.

아니, 만족 정도가 아니었다.

모든 단원들이 찾아와 김선아에게 감사의 인사를 하고 갔을 정도였다. 훈련을 시킬 때는 정말 악귀라 칭해도 부족하지 않을 노엘이지만 그녀가 아니었으면 각성 시기에 제대로 버티지 못했을 거라는 걸 아주 잘 알았다.

어쨌든 노엘은 다시 팔을 얻었다.

그것만으로도 군의 사기가 엄청 올라갔다.

내색하지 않으려고 노력한 노엘이지만 창백한 얼굴에 거의 본능적으로 나오는 침울한 표정이 주변 사람들의 사기도 같이 하락시켰다. 지휘관. 노엘은 군을 완전히 장악한 지휘관이었기 때문이었다.

그런 노엘이 다시 활기를 찾음에 군의 사기는 순식간에 올라갔다. 특히 그중 용병단은 사기는 아예 하늘을 찌를 것처럼 올라갔다.

1, 2, 3구역 중 무적을 자랑했던 구역은 누가 뭐라 해도 화기

사용이 가능한 1구역이었다. 한지원과 나창미가 각성 상태에 돌입했지만 문보라라는 걸출한 인물이 비상 지휘권을 인계받아 여전히 구역을 사수했다. 사무라이 집단의 투입으로 팀원을 잃었지만 그것도 그때뿐이었다. 두 사람이 깨어난 지금 1구역도 사기가 엄청 올라갔지만, 애초에 집단 난전이 특기인 용병단 쪽에 각성한 차샤와 아리스의 존재는 엄청난 사기 상승을 불러일으켰다. 게다가 지휘관이자 참모인 노엘까지 정상이 되면서 최대 전투력을 다시금 보유하는 선까지 왔다.

모두가 부풀어 올랐다.

각성자.

초인.

이 존재들로 전쟁의 판도가 뒤바뀔 거라는 예상이 되었기 때문이다. 그리고 그 예상은 현실이 되었다.

석영이 깨어나고 며칠이 지났다.

전장은 고요했다.

그래서 하루 하루가 숨 고르기를 하는 것처럼 느껴졌다. 적
진에서 피어오르는 군기는 매서웠지만, 리안 성 방어군은 오히
려 사기가 오르고 있었다. 이유는 하나, 각성자들이 깨어났기
때문이다.

그동안 요새를 넘겨준 이유가 뭔가.

갑작스러운 각성 상태에 빠져들면서 전투력에 큰 손실이 왔
기 때문이다. 노엘과 오렌 공작, 이 걸출한 지휘관의 존재로 겨
우겨우 막고 버텼지만 그것도 한계가 있었고, 결국은 요새를 계
속 뺏기면서 현재 있는 곳까지 밀려났다.

하지만 각성에 빠져들었던 5인이 전부 깨어났다.

이는 대외비라 다들 조용히 하고 있었지만 이미 병사들 사이에는 소문이 파다하게 났고, 그 결과 사기의 상승이라는 효과를 이끌어냈다.

그런 효과를 불러온 깨어난 각성자들은 하루의 전부를 권능을 확인, 개척하며 보냈다.

권능(權能).

이는 엄청났다.

권능은 고도의 집중력으로 구현된다.

이는 상상력 그 자체가 필요하고, 미세한 조절까지 하려면 그만한 집중이 다시 요구된다. 그날 한지원이 보여줬던 순간 이동에 가까운 가속은 거의 기초 단계에 가까웠다. 그리고 석영의 생각처럼 각성자는 평소의 성향, 전투 스타일에 맞춰 권능을 개척할 수 있었다.

예를 들어, 근접 전투자가 특기인 한지원을 포함한 4인은 통합 감각을 포함한 육신의 가속, 힘의 집중도가 엄청났다.

물론 체력은 기본이었다.

사각이 없는 전투.

본인을 중심으로 뒤에서 날아오는 공격도 완벽한 감지가 가능하다. 이게 별거 아닌 것 같지만 실은 엄청난 권능이었다.

한지원 같은 경우는 본래 혼자 일인 군단이라 해도 부족함이 없었는데, 지금은 그냥 국가급 전술 무기라 불러도 손색이 없었다. 전쟁의 승패를 가를 수 있는 압도적인 무력. 딱 한지원을 설명할 수 있는 단어였다.

차샤를 포함한 3인은 한지원보다는 좀 떨어졌다.

애초에 초인을 넘어서는 능력을 보유했던 한지원이었으니 이는 이해가 갔다. 하지만 그녀보다 좀 떨어져도 일인 군단이 되기에는 부족함이 없었다.

그럼 석영은?

언터쳐블(Untouchable).

은신, 탐지로 이어지는 권능은 석영을 세상에서 사라지게 만들어줬고, 이어 고속 연사를 포함한 다중 표적 사격과 적진을 가로질러 꿰뚫을 수 있는 관통 사격, 공간을 아예 초토화시킬 수 있는 폭발 사격까지 이제는 그냥 저격수의 단계를 넘어서 버렸다.

게다가 각성을 하면서 정신력 리미트가 더 높아져 한 시간 가까이 거의 전력으로 공격을 퍼부어도 지치지 않을 정도였다.

이걸 단순하게 생각해서는 안 된다.

전쟁에는 사기라는 게 있고, 이 사기의 기울임에 따라 승패 또한 결정이 난다. 만약 저격수가 등장해 가차 없이 전장을 초토화시키면 어떻게 될까? 과연 그래도 적이 맹렬히 달려들 수 있을까?

수없이 많은 사람에게 질문을 해도 답은 항상 같을 것이다. 전쟁에 문외한이 아닌 이상은 말이다.

여기에 각성자만큼이나 가장 든든한 노엘이 부활했다. 팔을 잃고 내색은 안 했지만 매우 의기소침해졌던, 실의에 빠져 있던 그녀가 김선아의 도움으로 수족과 다름없는 팔을 얻고, 다시금 지휘봉을 잡았다.

노엘이 정상적인 모습으로 복귀했다는 사실 자체만으로도 엄청나게 사기가 상승했다. 특히 용병단은 천군만마를 얻은 것처럼 투지로 활활 불타올랐다. 그렇게 각성자와 함께하는 리안 성 방어군은 전쟁을 끝낼 준비에 돌입했고, 악시온 제국군은 이러한 사실을 까마득히 모르고 있었다.

아니, 모르고 있을 거라 생각했다.

*　　　　*　　　　*

휘릭.

"애들은? 돌아왔어?"

땀을 잔뜩 흘리며 자신의 천막으로 들어오며 묻는 한지원에게 석영은 고개를 갸웃했다.

"그걸 왜 나한테 물어?"

"석영 씨는 종일 여기 있었다고 해서."

"말 그대로 있기만 했어. 밖에 안 나가고."

"흠, 그래? 이따 물어봐야겠네. 아, 시원하다."

전과는 다르게 뭔가 시원시원해진 그녀는 행동에도 거침이 없었다. 짧은 군용 민소매 티를 입고 있어 사람을 참 곤란하게 하는 복장이지만, 이미 각성을 마친 석영에게는 어떠한 영향도 끼치지 못했다.

전에 한 번 아영이가 이런 한지원의 복장에 기겁을 한 적이 있어 잠시 잠잠하나 했더니만, 요즘 또 원래대로 돌아간 그녀였다.

"뭐 보고 있어?"

"이거? 노엘이 준 악시온 제국군 조직도."

"조직도? 아아, 쳐내야 할 머릿수 세는 거야?"

"뭐, 그렇다고 할 수 있지."

마지막으로 암기를 끝낸 석영은 종이를 한지원에게 밀었다. 그녀는 수건으로 손을 닦은 뒤 종이를 들었다.

"어디 보자……. 최고 대가리는 당연히 총사령관… 이놈이 귀산자일 거고. 음음, 대략 서른이 좀 넘네?"

십만에 가까운 대군이지만 중간 간부 위로 최고 지휘자는 딱 서른 정도였다. 이 정도만 죽이면 상황은 아무리 병력이 많아도 최소 오합지졸로 뚝 떨어질 것이다. 물론 가닥이 있어 쉽게 퇴군은 못 시키겠지만, 이전보다는 훨씬 쉽게 전투를 이어 나갈 수 있을 것이다.

"파악은 얼마까지 됐어?"

종이를 내려놓는 걸 본 석영이 묻자, 그녀는 씩 웃으며 대답했다.

"칠십."

"많이 했네? 아직 귀산자인가 뭔가 하는 놈은 못 찾은 거지?"

"응. 사람 찾는 건 진짜 전문인 애들만 보냈는데도 아직 뚜렷

하지가 않다네?"

"흠……."

매우 용의주도한 인물이었다.

석영의 저격은 피할 수 없다는 것쯤이야 이미 예전에 눈치 챘을 거고, 그 저격을 피하고자 자신의 정체를 아주 꽁꽁 숨겼다. 아니, 애초에 일반 병사들은 귀산자가 남자인지 여자인지, 어른인지 아이인지도 모르고 있었다.

아군에게도 그 정도로 치밀하게 숨겼을 정도이니 아무리 전문가라도 애를 먹는 건 당연했다.

"접촉을 안 한대?"

"그런가 봐. 따로 명령 체계를 가지고 있는 것 같아. 어느 순간 지시를 받고 움직이긴 하는데, 대체 어디서 그런 지시가 내려왔는지, 그게 파악이 안 돼."

"음……."

그건 좀 곤란했다.

다른 건 몰라도 귀산자만큼은 해결을 해야 악시온 제국군을 물릴 수 있었다. 다른 지휘관을 쳐내봐야 귀산자가 다시 새로운 지휘관을 만들어 앉히면 말짱 도루묵이기 때문이었다. 그러니 그놈을 잡아야 하는데 여전히 꼬리조차 잡히지 않은 상태였다.

"너무 무리는 하지 말라고 해. 괜히 들키면… 곤란해지잖아."

"그 정도 각오쯤은 일곱 살에 총을 쥐면서 끝낸 애들이야. 그리고 자진해서 나간 거고. 난 팀장이지만 그 아이들의 각오를 무시할 수는 없어."

"……."

"나는 안 그렇지만 보라는 아직도 자면서 악몽을 꾼댔어. 막내들의 몸이 찢겨 나가는 더러운 꿈. 다른 건 몰라도 사무라이? 그 새끼들만큼은 내가 싹 지워 버릴 거야."

한지원의 분노는 매우 타당했다.

아니, 애초에 전쟁이라는 게 원래 쌍방 간의 분노를 생성시킨다.

맹목적인 적의.

끓어오르는 살의.

전쟁은 일단 시작되면 병사들을 저렇게 미치게 만든다. 그리고 그건 지휘관이라고 해도 자유로울 수 없었다. 다만, 한지원의 분노는 좀 달랐다. 매우 차갑게, 아주 절제된, 딱 특정 집단에게만 한정된 분노이자 살의였다.

그녀는 곧 그런 기색을 싹 지우곤 다시 웃는 낯으로 입을 열었다.

"그보다 아영이는 어때? 이제 배 좀 나오던데 그렇게 무리하게 둬도 괜찮아?"

"본인이 하겠다는데 무슨 수로 말리겠어. 그리고 그게 아영이만의 속죄 방식 같아. 최전선에게 아군을 지켜야 할 숙명을 타고난 게 아영이야. 그리고 내가 보기에 본인도 그걸 알고 있는 것 같고. 하지만 아이 때문에 그러지 못하니까… 미안한 거야. 그래서 당분간은 그냥 내버려 두려고."

"그래? 철없는 아이인 줄 알았는데 그건 또 아니었네. 귀여워, 하여튼."

"그러니까. 그래도 요즘은 표정이 많이 풀렸다던데? 호정 누님 말 들어보니 나 각성 때는 진짜 뭔 일 나는 거 아닌가 싶을 정도로 엉망이었다더라."

"그렇겠네. 한 사람도 아니고 믿고 의지할 수 있는 석영 씨, 내가 둘 다 각성에 들어섰으니."

그녀는 아영이를 이해한 것처럼 고개를 끄덕이곤 바지에 달린 주머니 포켓에서 담배를 꺼내 입에 물었다.

담배가 몸에 안 좋다고?

그녀 정도 몸을 쓰면 니코틴은 몸에 축적될 틈도 없었다. 그리고 각성으로 인해 술을 마셔도 본인의 의지가 허락하지 않으면 취하지도 않았고, 취한다 한들 다음 날 기운을 한 바퀴 돌리고 나면 알코올은 싹 날아가기까지 했다.

치익.

후우…….

"그럼 요즘은 아주 행복하겠다. 부럽네, 아영이."

씩 웃는 그녀지만 석영은 그 안에 담긴 슬픔이 보였다. 그리움이었다. 애달픈 사랑의 감정이었다. 왜 가끔 그런 눈빛을, 감정을 품는지 그녀가 말해준 적은 없었다. 하지만 석영은 예상은 하고 있었다.

연인.

반려.

그러한 존재는 그녀에게도 있었을 것이다.

하지만 지금 그 사람은 그녀의 곁에 없을 것이다.

이별?

단순한 이별이었다면 저런 눈빛은 아예 말이 되질 않는다.

'그렇다면 남은 건… 한 가지밖에 없지.'

죽음.

자의가 아닌, 타의로 인한 강제 이별.

심장은 그 사람 생각으로 언제나 쿵쿵! 거칠게 뛰지만 죽음의 강을 건넌 그를 볼 수는 없을 테니까 저런 눈빛이 나오는 거다. 그렇지만 옛날이나 지금이나, 석영은 일절 그러한 생각을 입 밖으로 꺼내지 않았다.

남의 상처를 후벼 파는 취미? 석영에게는 개미 눈곱만큼도 없었다.

"전장에도… 꽃은 핀다."

유명한 말이자, 사진이었다.

전쟁으로 폐허가 된 땅에 피어난 한 송이 꽃.

생명과 희망.

이 두 가지를 짙게 내포한 문장이었다.

"아무튼 기대된다. 딸인지 아들인지. 석영 씨는 안 그래?"

"물론. 당신보다 내가 훨씬 더……."

치직.

─문보라입니다. 팀장 님, 잠시 오셔야 할 것 같습니다.

나무 테이블 위에 올려놨던 통신기에서 흘러나온 말이 석영의 말문을 단숨에 막았다. 하지만 그게 중요한 게 아니었다.

치직.

"무슨 일인데. 상황 보고 똑바로 안 할래?"

치직.

―죄송합니다. 다시 보고드립니다. 현재 하얀 깃발을 가진 인원이 접근 중입니다. 수는 다섯, 모두 비무장으로 보입니다.

문보라의 말에 그녀는 지영을 돌아봤다.

하얀 깃발?

전장에서 하얀 깃발은 투항, 혹은 공격 금지 요청으로 쓰인다.

그런데 이 타이밍에? 사절을 보냈다고?

"일단 가봐야겠는데?"

"그래."

자리에서 일어난 그녀는 바로 무전기를 지휘관 채널로 맞춘 다음 상황을 설명하고, 전투 준비를 하고 바로 성벽으로 달렸다. 석영도 그 뒤를 따라 이동했고, 성벽에 도착하니 문보라의 말처럼 말을 탄 오인이 성벽에서 멀찍이 떨어진 곳에 하얀 깃발을 든 채 서 있었다. 고개가 아주 저절로 갸웃거려지는 광경이었다.

5분도 지나지 않아 지휘관들이 속속 모여들었다.

씻고 있었는지 물기도 마르지 않은 나창미가 마지막에 도착해 앞서 온 사람과 아주 똑같은 반응을 보이며 말문을 열었다.

"뭐야, 저 뜬금없는 새끼들은? 설마 이제 와서 협정 맺자고 할 생각은 아니겠지?"

으르렁……

낮게 포효하는 것처럼 나온 살기 가득 한 말이었다. 한지원처럼 그녀도 막내들을 잃은 걸로 매우 분노하고 있었다. 만약 한지원이 없었다면 이미 혼자 달려 나가 죽기 직전까지 칼춤을 추고도 남을 정도였다.

"여기는 이럴 때 어떻게 하죠?"

현대전이 아닌지라 한지원이 노엘을 보며 묻자, 그녀가 좀 더 성벽으로 바짝 다가왔다.

"받아들일 거면 같이 백기를 걸고, 아닐 거면 그냥 위협해서 쫓아냅니다. 별거 없어요, 이곳도."

"흠… 그럼 일단 말은 들어보는 걸로. 보라야, 백기 걸어."

네.

문보라가 잽싸게 움직여 백기를 걸자 가장 중앙에 있던 이가 말에서 내려 양손을 들고 천천히 다가왔다. 그러자 한지원은 바로 무전기를 들었다.

치직.

"저격 조 대기. 허튼짓하면 곧바로 대가리에 구멍을 뚫어준다. 이상."

삐삑, 삐삑.

연달아 울리는 버튼 소리로 답이 들려왔다.

그동안 좀 더 다가온 악시온 제국 사절은 가타부타 말없이 바닥에 새까만 재질의 뭔가를 내려놓고, 조용히 다시 뒤로 물러났다. 그러곤 원래의 자리로 가서 대기했다.

"내가 가지."

획!

말이 끝나기 무섭게 차샤가 성벽 밖으로 몸을 날렸다. 줄도 없이 뛰어내렸지만 마치 고양이처럼 살포시 바닥에 착지한 그녀는 성큼성큼 걸어가 쪽지 주변을 살피고는 독을 비롯한 트랩이 없는 걸 확인하고 쪽지를 들고 복귀했다.

그녀가 손에 든 쪽지에 모두의 시선이 쏠렸다.

당연히 석영도 궁금했고, 그녀가 밀봉을 찢은 다음 꺼낸 카드에 시선을 집중했다.

움찔!

흠칫!

카드에는 그림이 그려져 있었다.

나무 한 그루.

그 뒷장에도 그림이 그려져 있었다.

불과 얼음, 갈라지는 대지, 절규하는 인간.

그걸 만들어내는 정체불명의 악마이자, 신.

다른 사람들은 보면 고개를 갸웃하겠지만 몇 사람에게는 아니었다. 저 그림이 뜻하는 건 세계수와 흉황이었으니까.

아… 이 씨발!

"이건 또 뭔 지랄인데……?"

나창미의 짜증 가득한 외침이 정적을 와장창 깨버렸다.

근처에 모여 들었던 이들이 지휘관급을 빼놓고는 전부 슬금 슬금 물러났다.

그동안의 경험으로 화난 나창미의 옆에 있어봐야 좋을 게 하나 없다는 걸 아는 탓이었다.

"이게 무슨 그림인가?"

"음……."

혼자 영문을 모르는 노엘 공작의 질문에 석영은 난감한 탄성을 흘렸다.

그도 그럴 게 그가, 그녀들이 보았던 장면은 사실 스스로에게나 지극히 현실적이지, 그걸 못 본 사람들에게는 전혀 현실적이지 못한 탓이었다.

그 예로 노엘이나 아영이도 수긍만 할 뿐, 문제의 심각성을 제대로 느끼는 것 같지 않았다.

모든 게 직접 겪은 사람과 그렇지 않은 사람의 차이였다. 그래서 오렌 공작에게도 아직 얘기를 안 했다.

그리고 지금은 이걸 설명할 시간도 없었다.

"이거 참… 어이가 없네."

그 그림을 한참을 보던 한지원까지 짜증이 깃든 목소리로 그렇게 말했고, 다들 공감한다는 듯이 고개를 끄덕였다.

그림이 뜻하는 바는 아주 명확했다.

나무—세계수.

파괴신—흉황.

귀산자라는 놈이 보내온 종이에는 정확하게 두 존재가 그려져 있었다. 이건 의심할 필요도 없었다.

'귀산자… 언제인지는 모르겠지만 그도 분명 각성했어.'

그러니 저런 그림을 그려 보내온 것이다.

그럼 지금까지는?

고민했을 것이다.

그리고 자신을 살펴봤을 것이다.

석영이 그랬던 것처럼, 한지원이 그랬던 것처럼, 차샤가 그랬던 것처럼, 아리스가, 나창미가 그랬던 것처럼 말이다.

그럼 지금은 확인이 있어서?

'그것도 아니겠지. 이건 그냥… 떠보는 거야.'

이 그림을 알아보는 자신과 같은 각성자가 있나 없나, 딱 그 수준이었다. 석영은 문득 자신이 놓치고 있던 것 하나를 깨달았다.

"왜 우리는 우리만 각성했을 거라 생각했지?"

"……"

"……"

석영의 말에 침묵이 흘렀다가, '아아……' 하고 탄성으로 이어졌다.

생각해 보니 그랬다. 왜, 왜였을까? 왜 딱 우리만 각성했을 거라고 생각하고 있었을까? 거대한 적이 눈을 뜰 예정인데, 자신들로만은 절대로 대적 불가능한 악신이 눈을 뜨기 직전인데, 대체 왜 그렇게 생각했을까?

"맞네……. 멍청했네, 멍청했어. 하……."

한지원이 쿨하게 석영의 말을 이해하고, 수긍한 다음 자신의

생각이 짧았음을 인정했다. 그녀는 멀뚱멀뚱 보고 있는 송에게
손을 뻗었다.

"네……?"

"활 좀 줘봐."

"네……."

송이 활을 건네주자 즉석에서 '각성?' 이렇게 적고 화살대에
묶어 적당히 빗나가는 곳으로 답장을 날렸다.

"우린 상의 좀 해야겠는데? 사령관님도 오세요. 나머진 자리
좀 비켜주고."

그녀의 말에 차샤가 노엘을 바라보자, 노엘이 알아서 자리
를 정리했다. 채 3분도 지나지 않아 일행이 있는 곳 주변은 텅
텅 비었다. 그렇게 듣는 이들이 사라지자 그녀는 오렌 공작에
게 상황을 설명했다. 간추린 설명이지만 내용 전체를 이해하는
데 문제가 없었다. 얘기를 다 들은 오렌 공작은 그녀의 말을 무
시하지 않았다.

오히려 심각한 표정이었다.

"그러니까 자네들 말은 곧 세상을 파멸시킬 악신이 강림할
것이고, 자네들은 그 악신을 막기 위해 선택되어 각성을 했다.
이런 뜻인가?"

"네, 각성에 들어섰던 전원 세계수를 봤고, 악신을 봤어요.
한 명도 빠짐없이요. 그리고 저 그림을 보내온 귀산자도 아마
같이 각성을 한 게 아닌가 싶군요."

그녀의 대답이 끝나자 오렌 공작은 석영을 바라봤다. 아마

가장 오랫동안 알았기 때문에 나온 본능적인 행동이었을 것이다. 석영은 그걸 알고는 고개를 조용히 끄덕여 줬다. 그녀의 말에 거짓은 아주 조금도 없었다.

"후우……."

그러자 한숨을 내쉰 그는 다시 골몰히 생각에 잠겼다가 말문을 열었다.

"그럼 군은… 흠, 지휘관이 그자 하나뿐은 아니겠지. 그래서 어떻게 하고 싶은가?"

"그게 문제예요. 그래서 지금 이렇게 상의를 하고 있는 거고. 석영 씨는 어쩌고 싶어?"

그녀의 질문에 석영은 생각해 놨던 답을 꺼냈다.

"어차피 목적은 악시온 제국군을 물리는 거잖아? 가능하면 만나서 얘기를 해보고 싶은데. 그래야 앞으로 함께 갈지, 아니면 여기서 끝장을 볼지 결정할 수 있을 테니까. 그리고 저 그림을 보내온 걸 보면 귀산자도 우리와 대화를 원하는 것 같은데?"

"음… 그건 동감. 다른 사람들은?"

한지원이 주변을 둘러보며 묻자, 다른 사람들도 고민 없이 고개를 끄덕였다. 나창미는 불만인 얼굴이었지만 모두의 의견에 반하는 행동을 하진 않았다.

"그럼 결정. 누가 갈래?"

"내가 가지."

오렌 공작이 나섰지만 그녀는 고개를 저었다.

"죄송하지만 최악의 경우 몸을 뺄 수 있는 정도는 되어야 해요."

흠, 흠.

그 말에 오렌 공작은 헛기침을 하며 빠졌다.

그녀의 말에 석영이 조용히 손을 들었다. 어차피 갈 생각이었다. 가서 궁금한 걸 직접 묻고 싶었다.

"그럼 나랑 석영 씨, 차샤 씨나 아리스 씨가 가는 걸로 하자. 노엘 양이 가면 제일 좋은데… 혹시 모르니까."

"아니, 난 빠질게. 가봐야 도움도 안 될 거고, 수틀리면 그냥 목 비틀어 버릴지도 몰라. 그러니 그냥 노엘을 데려가."

"그럴래요, 노엘 양?"

"……."

노엘은 조용히 고개를 끄덕이는 걸로 답을 대신했다. 그렇게 결정하고 무장을 점검했고, 20분쯤 지나 다시 서신이 왔다. 역시나 만나자는 내용이었다.

인원, 시간, 장소를 정하자 준비는 금방이었다. 딱 중간 지점에 대형 막사 하나가 순식간에 설치됐고, 서로 정한 인원들이 경계를 섰다.

갑작스러운 회담에 1시간이 정신없이 지나갔다.

특히 한지원의 팀은 발에 불이 나도록 뛰어다녔다. 그 모습은 마치 재난을 맞은 비상 대책 본부 같았다.

하지만 정해진 시간은 금방 다가왔고, 세 사람은 밖으로 귀신자를 만나러 나섰다. 장소에 도착하니, 적대감 가득한 표정으로 노려보고 있는 악시온 제국 정예병들이 보였다.

피식.

"상황 파악 못 하고 진짜… 짜증 나게."

한지원이 짜증스럽게 얘기하고는 천막 안으로 들어갔다. 석영은 안으로 들어가기 전, 천막의 구조를 살펴봤다.

천막이라고는 하지만 안이 훤히 비치는 투명한 재질을 사용했기 때문에 허튼짓은 하기 힘든 구조에 특이한 건 별로 없었다.

세 사람이 각자 자리에 앉아 기다리길 20분쯤, 전방의 악시온 제국군 길을 열면서 새하얀 옷을 입은 3인이 나타났다.

석영은 일단 생각보다 작고 왜소한 체구에 가장 먼저 의구심이 갔다. 그러다가 곧 그 이유를 알 수 있었다.

'아… 또 여자냐?'

안력에 정신을 집중하니, 역시나……. 창백한 피부의 갸름한 얼굴, 붉은 입술, 반쯤 감은 눈, 그리고 볼 옆으로 흘러내린 머리카락까지 누가 보더라도 여자였다.

사박사박.

옷자락이 끌리는 소리와 함께 다가온 귀산자는 동행한 이들이 열어준 천 사이로 천천히 걸어 들어왔다.

반쯤 감은 눈 사이로 보이는 눈동자는 신기하게도 진한 붉은색을 띠고 있었다.

끼이익.

소리가 나게 의자를 끌어당겨 하품이 나올 정도로 느릿하게 앉은 귀산자는 천천히 감았던 눈을 떴다. 그리고 그런 귀산자의 눈빛을 본 세 사람은 저도 모르게 흠칫했다.

새빨간 눈동자.

아니, 눈동자가 아니라…….

그냥 붉었다.

홍채가 보이지 않았다.

＊　　　　　＊　　　　　＊

세상에… 저런 눈동자가 있을 수 있을까?

불길하고, 또 불길한 눈동자였다.

아니, 눈빛이라고 하는 게 맞을 것이다.

독특, 신기하다 못해 무서울 정도였다. 웬만한 것엔 그리 놀라지도 않는 석영과 한지원까지 흠칫했을 정도였다. 석영은 직감적으로 알아차렸다. 저 눈빛은 인간의 눈빛이 아니라는 걸.

게다가 눈빛을 잠시 보고 있자니 알 수 없는 요상한 기분이 들었다. 잠시 이게 무슨 기분이지, 생각하다가 석영은 그 정체를 알아차렸다.

'동질감.'

얼씨구…….

"이것 봐라…….”

석영이 동질감을 느끼는 이유는 하나밖에 있을 수가 없었다. 자신은 똑같은 마(魔)를 품고 있을 경우, 딱 이거 하나였다.

그런데 상대도 그걸 느끼고 있는지 석영을 빤히 바라보고 있었다.

그러다 고개를 갸웃하고 틀었다가 눈살을 찌푸리기도 하고, 다양한 반응을 보였다.

"당신은… 누구죠?"

첫마디가 인사가 아닌, 석영의 정체를 물었지만 그걸 이상하게 생각하는 사람은 없었다. 애초에 여기에 있는 사람들이 화기애애하게 담소나 나누자고 만난 건 아니기 때문이다.

"그러는 당신은?"

석영이 대답 대신 바로 되묻자, 귀산자는 눈을 거의 감고는 대답했다.

"저는 해신을 섬기는 무녀, 하루카라고 합니다."

하루카.

딱 봐도 일본식 이름이다.

일단 이 궁금증은 나중에 풀기로 했다.

상대가 이름과 직업을 밝혔으니, 이쪽도 그 정도는 해주는 게 최소한의 예의였다.

"정석영. 당신들은 저격수라는 이름이 익숙하겠지."

"역시……."

짐작했다는 것처럼 혼잣말을 했지만 그 목소리에 이상하게도 적의는 없었다. 좀 전까지만 해도 서로 죽고, 죽이는 전쟁 중이었던 걸 생각하면 예상외의 반응이었다. 그 예상외의 반응에 한지원이 차가운 목소리로 말했다.

"당신, 생명의 소중함을 느끼지 못하는구나?"

"……."

하루카의 시선이 이번엔 한지원에게 향했다.

그러자 씩 웃은 그녀는 다시 입을 열었다.

"딱 봐도 그래 보여. 생명의 중함을 아는 이였다면 그렇게 아무렇지도 않아선 안 되지. 적어도 불쾌함 정도는 느껴줬어야지. 당신 같은 부류를 내가 잘 알지. 병사를 장기판의 졸로 쓰는 지휘관들. 죽든 말든 신경 쓰지 않고 자신의 출세와 안위만 신경 쓰는 자들."

"저는 그들……."

"알아. 끝까지 들어."

"……."

이번에는 눈가가 찌푸려졌다.

강압적인 한지원의 태고에 명백한 불만을 품었다는 뜻.

'그녀의 말이 아니라, 그녀의 태도에 불만을 품었어?'

감정이라는 게 있긴 한 걸까?

"거봐, 지금도 그래. 내 말이 아닌 내 태도에 반응을 보였지. 당신, 감정을 못 느끼는구나?"

"신을 섬기는 제게 인간의 사사로운 감정은 중요치 않아요."

"얼씨구, 그 신이 그래? 애들 데리고 가서 다 죽이고 오라고?"

"무엄합니다."

"그럴 거면 차라리 바다에다가 수장시켜 공양이라도 하지, 뭐 먹을 게 있다고 여기까지 기어 올라와 지랄들이래?"

"……."

분위기가 변했다.

하지만 석영은 나서지 않았다.

무녀 하루카가 어떤 인간인지 알아볼 아주 중요한 기회를 굳이 놓치고 싶지 않았기 때문이다.

그리고 석영이 준비 시간 동안 생각했던 게 맞는지, 그것도 확인하고 싶었다.

"본론으로 들어가고 싶어요."

피식.

누구 마음대로?

그 말이 나오자마자 한지원은 실소를 흘리곤 비릿한 미소를 입가에 걸었다.

"여태 쥐 죽은 듯이 있다가 왜 갑자기 우리를 보자고 했을까? 내가 그게 좀 궁금했어. 그래서 계속 생각해 봤지."

"……."

"그래, 세계수와 파괴 신 그림은 잘 봤어. 그걸 당신이 각성 중에 봤다고 말해도 믿겠어. 어차피 우리도 겪은 거니까. 그런데 과연 그것 때문에 우리를 보자고 했을까? 뭐, 그런 이유도 있겠지. 하지만 진짜는 그게 아니잖아."

"……."

"그치?"

대답은 없었다. 그리고 석영은 역시 그녀도 눈치를 챘구나 하는 생각을 했다. 석영도 확실하진 않지만 당연히 오면서 생각을 했고, 어느 정도 윤곽은 나온 상태였다. 그리고 그 생각은 한지원의 생각과 같았다.

"여기 옆에 있는 저격수에게 저격당하기 싫었기 때문이잖아?"

"……."

"안 그래?"

빙고.

침묵은 곧 긍정이었다.

"머리 좋은 당신은 잘 알 거야. 세상에 영원한 비밀은 없다는 걸. 정체가 밝혀지는 순간 저격수가 전쟁을 끝내기 위해 당신을 노릴 거고, 그 한 번의 저격에 당신은 자신의 생명이 끝장난다는 걸 알았어."

"……."

"당신은 딱 봐도 지능형 각성자이니, 저격을 피할 수는 없겠지. 문제는 여기서 발생했지? 그냥 퇴군 명령을 내리기엔 당신 입장이 곤란했어. 제국이니 황제가 있을 것이고, 황제의 명 없이 퇴군은 사실상 불가능했을 것이고, 그걸 무시하면 군법에 처해질 거고, 여러 가지 걸리는 게 많던 와중에 우리까지 생각이 미친 거야. 나만 각성자일까? 아니, 그럴 가능성은 희박하다. 그러니 알아봤겠지. 자신이 각성 중 전투가 있었냐. 있었다면 저격수는 전장에 나왔었냐."

"……."

쪼르르.

테이블 위에 준비되어 있던 컵에 물을 따라 목을 축인 한지원은 쉴 틈도 주지 않고 바로 말을 이었다.

"아, 그때 확신했겠지. 저격수 또한 각성 상태에 들어갔다. 어쩌면 자신과 비슷한 존재다. 그럼 각성 중에 봤던 영상을 봤을 수도 있고, 그걸 보았다면 딜을 할 수도 있다. 뭐, 이렇게까지 생각이 나아갔을 거야. 맞지?"

"…흠."

잠시 한숨을 내쉰 귀산자는 살짝 체념한 기색으로 짧게 수긍의 콧소리를 냈다.

"전쟁보다는 생존을 택한 거야, 당신은. 흉황이 세상을 파멸하기 전에."

석영은 여기까지 생각한 한지원을 대단하게 생각했다. 그녀의 말처럼 귀산자는 각성이 끝난 후 상황을 파악해 봤을 것이다. 자신이 본 것에 대한 진의 여부. 각성으로 인해 더욱 넓게 사고가 가능해진 그녀는 빠르게 이후의 상황을 계산해 봤을 것이고, 적의 초인들이 똑같이 각성을 끝냈다면, 반드시 자신의 목숨을 노리러 들어올 것이란 걸 알아차렸다.

그래서 보낸 것이다.

세계수의 그림과 파괴신의 그림이 그려진 카드를.

반응이 오면 협상으로 전쟁을 휴전 분위기로 끌고 갈 수 있을 거라고, 그렇게 생각했을 것이다.

그렇게 생각한 이유는 자신도, 적도, 같은 것을 보았기 때문이다. 같은 것을 느끼고 있었기 때문이다.

곧, 세상을 파멸시킬 자가 이 땅에 현신한다는 걸 알고 있었기 때문이다.

그리고 그녀 또한, 지금 전쟁이 중요한 상황이 아니라는 걸 알고 있었다. 어서 군을 돌려 군도로 돌아가 제국의 황제에게 자신이 겪은 것, 본 것을 설명하고 파멸의 시대를 대비해야 할 때였다.

귀산자, 하루카의 고개가 천천히 끄덕여졌다.

"맞습니다. 처음에 했던 말도, 마지막 말도. 당신의 말이 맞습니다."

예상치 못하게 선선히 수긍해 석영은 좀 놀랐고, 한지원은 차가운 미소를 지었으며, 노엘은 여전히 무표정했다.

"이제 와 이런다는 건… 살려달라고 빈다고 봐도 좋겠지?"

"하지만 그걸 아셔야 합니다. 저는 귀산자. 하지만 귀산자는 저 혼자만이 아닙니다."

"혼자가 아니다?"

"귀산자, 군을 움직이는 책사이자, 지휘관이기 이전에 저는 신을 모시는 무녀입니다."

귀산자라는 신분 이전에 신을 모시는 무녀라는 말은 꽤나 의미심장했다. 석영은 오래 지나지 않아 그 뜻을 파악했다.

석영은 오랜만에 입을 열었다.

"신격이 옮겨 다닌다는 건가?"

"네. 제가 죽어도 어딘가에 있을 아이에게 신격은 옮겨갑니다."

"그런데 왜? 죽음을 두려워하지?"

"두려하는 것보단 제 눈으로 보고 싶을 뿐입니다. 과연 내가 본 것이 맞는지. 과연 이 세상에 파멸이 찾아오는지, 제 눈으로 확인하고 싶을 뿐입니다."

"당신이 모신다는 신이 알려주지는 않았나?"

"각성 이후, 잠에 드셨습니다. 힘을 비축하신다는 말씀만 남긴 채."

"호오……"

신이라.

석영은 과연 하루카가 모신다는 해신이 신일까 하는 생각을 해봤다.

신격(神格).

이는 굉장히 무거운 단어였다.

하지만 반대로 쉽게 믿기 힘든 단어이기도 했다. 석영조차 신격을 갖추지는 못했다. 그의 타천사의 기운을 품어 마(魔)에 가깝게 성향이 변하기는 했지만, 그래도 석영은 타천사가 내려주는 말은 듣지 못했다.

아예 낌새조차 느끼지 못했다.

그런데 신이란다.

그것도 해신(海神).

광활한 바다를 다스린다는 신이라고 하는데, 석영은 이상하게 그 정도는 아닌 것 같았다. 신이라기보다는 자신과 비슷하면서 조금은 다른, 어떤 초자연적인 존재 같았다. 하지만 석영은 곧 의문을 접었다.

생각해 보니 그 존재가 지금 이 자리에서 중요한 건 아니었기 때문이다.

"그래서 어쩌고 싶어 이 자리를 만드셨을까?"

"군을 물리겠습니다."

"물려. 언제는 허락받고 쳐들어왔어?"

"후미를 공격하는 일은 없었으면 합니다. 군을 군도로 전부 물리기 전까지."

"꼬리 만 강아지처럼 튀고 싶으면 그에 합당한 대가를 치러."

"……."

한지원의 말에 하루카의 눈빛이 착 가라앉았다.

"소모전은 좋지 않습니다."

"그럼 끝까지 해보시든가. 원래 전후 처리 비용은 침범국과 패자가 지불하는 거야. 몰랐나?"

"현재 이곳에 승자와 패자는 없습니다."

"침범국은 있지."

"……."

그 말이 맞았다.

침범국은 전쟁을 승리로 이끌지 못할 시, 원래 막대한 전후 처리 비용을 지불해야 한다. 그건 현대나 이곳에서나 똑같이 적용되고 있었다. 잠시 생각에 잠겼던 하루카는 고개를 끄덕였다. 한지원의 말은 전쟁 상식선에 있었으니 못 들어줄 것도 없었다.

"그럼 협의된 걸로 알고 일어나겠습니다."

"그래. 아, 하나 더."

"뭐죠?"

"우리도 준비를 해야 해서 이 협정을 받아들인 거야. 그리고 또한 다른 왕국도 마찬가지고……. 퇴군 시작하면 다른 왕국으로 가 있는 모든 병력을 물려. 그들도 준비를 할 시간이 필요하니까."

"안 그래도 그럴 생각이었습니다."

"말 통해서 좋네. 그리고 지금 대화는 퇴군에 대한 협정일 뿐, 앞으로 일어날 일에 대한 동맹은 아니야."

"악시온 제국은 누군가와 동맹을 맺어야 할 정도로 약한 국가가 아닙니다."

피식.

그 말에 한지원의 입에서 바로 조소가 흘러나왔다.

"그걸 보고도 그딴 소리가 나오는 걸 보니, 정신 못 차렸는데?"

"……."

그럼 이만.

대답 대신 대화의 끝을 고하는 인사를 하고 무녀는 사라졌다. 무녀, 하루카가 사라지자 하아, 하고 짧게 심호흡을 한 한지원이 노엘의 어깨를 툭툭 치며 감사 인사를 했다.

"노엘, 고마워요."

"별말씀을."

고마워?

석영이 둘을 빤히 바라보자 한지원이 어색한 미소로 대답했다.

"사실 아까 말했던 것들, 노엘이 오면서 알려줬거든."

"아……."

"나치곤 머리가 너무 잘 돌아가지 않았어?"

"그냥… 대단하다고 느꼈다."

"후후, 뭐, 별 소득 없는 대화지만 이제 남은 건 실무자들한테 맡기고, 우린 우리 일 하자고."

"그래야지."

드르륵.

자리에서 일어난 셋은 다시 요새로 돌아왔다. 돌아오고 나선 바로 간부진을 소환했다. 30분 만에 회의장으로 쓰는 막사가 꽉 찼다.

"창미 언니는?"

"안 오시겠다고……."

"…후우, 알았어."

나창미는 참석하지 않았다. 그녀는 그림을 보고 단숨에 상황을 파악했다. 그 정도뿐만이 아니라 앞으로 어떻게 흘러갈지도 파악했고, 그 끝에 팀의 막내들 복수는 물거품이 된다는 것까지 알고는 훌쩍 사라져 버렸다.

대신 오랜만에 보는 마르스 후작이 앉아 있었다.

그의 몸은 만신창이였다.

최전방에서 군을 지휘하고, 직접 전투까지 벌인 그는 정말 성한 곳이 없었다. 포선이 없었다면 죽어도 진즉에 죽었을 상처도 많았다. 하지만 그렇게 부상을 입고도 여전히 눈빛은 살아 있었다.

야전 사령군.

딱 그에게 어울리는 직위였다.

오늘은 사람이 많았다.

중간 간부까지는 아니더라도, 군에게 자신의 생각대로 명령을 내릴 수 있는 이들 전부가 모였다.

레이첼 용병단 간부들, 한지원 팀의 문보라에, 석문호, 문호정에 김선아까지. 휘린도 왔고, 거의 전부 모였다고 해도 과언이 아니었다. 지휘관을 포함한 유력 인사들까지 전부 모이자 노엘이 일어나 설명을 시작했다.

그녀는 각성을 하지 않았지만 이미 차샤와 아리스에게 내용을 상세하게 들어 전부 알고 있었고, 설명에 가장 능한 사람이라 회의의 시작을 맡았다. 노엘의 설명은 빨랐고, 요점만 딱딱 찍어 전달했다.

이미 아는 사람들은 얼굴이 무거웠고, 처음 듣는 사람들은 고개를 갸웃거리고 있었다. 완전히 믿지 못하는 사람도 당연히 있었다.

하지만 그는 그 생각을 입 밖으로 꺼내지 못했다. 각성자 5인을 포함해 리안 성 방어군의 총사령관인 오렌 공작까지 무거운 얼굴이었기 때문이다. 20분쯤 노엘의 설명이 이어졌다. 그녀는 흉황, 파괴신, 프리드리히의 존재에 대해서는 강렬하게 단어마다 악센트를 세게 줘가면서까지 설명했다.

사실 이 상의의 핵심도 그자였다.

항거 불능.

대적 불가.

무수히 많은 세계를 파멸로 이끈 자.

그자를 막기 위한 회의였다.

노엘의 설명은 마지막을 향해 달려갔다.

"그래서 귀산자 또한 각성을 거치며 우리 측 각성자들과 같은 영상을 본 걸로 확인, 군을 물리겠다고 했습니다. 이상입니다."

꾸벅.

노엘이 짧게 고개를 숙이며 설명을 끝내자 묘한 침묵이 막사에 내려앉았다. 불편한 얘기였고, 쉽게 믿을 수 없는 얘기였다. 사실 이걸 이해시키는 것 자체가 매우 힘든 일이기도 했다. 그나마 여기에 모여 있는 이들의 면면이 워낙에 화려해서 신빙성이 좀 생긴 거지, 그게 아니었다면 뭔 개소리냐고 욕을 먹어도 할 말이 없을 만한 내용이었다.

스윽.

침묵을 깨고 마르스 후작이 손을 들고는 입을 열었다.

"그럼, 악시온 제국군은 완전히 퇴각하는 거요?"

"네, 그렇게 합의 봤습니다."

"악시온 제국은 침범국에, 패배국이 되었는데… 그에 따른 처리는?"

"저를 포함한 몇 명이 협상을 시작할 겁니다."

"흠, 노엘 군사가 맡아준다면 마음 놓아도 되겠지. 고생해 주시오."

"네."

마르스 후작이 다시 조용히 입을 다물자, 왕도에서 지원군을 이끌고 온 백작 하나가 조심스럽게 입을 열었다.

"저어… 악시온 제국이 물러간다는 것은 어떻게 이해가 가능하긴 하나… 세상을 파괴시키는 파멸신의 강림은 솔직히 믿기지가 않소."

"그럴 겁니다. 저도 듣기만 했으니까."

"그럼 노엘 군사는 그 말을 믿는 거요?"

"믿지 않을 도리가 없었습니다. 일단, 악시온 제국의 군사이자 총 지휘관인 귀산자도 같은 것을 봤고, 그 준비를 위해 군을 물렸습니다. 이보다 확실한 증거를 달라고 한다면… 글쎄요. 저는 더 이상 내어드릴 증거는 없습니다."

"음… 아무리 그래도 그렇지, 세상을 파멸시킬 신이 강림한다니……."

이해한다. 저 말을 듣고 바로 이해할 수 없는 것도.

하지만 진실이다.

오렌 공작은 그걸 믿는 이들 중 한 명이었다.

"바오르 백작."

"예, 공작 각하."

"우리가 이 귀한 시간을 설마 재미있는 얘기라도 하자고 모여 있는 것 같은가?"

"아니요! 아닙니다, 공작 각하!"

"참일세. 증거를 내라고 한다면, 내 자신을 걸겠네."

"……."

오렌 공작의 말에 바오르 백작은 더 이상 대답하지 못하고, 고개를 깊게 숙이는 걸로 자신의 입장을 표명하곤 다시 한 발자국 뒤로 물러났다.

짝짝.

"내 다시 말하지만, 나는 저격수를 믿네. 저격수와 그 동료들을 믿고, 왕국이 가장 힘들었을 때 왕가의 정기를 같이 수호해 준 발키리 용병단 또한 믿네. 이들이 이 전쟁 통에 설마 날 놀리자고 그런 얘기를 꺼내진 않았을 거라는 것도 믿네. 그러니 이 이야기는 참이겠지."

확실히 연륜이 있으면 저렇게 상황을 빠르게 정리하는 타이밍을 잘 잡을 수 있나 보다. 분위기를 끌어 올리고, 시선을 당긴 오렌 공작은 다시 입을 열었다.

"나는 악시온 제국이 완전히 물러가면 바로 왕도로 귀환해 여왕님께 이 사실을 고할 걸세. 그리고 여왕께서는 아마도… 내 말을 믿어주실 거네. 그러면 우리는 다시 전쟁을 준비하겠지."

스윽.

침묵을 가로지르며 오렌 공작의 시선이 석영에게 향했다. 그러자 그를 바라보고 있던 이들의 시선도 석영에게 향했다.

"파멸신이라 했지. 자네는 그자를 죽일 수 있나?"

"…모르겠습니다."

석영은 고개를 저으려다가, 아영이가 옷깃을 잡아당기는 바람에 모르겠다고 말하는 걸로 답을 바꿨다. 전생이 아닌, 다른 세상의 정석영이란 존재는 단 한 번도 그를 막지 못했다. 사실상 그가 강림하면 절망만 남게 된다. 하지만 그걸 얘기해서 벌써부터 사기를 꺾을 필요는 없었고, 그걸 어쩐 일로 아영이 먼저 깨닫고 석영을 제지했다.

"그럼 우리는… 어떻게 준비를 해야 하는가? 답은 그대가 줘야 할 것 같네만."

그 질문엔 석영은 귀산자의 각성을 확인한 후, 계속해서 생각하고 있던 것을 천천히 꺼냈다.

"일단은… 찾아야 합니다."

"찾는다? 누구를?"

오렌 공작은 아마 모르지 않을 것이다. 하지만 굳이 한 번 더 확인을 해주길 원하니 석영은 그 뜻에 따라주기로 해다.

"각, 성, 자."

석영은 한 글자, 한 글자 또박또박 답을 내어줬다.

episode 72
준비

정전 이후 피해 보상 협상은 생각보다 굉장히 오래갔다. 처음 이틀은 거의 고성만 오갔고, 3일째부터 제대로 된 협상이 시작됐고, 6일째 거의 윤곽이 잡혔으며, 7일째 10시간에 걸친 마라톤 회의 끝에야 서로 협정서에 도장을 쾅! 찍었다. 이 협상 과정에서 의외의 인물이 이름을 날렸다.

바로 바오르 백작이었다.

협상이 시작되기 전날 석영과 한지원을 포함한 각성자들이 보았던 것에 대해 부정적이었던 그는 실무에서 굉장한 모습을 보였다. 대국이라 할 수 있는 악시온 제국에서 나온 정치가와 한 치의 물러섬도 없는 설전을 벌이는 것은 물론이고, 초인을 등에 업고 협박도 서슴지 않았다. 그는 타고난 웅변가였고, 달변가였으며, 동시에 협상가이기도 했다.

전혀 기죽지 않는 커다란 배포를 보면 솔직히 작은 왕국에 있기 아까운 정도의 능력이었다. 10일, 악시온 제국군의 퇴각이 시작됐다. 그리고 동시에 대륙 각지에서 소식이 빗발쳐 들어오기 시작했다.

일단 마치 짠 것처럼 알스테르담 제국과 발바롯사 사이의 전쟁도 멈췄다. 그리고 악시온 제국과 프란 왕국처럼 서로 협정을 맺고 군을 물렸다. 이 일련의 행동들은 기이함을 낳았다.

당연했다.

갑자기 어느 시점 이후, 동시에 군을 물린다?

의심을 안 하는 게 이상한 일이었다.

하지만 아는 사람들은 알고 있었다.

지금은 서로 싸울 때가 아니라는 것을.

보통 전쟁 이후는 참 시끄럽다.

패국도, 승전국도 서로 갖은 이유를 대며 전쟁에 어떤 일이 있었는지, 얼마나 자신들이 잘 싸웠고 어쩌고저쩌고 만들어내서라도 알렸는데 이번엔 그런 게 하나도 없었다. 마치 폭풍 전야처럼 세 제국 전부 고요했다.

이는 당연히 기이하고 이상했다.

하지만 관심은 곧 프란 왕국으로 넘어갔다.

대륙 중부가 쑥대밭이 되었는데도 오직 프란 왕국만은 전화의 불길을 피해갔다. 아니, 피해간 정도가 아니라 아예 불길을 꺼뜨려 버렸다. 프란 왕국은 저격수라는 초인을 보유했지만 그래봐야 중소 국가에 불가했다.

왕국 전체 전력이 10만도 채 안 되는, 그 정도 전력이었다. 그런데 전쟁이 터지기 이전부터 수도로 향하는 주요 길목인 리안 성을 중심으로 요새를 꾸려 방어진을 짰고, 악시온 제국의 십만 이상의 병력을 무려 전쟁이 끝날 때까지 막아냈다. 그 과정에서 제국군의 피해는 수만에 달했지만, 왕국군의 피해는 수천에 그친 어마어마한 전과를 만들어냈다.

그 중심엔 초인들이 있었다.

재앙의 유다.

암살자의 목을 따버린 엄청난 실력자들.

저격수와 한 명은 이름조차 알려지지 않은 여전사라는 소문이 돌았다. 이 두 사람의 무력은 알음알음 퍼져 나갔다. 프란 왕국군을 통해서도, 악시온 제국군을 통해서도 조금씩 퍼진 소문의 골자는 대적 불가, 딱 이 단어로 설명이 가능했다.

악시온 제국에서 만든 전천후 공성 병기를 단신으로 막아낸 저격수와 지켜선 자리에서 단 일 보도 움직이지 않고 몇 시간이나 적을 막아낸 한지원. 둘은 손을 쓸 수가 없었다. 게다가 악시온 제국의 비밀 병기이자, 최종 인간 병기들이라 평가받는 사무라이들이 석영의 기세에 밀려 그대로 퇴각한 사건까지 도통 믿을 수 없는 얘기들이었지만 양국에서 나온 얘기라 이는 사실이 되었고, 저격수는 초인들 중 가히 첫 번째로 꼽히기 시작했다.

물론 초인 얘기가 저격수의 얘기만 있는 건 또 아니었다.

자유 무역도시이자 마법성(魔法城)이라 불리는 요하네스에서
도 초인이 등장했다. 실전되었던 공격 마법을 구사하는 초인과
정령술과 신관처럼 치유력을 보유한 3인의 여인, 그 자리에서
한 발자국도 움직이지 않은 채 셋을 지키는 신기(神技)에 이른
방어 검술을 보유한 가드의 이야기도 널리널리 퍼지기 시작했
다.

이렇듯 전쟁으로 이름을 알리기 시작한 초인들의 이야기가
세상에 알음알음 퍼지기 시작했다.

전화의 불길은 세 제국의 퇴군으로 순식간에 진화됐다.

당연하지만 이후 전화 복구가 시작됐다.

프란 왕국을 제외한 중부 대륙의 각 왕국은 거의 초토화되
었기 때문에 어디서부터 손을 대야 할지 엄두도 안 날 지경이
었다. 하지만 반대로 프란 왕국은 왕국 남부와 리안 성 부근만
복구하면 되는지라 여유가 있었다.

바오르 백작은 여기서도 빛을 발했다.

그는 최소한의 복구 인력만 남겨놓고 각 왕국에 인력을 파견
했다. 물론 전문가와 현장 인원들을 파견하는 데 드는 비용은 바
오르 백작이 직접 협상했다. 그는 이 부분에서 또 인덕(仁德)을
발휘했다.

무리한 비용을 요구하지 않았고, 자재의 자체 조달과 일하는
이들이 먹고 자고 입는 것에 최대한 신경을 써달라고만 했다.
대신 인부들의 삯은 왕국에서 직접 내겠다고 했다. 또 복구가
어느 정도 끝나면 인력을 보충해 다른 왕국을 반드시 같이 도

와야 한다는 조항을 넣었다. 이러한 바오르 백작의 협정 이야기는 전화가 휩쓴 왕국들에 널리 퍼져 나갔고, 프란 왕국은 칭송받았다.

제국을 신경 쓰는 이들은 아무도 없었다.

그곳은 엄청난 인구와 자재로 스스로 복구를 할 수 있기 때문이다. 특히 악시온 제국은 본토는 아예 아무런 타격도 입지 않았고, 알스테르담 제국도 북부 일부만 휩쓸렸을 뿐 큰 문제는 없었다.

그렇게 전화 복구로 두 달이 순식간에 흘렀다.

대륙을 진동하던 구슬픈 통곡은 잠잠해지고 희망을 위한 찬가와 동요가 조금씩 그 자리를 대신하기 시작했다.

이는 매우 좋은 징조였다.

지인, 가족의 죽음을 떨쳐낸 이들의 얼굴에 꽃이 피었지만, 그러지 못한 사람들도 있었다. 기이한 전쟁의 끝맺음에 의문을 품은 사람은 생각보다 많았다. 특히 머리를 쓸 줄 아는 이들은 전쟁 종료의 이면에 무언가가 있다는 걸 거의 확신하고 있었다. 하지만 이는 심증이었다. 제대로 된 물질적인 증거가 없기 때문에 속앓이만 할 뿐, 어디 가서 얘기를 꺼내기도 힘들었다.

이렇듯 일부의 사람들이 불안감을 느끼고 있을 때, 그 불안감의 실체를 아는 이들은 조용히 때를 준비하고 있었다.

*   *   *

살 만하다.

요즘 들어 석영이 느끼는 감정이었다.

흉황은 흉황이고, 석영은 전쟁이 끝난 직후 최대한 휴식을 하며 보냈다. 이는 이유가 있는 휴식이었다.

새벽, 오후로 권능 개척과 유지를 위한 훈련을 하고, 남은 시간은 거의 아영이와 함께 보냈다. 아영이의 배는 이제 볼록 불러 올랐다. 누가 봐도 산부의 모습을 한 아영이는 볼에도 살이 꽤나 통통하게 올라, 전의 날카롭던 모습은 아예 사라져 있었다. 아영이는 그런 자신의 모습을 꽤나 못마땅하게 생각하고 있지만, 석영에게는 그런 아영이 이전의 아영이보다 훨씬 아름답게 보였다.

그래서 매일 괜찮다, 지금이 더 아름답다, 거의 세뇌에 가깝게 속삭여 주고 있는 실정이었다.

하지만 거의 먹히지 않았다. 오늘도 아침에 운동 삼아 산보를 나가기 전 거울을 보고 한참을 투덜거리는 걸 아침을 준비하며 다 들었다. 석영은 이렇듯, 거의 평범한 신혼부부처럼 하루를 보냈다.

하지만 완전히 그런 건 또 아니었다.

저녁을 먹고 난 뒤에는 반드시 회의에 참석했다.

이 회의는 매우 중요했다.

오렌 공작이 전화 복구보다 먼저 신경 쓴, 대륙 전역에 걸친 광대한 정보 요원 파견 작업 이후 들어오는 정보를 토대로 정세 파악, 적아의 구분 등을 결정하는 회의이기 때문이었다. 이 작업은 매우 느렸지만, 대신 아주 정교하게 진행되었다.

각지마다 정보전에 특화된 한지원의 팀이 발키리, 레이첼 용병단과 함께 나가 있었다.

오늘은 자유 무역도시이자 마법성이라 불리는 요하네스에 대한 회의였다.

"그래서? 그쪽은 별로야?"

"아니, 아직 접촉은 못 했다는데?"

"흠⋯⋯."

중소 국가 중에 가장 건재한 곳을 꼽자면 프란 왕국과 마법성 요하네스였다. 그곳에서도 각성한 초인 넷이 악시온 제국 별동대를 아예 찢어발겨 버렸기 때문에 병력 손실은 거의 없었다. 또한 각성한 초인이라는 점에서 석영은 물론, 전부가 그들과 일단 접촉을 해볼 생각을 가지고 있었다.

초인.

혹은.

각성자.

인간의 길을 아득히 벗어난 존재들.

모두의 의견이 이 부분에서는 일치했다.

앞으로 다가올 흉황의 강림에 대비해 전력을 합쳐야 한다는 의견에서는 말이다. 그래서 대륙 각지로 나간 정보원들이 각성자에 대해 조사, 보고한 뒤에 접촉을 시도하고 있었다. 마법성의 초인들은 그 첫 번째 접촉 예정자였다.

"누가 갔더라? 차샤가 직접 갔나?"

석영의 질문에 한지원이 고개를 끄덕였다. 각성자는 위험했다. 일반 병사들로는 절대로 대적이 불가능하고, 탐지 영역 자체도 너무 차이가 나서 아무리 한지원의 팀이라도 직접 접촉은 위험했다.

그래서 차샤가 직접 움직였다.

그녀라면 최악의 순간에도 몸은 뺄 수 있을 것이다.

"다른 쪽은?"

"미친개한테는 아무래도 석영 씨가 직접 가야 할 것 같고."

"음……."

미친개라는 말에 석영은 살짝 인상을 찌푸렸다. 알스테르담과 발바롯사의 전쟁에서 가장 명성을 떨친 인물의 초인명이었다. 근사하게 제국의 수문장이란 별명도 있지만, 그 누구도 그를 그렇게 부르지 않았다.

미친개.

광견.

크레이지 독.

다 같은 말이지만, 이 중에서 자기 취향대로 하나씩 골라 불렀다. 하지만 그 별명이 중요한 게 아니었다.

갑자기 툭! 튀어나온 미친개라는 인간은 악명이 자자했다. 등장부터 시작해, 파격 그 자체를 달렸다.

상관이든 수하든 간에 마음에 안 들면 막말은 기본이고 두들겨 패기까지 하는 인간 말종 같은 행동을 보였다.

하지만 전투가 터지면 사람이 변했다.

압도적인 카리스마와 짐승보다 훨씬 진화한 감각으로 전투를 이끌었다. 그는 본능적으로 승기를 아군 쪽으로 돌리는 행동을 취할 줄 알았고, 그걸 해낼 수 있는 능력까지 있었다. 그리고 이상하게도 주변의 인재들을 마음을 흠뻑 훔쳐갈 줄도 알았다.

괴상한 캐릭터였다.

하지만 그만큼 확실한 캐릭터였다.

그래서 미친개를 만나러 가는 건 석영으로 결정되었다.

물론, 지금 당장은 아니었다.

이제 곧 아영이의 출산 시기가 다가오고 있었다. 아직 두어 달 남았지만 마도 제국 알스테르담에 가는 데만 두 달은 걸리는 상황이었다. 그러니 지금 당장은 그를 만나러 갈 수 없었다.

"우리가 아직 여유를 느끼는 걸 보면 강림은 아직 시간이 좀 남은 것 같으니까, 너무 조급하게 움직이진 말자."

한지원의 말에 석영이 고개를 끄덕이는 순간이었다.

"큭……."

갑자기 노엘이 고개를 숙이더니 배를 부여잡았다.

그녀의 이상행동에 다들 회의를 멈추고, 이제는 부들부들 떨기 시작하는 노엘을 바라봤다.

"노엘, 왜 그래?"

"으으……."

식은땀까지 줄줄 흐리기 시작한 그녀를 보고 석영은 불쑥 등줄기가 싸해짐을 느꼈다.

저거… 어디서 많이 보던 장면 같았다.

갑자기 느닷없이 온몸이 덜컥거리고, 죽을 것같이 아픈 경우. 이 상황을 석영도 겪어봤다.

"끄으……."

꽈작!

이를 악문 그녀가 쥔 탁자가 그대로 부서져 나갔다. 김선아가 이식해 준 기계가 가진 괴력이었다.

"어어… 이거."

"각성이다."

벌떡!

석영과 한지원, 그리고 아리스는 지체 없이 노엘에게 몸을 날렸다.

꽉!

온몸을 부들부들 떠는 노엘의 몸을 뒤에서 꽉 안은 한지원이 급히 오렌 공작을 향해 외쳤다.

"오렌 공작님! 지금 바로 나가서서 노엘처럼 각성 상태에 빠진 사람이 있는지 조사해 주세요!"

"알겠네!"

오렌 공작과 그의 부관, 그리고 바오르 백작도 눈치껏 바로 막사 밖으로 달려 나갔다.

"으으……!"

언제나 무표정하던 노엘의 얼굴은 이미 처참하게 일그러져 있었다. 석영은 얼른 그녀의 귀에 대고 소리쳤다.

"견뎌야 돼! 여기서 못 버티면 단순히 각성 실패로 끝나지 않으니까……! 이 악물고 버텨!"

"끄으……! 으아!"

고통을 견디지 못하고 붉게 충혈된 눈.

아니, 실핏줄이 터진 노엘의 눈에서는 피눈물이 줄줄 흐르고 있었다. 이미 환상적인 고통을 느끼고 있을 단계지만 석영은 그녀가 지금 한 말을 충분히 들었을 거라고 생각했다.

"아리스 씨! 묶을 것 좀!"

"네."

한지원의 말에 아리스는 걱정스러운 눈초리지만 여전히 차분한 목소리로 대답하고 막사 안을 뒤지기 시작했다. 잠시 단단한 헝겊을 북북 찢어 온 그녀는 여전히 발악하고 있는 노엘의 몸을 묶기 시작했다. 팔, 다리, 그리고 입에 헝겊을 물렸다. 그 순간에도 노엘은 의도를 알았는지 순순히 입을 열어 헝겊을 물었다.

드르륵!

드르륵!

테이블을 거칠게 한쪽으로 밀고, 바닥에 노엘을 눕혔다.

"으… 뜨거워."

한지원이 그녀를 단단히 고정시킨 상태로 이마를 찌푸리며 말했다. 첫 단계, 몸을 가열시키는 단계에 제대로 들어갔다. 이 단계에서는 정체를 알 수 없는 기운이 온몸을 쓸고 돌아다닌다. 그러니 지금 노엘은 혈관 세포 가닥가닥마다 피가 아닌 불길이 지나다니는 것 같은 통증을 느끼고 있을 것이다.

이는 얼마나 갈지 사실 잘 몰랐다.

당시 각성자들의 상태를 체크하지 못했기 때문이다. 하지만 결코 짧은 시간은 아닐 거라고 봤다.

"우으!"

갑자기 노엘의 몸이 펄쩍 뛰었다.

격렬한 반동이었다.

피눈물이 줄줄 새는 악에 받친 눈빛으로 석영을 바라봤다. 석영은 그런 노엘을 굳은 얼굴로 마주 바라봤다. 포기하면 안 된다. 저 고통에 지는 순간, 남은 건 안식의 강을 건너는 자신을 바라보는 것밖에 없었다. 그러니 무조건 버텨야 했다.

석영은 두말하지 않았다.

자신도 겪어봐서 몇 번이나 말한다고 다짐이 변하지는 않는다는 걸 알기 때문이었다.

우윽! 우으으……!

이 악문 신음은 계속 흘러나왔다.

저건 몸을 완전히 정화시킬 때까지 계속된다. 물론, 저걸로 끝이 아니었다. 불 다음엔 얼음이다. 이제 시작 단계에 불과한 상황이라 언제 끝이 날지 아무도 알 수 없었다. 지금 먼저 각성한 이들이 할 수 있는 건 노엘이 참지 못하고 자해를 하는 걸 막는 것밖에 없었다.

10분, 20분, 1시간, 2시간.

세 사람은 꼼짝도 하지 않고 노엘을 보면서 자리를 지켰다.

그 시간 동안 따로 각성자가 있다는 소식이 들어온 건 없었다. 그걸 보면 이 주변에서는 노엘 혼자 진행되는 것 같았다. 그리고 다행히 아영이도 각성에 들지 않았다.

엄청 긴 시간을 괴로워하던 노엘이 갑자기 축 늘어졌다.

"흐으… 흐으……"

땀을 비 오듯 쏟아내며 뜨거운 열기가 담긴 숨을 토해냈다. 석영은 이제 1차가 끝났음을 알았다. 안타깝지만 재차 얘기해 줘야 했다.

"노엘, 쉬면서 들어. 이번엔 정반대로 차가운 한기가 몸속을 타고 돌 거야. 정화의 과정으로 생각하고… 이번에도 버텨."

붉은 핏물이 덕지덕지 묻은 노엘의 얼굴은 차마 봐주기 힘들 정도로 애처로웠다. 하지만 이 과정이 각성의 과정이라는 걸 아는지라, 석영은 해줄 말이 그것밖에 없었다. 아리스가 노엘의 머리 위로 단단히 자리 잡았다.

"노엘. 내 친구 노엘……. 힘들 거야. 엄청 아팠어. 하지만 나나, 단장 언니나 다 견뎌냈잖아. 그러니 우리 노엘도 할 수 있을 거야. 난 노엘을 믿어."

"흐으……"

그 말에 감고 있던 눈을 겨우 뜬 노엘이 아리스를 올려다보며 희미한 웃음을 겨우겨우 지었다. 석영은 그걸 보며 다행이라고 생각했다. 노엘은 그래도 첫 번째 과정을 잘 버텨냈다. 석영은 경험상 두 번째, 세 번째가 지나가면 어느 정도 정신적인 안정을 찾을 수 있게 된다는 걸 알고 있었다.

"노엘, 몇 번 더 아플 거야. 하지만 나중에는 내성이 생기니까 이 악물고 참아. 절대로, 절대로! 포기하지 말고. 알았지?"

"……."

노엘은 눈만 껌뻑여 석영의 말에 대답했다.

아마 지금 입을 열 힘도 없을 것이다.

먼저 저 힘든 길을 걸었던 경험자로서 해줄 수 있는 말은 이제 다 해줬다. 남은 건 그녀 스스로 견뎌내는 것밖에 없었다.

10분쯤 지났을 것이다.

"으으……."

갑자기 몸을 푸들 떤 그녀가 다시 신음을 흘리기 시작됐다.

2차 각성 과정의 시작이었다.

*　　　　　*　　　　　*

6시간.

무려 6시간을 끌고 나서야 노엘은 안정기에 접어들었다. 이제 노엘은 흉황의 파멸 행위, 고통받는 인간들, 끈질기게 대항하는 자신의 모습을 보게 될 것이다. 더불어 세계수와 대화도할 것이다. 그 대화는 굉장히 신비롭지만, 그 안에 들어 있는 내용을 들으면 결코 그렇지만도 않다.

"후우……."

긴 잠에 빠져든 노엘을 아리스에게 맡긴 석영은 숙소로 돌아왔다. 그리고 의자에 앉자마자 한숨을 길게 내쉬었다.

솔직히 진이 쭉 빠졌다. 6시간 동안 가슴 조마조마하게 각성 과정을 지켜본다는 건 정말로 쉽지 않았다. 게다가 그 과정에서 조금만 정신력이 견디지 못해도 돌이킬 수 없는 사태로 이어진다는 걸 아니, 아무리 강심장인 석영도 가슴 졸이며 각성 과정을 지켜볼 수밖에 없었다.

뼈가 뒤틀리고 육신이 각성자의 성향에 따른 권능 발현에 최적의 상태로 조율되는 과정을 볼 때는 솔직히 그로테스크하기까지도 했다. 사지 육신이 마치 고층 아파트에서 떨어진 사람의 시신처럼 꺾여 버리는 과정을 실시간으로 보면 당연히 그럴 수밖에 없었다. 어쨌든 그래도 잘 견뎠다.

중간중간 의식이 제대로 있는지 확인했으니 큰 문제는 이제 없을 것이다.

슥.

"아… 힘들다."

6시간을 같이 노엘을 잡고 버틴 한지원도 녹초가 된 얼굴로 석영의 막사로 들어왔다. 혹시 모를 자해를 막기 위해 노엘을 꽉 붙들고 있던 그녀는 가장 체력 소모가 컸다. 게다가 각성이 진행되면서 한층 더 강력해진 육체의 힘으로 발버둥을 치니 그걸 잡고 있는 것도 고역이었다. 심지어 옆구리에 김선아가 이식해 준 팔로 제대로 맞아 한동안 컥컥거리기도 했었다. 그녀의 각성 과정을 보면서 석영은 전에 자신이 팔다리를 직접 묶었던 건 정말 잘했던 판단이라고 생각했을 정도였다.

"고생했어."

"후… 우리도 저랬겠지?"

"그렇겠지."

"아… 저걸 어떻게 견뎠나 싶네. 다신 경험하고 싶지 않아, 진짜."

"……"

석영도 마찬가지였다.

산전수전 다 겪었고 정신력 보정까지 받은 상태였는데도 초반에는 진짜 미치는 줄 알았다. 절대로 적응되지 않는 통증……. 불로 지지는, 찬물에 담갔다 뺐다, 담갔다 뺐다를 반복하는 그 고통은 솔직히 말해 지옥 중에 가장 무서운 지옥을 경험하고 온 게 아닐까 싶을 정도로 최악이었다.

뼈가 뒤틀리는 과정, 근육이 찢어졌다 아물었다를 반복하는 과정은 또 어떻고?

"어휴……"

저도 모르게 진저리가 나올 정도였다.

물을 벌컥벌컥 마신 한지원은 편하게 앉아 다시 말문을 열었다.

"이번 이차 각성, 노엘 혼자는 아니겠지?"

"그렇겠지. 일차 때도 석영 씨랑 나, 창미 언니 포함해서 이쪽에서만 다섯이 했어. 그 외에 밝혀진 건 귀산자가 있고, 아마 대륙으로 따지면 훨씬 많을걸?"

"흐음……"

각성자.

솔직히 많으면 많을수록 앞으로 파멸의 날을 대비하는 데 많은 도움이 될 것이다. 그건 부정의 여지가 없었다. 그런데 이미 몇 번 겪어봤듯이, 팀 단위로 각성하면 문제가 없는데 개인이 각성한 경우는 참 애매했다.

이들은 심신을 단련하는 수련자들이 대부분이었다.

실제로 한지원의 팀이 어느 산간 지방에서 그런 각성자 한 명을 찾아냈다. 사냥꾼이었는데, 다행히 심성이 정도에 가까운지라 사정을 설명하니 오히려 하룻밤을 재워주고 육포 같은 것도 넉넉히 챙겨줬다고 했다. 그런 성격 탓에 넌지시 얘기를 건넸지만 반응은 부정적이었단 내용의 서신이 있었다.

"복잡하네…… 피곤하기도 하고. 어쩌다 종말 퀘스트에 말려들어서는… 쯔쯔."

"그거 미안하게 됐네."

"후후, 내 험난한 인생사를 탓하는 거야. 석영 씨 탓하는 게 아니라."

하긴…….

석영의 삶은 그녀의 삶에 비하면 아예 부모의 보호를 받았던 유년 시절이나 다름없었다. 부모에게 버림받아 고아가 됐고, 그런 자신을 거둬 키워준 양부의 뜻에 따라 비공식 특급 요원이 됐고, 그 모든 걸 견뎌내고 찬란하게 빛나는 여배우가 됐지만 세상이 요지경이 되면서 다시금 총과 검을 쥐었다.

그리고 지금은?

종말에 맞서는 영웅이 되었다.

그것도 스스로 원한 게 아니라, 미지의 존재인 세계수의 강제적인 선택으로 인해서 말이다. 아주 그냥, 판타스틱하단 말로도 부족한 인생이었다. 하지만 그런데도 부러지지 않고, 단단하게 중심을 유지하고 있는 그녀에게 석영은 속으로 조용히 경의를 표했다.

치익.

후우…….

"언제쯤일까?"

"글쎄……."

강림 시기는 석영도 잡기가 애매했다. 다만, 각성처럼 분명히 세계수로부터 언질이 있을 거라 봤다. 다만 그 시기가 언제인지는 석영도 알 수가 없었다.

"뭔가 그냥… 꿈같네."

"…동감."

확신은 하지만, 사실 현실성이 좀 없었다.

멍한, 꿈같은 기분?

"몸도 피곤하고… 머리도 멍하고. 한잔할까?"

"좋지."

"후후, 술 가져올게. 적당히 상 좀 봐."

"……."

한지원이 나가자 석영은 좀 기다렸다가 방을 나섰다. 늦은 시간이지만 다음 날 먹을 음식 준비를 하고 있는지 식당에는 불이 환하게 켜져 있었다. 석영이 들어가자 준비 중이던 이들이 깜짝 놀랐다가, 갑자기 푸근한 미소를 지었다.

처음에는 어려웠던 저격수였지만 지금은 프란 왕국 구국의 영웅이 된 저격수고, 그가 생각보다 인간미가 있다는 게 알려지자 반응의 변화는 저절로 찾아왔다. 석영이 간단한 안주거리를 찾자 조리장으로 보이는 오십 대 사내가 얼른 움직여 상을 뚝딱 차려줬다. 가볍게 인사를 하고 방으로 돌아오니 한지원이 어디서 구했는지 얼음이 가득 담긴 통에 소주를 담아와 기다리고 있었다.

쪼르르.

술잔에 잔을 채우는 중에 끼이익 문이 열렸다. 그리고 눈을 비비며 나타난 아영.

"잉… 뭐야, 술판 폈어?"

"이 시간에 왜 깼어?"

"그냥… 잠이 깼어."

"후후, 그래. 얼른 네 남자 옆에 앉으렴. 오늘은 언니 오빠들이 매우 지쳐서 한잔할 거란다. 괜찮지?"

"그럼? 괜찮지."

산부의 잠옷을 입은 아영이 조심조심 걸어와 석영의 옆에 착 앉았다. 계속 눈을 부비는 게 여전히 졸린 눈치였다. 하지만 석영은 자라는 소리는 하지 않았다. 요즘 들어 부쩍 옆에 붙어 있으려는 걸 잘 알고 있었기 때문이다. 한지원은 아영이 앞에도 잔을 놓고 주스를 따라줬다.

"자, 아영이는 주스."

"헤헤, 고마워, 언니."

"몸은 좀 어때?"

"그냥… 괜찮아. 아픈 데는 없고, 매일매일 신기한 느낌? 이제는 제법 발길질도 세지는 것 같고."

"건강하네. 그래도 혹시 어디 아프면 바로 말해야 한다?"

"넵!"

이제는 졸음이 가신 어투로 아영이 대답하자, 한지원은 잔을 들어 올렸다.

"자, 아영이의 건강한 출산을 위하여."

"에헤헤, 위하여!"

석영은 말없이 건배를 하고는 소주를 들이켰다. 설명하기 미묘한 느낌의 쌉싸름한 맛이 느껴진 다음, 알싸한 알코올 향이 뒤따랐다. 하지만 이 맛이 좋아 소주를 마시는 두 사람이었다. 첫 잔이 돌자 두 번째 잔이 바로 돌았고, 세 번째, 네 번째 잔이 쉴 새 없이 이어졌다. 그렇게 아침 해가 뜰 때까지 술자리는 이어졌다.

한 달이란 시간은 금방 지나갔다.

정말 순식간이란 말이 어울렸다.

한 달, 많은 변화가 찾아왔다.

첫 번째, 노엘이 깼다. 정확히 30일 만에 깨어난 그녀는 특이하게도 머리카락색이 변해 있었다.

금발이었던 머리가 신비한 은발로 변해 있었다. 특히 거기다

햇빛을 받으면 신기하게도 푸른빛도 언뜻언뜻 내비쳤다.

깨어난 그녀는 굉장히 담담한 표정이었다.

마치 모든 것을 통달한 구도자의 표정 같았다. 하지만 진한 슬픔도 보였다. 그녀를 보살핀 아리스의 말을 들어보면, 그녀는 많이 울었다고 했다. 그 눈물의 의미를 각성한 사람들은 다들 이해했다.

수없이, 정말 수없이 봐야만 했던 죽음.

그 절망과 공포가 깃든 눈빛들을 수없이 본 석영도 그때는 정말 너무 힘들었다. 만약 의식을 잃은 상태가 아니었다면 술을 들이부었을 정도로 그때 느낀 감정은 절절했다. 그러니 노엘이 많이 운 것도 이해가 갔다.

깨어난 그녀는 자신의 몸 상태보다 현재 돌아가는 상황을 먼저 파악했고, 바로 업무로 복귀했다.

권능의 개척은 스스로 알아서 하겠다는 말과 함께……. 그리고 프란 왕국에서 2차 각성자는 노엘밖에 없었다.

그녀가 깨어나고, 며칠 있다가 마법국 요하네스에서 사절단을 보내겠다는 소식이 전해졌다. 거리는 대략 20일.

프란 왕국은 덩달아 분주해졌다.

접견은 당연히 왕도, 프란의 왕성이 되었다.

석영도 왕도로 떠날 준비를 했다.

리안은 마르스 후작이 방어를 맡기로 결정했고, 석영을 포함한 초인들은 전부 왕도로 넘어가기로 했다.

서신이 도착한 뒤 3일째, 석영의 일행은 프란으로 출발했다.

워낙에 많은 인원이 가는지라 이동은 좀 지지부진했다. 며칠을 이동해 석영은 나레스 협곡에 도착했다. 협곡 아래, 예전에도 쉬었던 쉼터에서 휴식을 결정한 석영은 저도 모르게 전에 처절한 전투를 치렀던 장소로 향했다.

무성한 수풀과 우거진 나무.

변한 건 하나도 없었지만 정말 감회가 새로웠다.

"변한 게 하나도 없네."

석영의 기억 속에 있는 그대로였다.

프란으로 처음 가던 날, 이제는 이름도 기억나지 않는 공작이 보낸 기사단과 이곳에서 처절한 전투를 벌였다. 그 전투는 정말 석영을 한계까지 몰아붙였다. 다행히 추적 샷이란 스킬을 가지고 있었기에 다가오는 적을 모조리 저격할 수 있었다. 그 결과 발키리 용병단과 치안대가 정면을 잘 막아주어 최악의 사태를 면할 수 있었다.

인생에서 가장 힘든 전투를 치렀던 장소, 그곳이 이곳이었다. 또한 각성이 시작된 곳이기도 했다. 이곳에서 전투 이후 석영의 신체는 변화를 시작했고, 각성에 이르렀다. 사실 따지고 보면 그리 오래 지나지도 않았는데 이상하게 아련한 느낌이었다.

"뭐 해?"

남산만 하게 부어오른 배를 양손으로 가만히 안고 뒤뚱뒤뚱 아영이 다가왔다.

"여기 기억나?"

"여기? 그럼! 내가 짠! 하고 나타나 오빠 구해준 곳이잖아."

"맞아. 그때 너 아니었으면 진짜 큰일 날 뻔했지."

"호호, 그러니까 나한테 잘해야 된다? 바람피우면 아주 그냥! 죽어!"

피식.

장난스럽게 주먹을 쥐어 올리는 아영이의 모습에 넉넉한 웃음을 지은 석영은 다시 숲을 바라봤다. 그런 석영의 옆으로 온 아영이 조용히 기댔다.

사아아…….

바람이 불어와 두 사람을 잠시 어루만지고 떠났다.

한참을 그 장소에 있던 석영은 옛 추억에서 벗어나 다시 쉼터 앞으로 돌아왔다. 쉼터 앞은 넓은 평야다. 그곳엔 김선아가 준비한 숙소가 가득 들어서 있었다.

"마치 글램핑장 같다. 그치?"

"그러게."

예전처럼 치안대의 정예대원들과 한지원 팀, 그리고 요리사들과 인부들이 같이 움직이다 보니 워낙에 대인원이었지만 김선아는 그걸 그냥 마법처럼 한 번에 해결했다. 슬슬 해가 떨어져 가고 있는 시간, 마치 캠핑이라도 온 것처럼 곳곳에서 음식 준비가 한창이었다.

"저기, 저기 봐."

아영이 손가락질하는 곳으로 시선을 돌리니 한지원의 팀원 몇 명과 치안대원 몇 명이 저녁 준비를 하며 즐겁게 웃는 모습이 보였다.

"딱 봐도 썸 타는 것 같지?"

"그래 보이네."

석영은 고개를 끄덕였다.

남녀 성비가 거의 비슷하다.

게다가 치안대원들은 다들 훤칠했고, 한지원 팀도 다들 한 미모씩 했다. 그러다 보니 자연스럽게 관계가 발전하고 있는 것 같았다. 사실 저런 모습을 보는 건 처음이 아니었다.

전쟁.

목숨을 건 전쟁을 같이 이겨낸 전우들이라 동료애가 있는 상태로 일단 믿음 자체를 베이스로 깔고 있었다. 그러다 보니 가까워지는 건 정말 금방이었다. 한지원도, 나창미도 핑크빛 기류가 형성되는 건 막지 않았다.

그럴 명분도 없었다.

이미 혼기가 넘치는 처자들이고, 가정을 꾸려도 무방할 사내들이었기 때문이다.

"보기 좋다……. 그치?"

"……."

석영은 그 모습을 보면서 말없이 고개를 끄덕였다. 절로 미소가 나오는 장면이었다. 사실 아영이와 연애를 하면서도, 아영이가 임신을 했을 때도 조금은 눈치가 보이긴 했다. 같은 여성. 아이는 축복이었다.

그러나 '팀'에 묶여 있는 그녀들은 결코 일정 이상의 선을 넘지 않았다. 아니, 그 선조차 넘지 않았다. 그녀들은 정말 스스로에게 엄청 엄격했다. 그러나 요즘은 그게 많이 풀려 있었고, 아마 한지원에게서 자신들이 봤던 '종말'에 대한 언질이 있었던 게 아닐까 생각이 들었다. 석영은 그쯤에서 시선을 뗐다. 슬슬 해가 지고 있었다. 요리사들이 있었지만 원하면 직접 해 먹을 수도 있었다.

"우리도 저녁 준비하자."

"웅! 오빠가 해주는 거야?"

"웅, 오랜만에."

"오예! 흐흐."

밝게 웃는 아영이는 참 이상하게도 요리 실력만큼은 늘지 않았다. 딴에는 배운다고 하고 있지만 석영이 보기에는 그냥 요리는 포기하는 게 나은 수준이었다. 몇 달에 걸쳐 배웠는데도 거의 제자리인 걸 보면 아영이는 요리 센스가 없는 거나 다름없었다.

석영은 능숙하게 불을 피우고 바로 음식을 준비했다.

재료야 이미 충분히 손질되어 있었기 때문에 만드는 데 그리 오랜 시간이 걸리지도 않았다.

밥, 찬 서너 개, 찌개, 그리고 볶음 하나. 오랜만에 하는 김에 그리운 한국식으로 최대한 비슷하게 만들었다.

다행히 비슷한 맛을 내는 천연 조미료가 있어 맛은 나쁘지 않았다. 오랜만에 먹는 한국식 집밥에 아영이는 금세 행복한 얼굴이 됐다. 석영은 맛있게 저녁을 먹는 아영이를 보며 문득

황혼이 되어서도 이랬으면 좋겠다는 생각이 들었다. 그리고 그 생각은 입 밖으로 불쑥 도망치듯 뛰쳐나왔다.

"사십이 되도, 오십이 되도 나는 이렇게 저녁을 준비하고."

"…음?"

"너는 촬영을 끝내고 고단한 몸으로 돌아오고."

"……."

"딸일지, 아들일지 모르는 아이와 같이 한 식탁에 앉아 저녁을 먹는 날이 오겠지?"

"……."

석영의 말에 아영은 가만히 귀 기울여 듣고 있다가 밝게 웃었다. 석영은 그 미소로 충분히 대답을 들은 것 같았다. 그리고 쑥스러웠다. 이런 말, 아마 아영이한테는 처음이었다. 다행히 피워놓은 모닥불이 발개졌을 석영의 얼굴을 숨겨주었다.

"오빠가 그런 말도 다 하고… 어쩐 일이래?"

"큼큼, 그냥 생각난 거야. 저 사람들, 그리고 우리를 보다 보니까."

"아빠가 되어서 그런 건 아니고?"

"그것도… 있지."

아빠.

아버지.

인생에서 정말 생각해 본 적도 없던 단어.

그래서 석영에게는 생각할 때마다 늘 설레고, 이상하게 가슴을 두근거리게 만드는 마법의 단어였다. 하지만 그 두근거림이,

설렘이, 나쁘지는 않았다. 오히려 좋았다. 저도 모르게 입가에 미소가 지어질 정도로.

석영의 시선이 무의식적으로 아영의 배로 향했다. 남산만 하게 볼록 튀어나온 배. 현대식 검사 장비가 없어 딸인지, 아들인지 아직은 모르지만 그냥 자신의 자식이 아영이의 배 안에서 무럭무럭 자라고 있었다.

"후후, 딸이면 좋겠어, 아들이면 좋겠어?"

자신의 배를 석영이 빤히 바라보자 아영이 물었고, 석영은 잠시 생각에 잠겼다. 딸이 좋을까, 아들이 좋을까? 솔직히 말해 생각해 본 적이 없었다. 세상과 자신을 스스로 단절시키고, 오직 넷상에서만 활동하며 결혼이라는 것 자체를 포기하고 살았기 때문에 당연한 결과였다. 그래서 아들이나 딸에 대한 환상이 없었다.

"모르겠어. 그냥 좋을 것 같은데?"

"후후, 오빠는 좋은 아빠가 되겠다."

아영이의 말에 석영은 그저 웃었다. 속으로는 '그것도 살아남아야 가능하지'라는 생각에 쓴웃음이 나왔지만 내색하지 않았다. 내색할 수가 없었다. 석영은 이제 한 가정의 아빠가 됐으니까.

이후 저녁 식사가 다시 시작됐다.

아영이는 여전히 잘 먹었다.

천천히 냠냠, 석영보다도 많이 먹고는 기분 좋은 미소를 지었다. 항상 느끼는 거지만 저 미소는 참 사람을 편하게 해준다 생각했다. 석영도 변했지만 아영이도 아이를 가지면서 참 많이 변했다.

설거지를 끝낸 석영은 벌써 새근새근 잠든 아영이를 확인하고는 조용히 숙소를 빠져나왔다. 주변을 둘러보니 다들 모닥불을 피워놓고 밤의 분위기를 즐기고 있었다. 내일도 이곳에서 하루 쉬고 갈 예정인지라 몇 군데는 술을 마시는 곳도 있었다. 아영이가 말했던 것처럼 마치 캠핑장 같았다.

석영은 조용히 야영지를 벗어나 한적한 곳을 찾아갔다.

10분쯤 이곳저곳 뒤지다 보니 딱 적당한 곳을 찾았다. 사방이 훤히 보이는 언덕인데, 바람도 시원하게 불고 시간을 보내기에는 정말 최적의 장소였다. 석영은 가져온 바구니에서 맥주를 꺼내 마개를 땄다.

치익!

탄산이 일어나는 소리가 제법 기분 좋게 들렸다.

새까만 어둠.

별이 가득한 밤하늘.

운치가 있었다.

석영은 생각보다 운치가 있는 장소를 찾은 것에 매우 만족했다. 요즘 들어 항상 사람이 많은 곳에 있다가 보니 혼자 있을 시간이 부족했다. 석영은 혼자 있는 걸 상당히 좋아했다. 누군가는 외로움을 타지만 석영에게 혼자 있는 시간은 그 자체로 힐링 시간이었다.

치익.

"후우……."

어둠에 가려 하얀 연기는 하늘하늘 올라가다가, 어딜! 하며 달려든 바람에 금세 흩어졌다. 석영은 오랜만에 찾아온 여유를 한껏 즐겼다. 아무런 생각도 하지 않고 그저 멍하니 밤하늘, 저 멀리 있는 산, 간간이 웃음소리가 들려오는 야영지를 보며 때로는 웃으면서 시간을 보냈다. 다행히 석영을 찾으러 오는 사람은 없었다.

혼자 있는 시간은 잘도 흘러갔다.

달이 움직이고 구름의 색이 변했지만, 석영은 조금도 지루하지 않았다. 그런 석영이 내려온 건 아영이가 잠들어 있던 숙소에 불이 켜지고 나서였다. 잠에서 아영이 깨자 자리를 털고 일어난 석영은 주변을 정리하고 야영지로 움직였다. 그러나 몇 미터 내려가기도 전에 석영은 그 자리에 우뚝 멈췄다.

"……."

농도 짙은 투기.

아니, 살의, 광기. 굉장히 혼합된 기세가 미약하지만 석영의 날카로운 감각에 분명하게 잠겼다. 석영은 천천히 손을 폈다.

스르륵.

이제는 석영과 완전히 하나가 된 타천 활이 손에 쥐어졌고, 손바닥으로 느껴지는 그 차가움을 느끼며 석영은 천천히 신형을 돌려 세웠다.

그러자 보였다.

저 멀리 마치 짐승의 눈빛처럼 노랗게 빛나고 있는 눈동자

한 쌍을.

그걸 보면서 석영은 저도 모르게 생각했다.

나레스 협곡…….

참 탈도 많고, 사고도 많은 장소라고.

『전장의 저격수』 10권에 계속…

초대형 24시 만화방

신간 100%, 샤워실, 흡연실, 수면실(침대석), 커플석, 세탁기 완비

■ 광명 광명사거리역점 ■

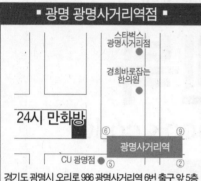

경기도 광명시 오리로 986 광명사거리역 6번 출구 앞 5층
02) 2625-9940 (솔목타워 5층)

■ 강북 노원역점 ■

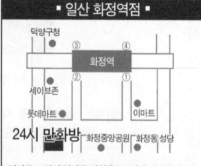

서울 노원구 상계동 340-6 노원역 1번 출구 앞 3층
02) 951-8324 (화용빌딩 3층)

■ 일산 정발산역점 ■

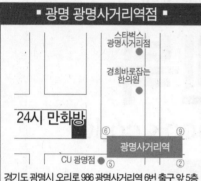

라페스타 E동 건너편 먹자골목 내 객잔건물 5층
031) 914-1957

■ 일산 화정역점 ■

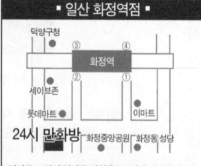

경기도 고양시 덕양구 화정동 984번지 서일빌딩 7층
031) 979-4874 (서일사우나 건물 7층)

■ 부천 역곡역점 ■

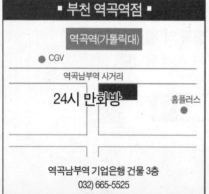

역곡남부역 기업은행 건물 3층
032) 665-5525

■ 부평역점 ■

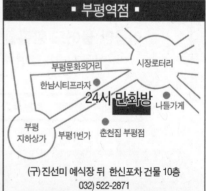

(구) 진선미 예식장 뒤 한신포차 건물 10층
032) 522-2871

FUSION FANTASTIC STORY

박골 장편소설

내 손끝의 탑스타

그의 손이 닿으면 모두 탑스타가 된다?!

우연히 10년 전으로 회귀한 매니저 김현우.
그리고 그의 눈앞에 나타난 황금빛 스타!

그는 뛰어난 처세술과 냉철한 판단력으로
다사다난한 연예계를 돌파해 나가는데……

돈도, 힘도, 빽도 없지만 우리에겐 능력이 있다!

김현우와 어울림 엔터테인먼트의
통쾌한 성공기가 지금부터 시작된다!

Book Publishing CHUNGEORAM

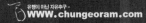

유행이 아닌 자유추구 ~
WWW.chungeoram.com

크레도 장편소설
FUSION FANTASTIC STORY

톱스타 이건우

열정만으로 성공하는 것은 아니다!

어중간한 실력으로 허송세월하던 이건우.

그의 앞에 닥친 갑작스러운 사고와 함께 떠오르는 기억.

'나는 죽었는데 살아 있어. 그건 전생? 도대체……'

전생부터 현생까지 이어지는 인연들.
그리고 옥선체화신공(玉仙體化神功)…….

망나니처럼 살아온 이건우는 잊어라!
외모! 연기! 노래!
삼박자를 모두 갖춘 최고의 스타가 탄생한다!

Book Publishing CHUNGEORAM

유행이 아닌 자유추구 -
WWW.chungeoram.com